VOLONTÀ DI VIVERE

LE INDAGINI DELLA DETECTIVE KAY HUNTER

RACHEL AMPHLETT

CAPITOLO 1

Eva Shepparton emise un grido, la sua voce fu inghiottita dalla musica e dalle voci alte che provenivano dal tendone bianco nella parte superiore del giardino, e allargò le braccia per mantenere l'equilibrio.

Si stabilizzò, maledisse l'erba umida dai rovesci di pioggia mattutini e rimase in piedi con le mani sui fianchi, respirando affannosamente mentre fissava con lo sguardo la salita del pendio verso la festa.

Col senno di poi, avrebbe dovuto chiedere dov'era il bagno, o *i servizi igienici*, come avrebbe insistito la madre di Sophie, ma non riusciva a trovare il coraggio di avvicinarsi a quella donna autoritaria, o a suo marito.

Sophie non si trovava da nessuna parte, Eva non l'aveva più vista dopo gli ultimi discorsi, così aveva deciso che i cespugli di rododendro sarebbero dovuti bastare.

Sospirò. Se non fosse stato per il fatto che Sophie era una tale buona amica, non avrebbe mai accettato di andare lì.

Il dolce profumo dell'erba appena tagliata riempiva

l'aria intorno a lei, mentre il fumo dei bracieri fiammeggianti disposti ai bordi del giardino le fluttuava sopra la testa. Aveva visto i giardinieri quando erano arrivati quella mattina, seguiti mezz'ora dopo dal fioraio. Tra loro, avevano potato e sistemato il giardino fino all'ultimo centimetro.

Avevano finito pochi istanti prima che arrivasse il camion della ditta di noleggio tendoni. Ora, il grande tendone bianco occupava la maggior parte dello spazio sul prato, il suo pavimento in legno faceva echeggiare i passi di una folla di ballerini entusiasti.

Le orecchie di Eva ronzavano ancora per il rumore della discoteca. Il tetto del tendone nuotava in luci multicolori provenienti da un'impalcatura montata sopra la postazione del DJ, e riusciva a sentirlo ora, mentre incoraggiava i membri più anziani del gruppo ad alzarsi e ballare sulle note di un disco di successo degli anni Settanta.

Alzò la mano e socchiuse gli occhi per guardare il quadrante dell'orologio, inclinandolo finché la debole luce dei bracieri non illuminò i numeri.

Le dieci.

Sbuffò. Non c'era da meravigliarsi che fossero tutti ubriachi.

«Per essere un gruppo di cristiani devoti, sapete proprio come mandare giù l'alcol» biascicò, poi singhiozzò.

Si coprì la bocca e ridacchiò.

Sophie le aveva detto che il pastore del piccolo gruppo privato della chiesa a cui lei e i suoi genitori appartenevano aveva suggerito di tenere la cerimonia in chiesa dopo l'orario di chiusura; tuttavia, la madre di Sophie aveva deriso quell'idea.

Aveva lanciato uno sguardo agli altri parrocchiani prima di mormorare: «Non credo sia una buona idea, Duncan. Penso che preferirei mantenere questo evento privato. È più in linea con la posizione della mia famiglia nella società, non crede?»

L'uomo religioso si era agitato sulla sedia, era arrossito e alla fine le aveva dato ragione.

Il passo logico successivo era che la madre di Sophie offrisse l'uso della propria casa.

Il labbro superiore di Eva si arricciò.

Quando Sophie glielo aveva detto, aveva nascosto la sua reazione immediata alla sua migliore amica, ma non era riuscita a contenere il suo disgusto quando era tornata a casa, sfogando invece la frustrazione con sua madre.

«È come se dovesse sempre *dimostrare* qualcosa» si era lamentata. «So che probabilmente vuole il meglio per Sophie, ma da quando è stato annunciato il fidanzamento, è peggiorata. Tutto perché è una specie di cugina alla lontana, tipo alla tredicesima generazione, della famiglia reale o qualcosa del genere».

Ora, Eva guardava la casa, il suo profilo imponente che torreggiava sul tendone sottostante.

Sophie le aveva detto che la casa originale era stata costruita nell'età della Reggenza, e i successivi proprietari ne avevano ampliato ed esteso la superficie nel corso degli anni.

Eva scosse la testa e si chiese perché diavolo una famiglia con un solo figlio volesse una proprietà enorme, prima di ridacchiare di nuovo, poi singhiozzò.

Naturalmente, la madre di Sophie amava il prestigio che ne derivava, e il titolo.

«Facciamo la cerimonia a casa» mormorò Eva, imitando la voce di Diane. «Matthew e io possiamo organizzare una festa dopo. Sarà divertente».

Sospirò. La cerimonia era stata accettabile, supponeva, ma *divertente*?

Diane aveva passato la maggior parte del tempo tenendo un fazzoletto sul viso, tamponandosi gli occhi.

Sophie, ovviamente, era splendida. Sua madre aveva fatto venire un parrucchiere e una truccatrice per soddisfare ogni esigenza della figlia, anche se Eva sospettava fortemente che fosse più per il desiderio di Diane di mantenere le apparenze che per il bene di Sophie.

Eva si era fatta strada lungo il corridoio fino alla camera degli ospiti che le era stata assegnata per il fine settimana e aveva passato il tempo prima della festa a cambiarsi, indossando l'abito che aveva comprato appositamente per l'evento e facendo del suo meglio con i suoi capelli spessi e ondulati, che sembravano essersi ribellati durante l'estate.

Quando era tornata al piano di sotto, gli altri ospiti della festa stavano iniziando ad arrivare, riversandosi nell'atrio, attraverso l'ampio soggiorno e fuori attraverso le porte francesi fino al patio.

I camerieri erano apparsi durante l'assenza di Eva, e lei aveva vagato lungo i tavoli con il cibo insieme a Sophie, spiluccando canapè e stringendo un bicchiere di champagne mentre faceva conversazione con gli altri ospiti.

Josh Hamilton era arrivato con i suoi genitori un'ora dopo.

Eva doveva ammettere che in generale non era male ma quella sera brillava.

Josh affascinava perfetti sconosciuti con la facilità di qualcuno abituato ad essere al centro dell'attenzione, stringendo la mano agli uomini e chiacchierando con le donne, lavorando sulla piccola folla mentre suo padre, Blake, sorrideva drappeggiando il braccio intorno alle spalle di sua moglie, i loro accenti americani si distinguevano tra la folla di simpatizzanti.

Eva si morse il labbro.

Non aveva idea di cosa sarebbe successo l'indomani, una volta che il segreto di Sophie fosse stato rivelato.

Perché così doveva essere, no?

Lei aveva accettato.

Certo, a quel punto sarebbe stato troppo tardi. Tutto ciò che Sophie aveva messo in moto sarebbe culminato negli eventi di questa serata.

Avrebbe voluto, col senno di poi, che Sophie non gliel'avesse mai detto.

Sarebbe stato più facile così.

La musica si interruppe per un breve momento, e il suono del ruscello in fondo alla collina raggiunse le sue orecchie. L'urgenza di fare pipì trascinò Eva via dai suoi pensieri, e barcollò verso i cespugli di rododendro in fondo al pendio.

Il piede le scivolò di nuovo, e imprecò sottovoce. Controllando alle sue spalle, poteva ancora vedere le teste di alcuni degli ospiti, quelli che si erano allontanati dal tendone per fumare sigarette, e in nessun modo avrebbe fatto pipì e qualcuno l'avrebbe vista.

Il terreno cominciò a livellarsi, ed Eva notò un grande rododendro alla sua destra.

Ebbe il singhiozzo, poi gemette quando mise il piede in una grande pozzanghera lasciata dalla pioggia del mattino.

«Bevo ancora un bicchiere di champagne, poi chiudo la serata», mormorò mentre si accovacciava dietro l'arbusto.

Sospirò di sollievo, poi si raddrizzò e cercò di pulire più acqua fangosa possibile dai suoi sandali, imprecando mentre ricordava che non aveva ancora pagato il conto della carta di credito, e ora eccola qui con le scarpe rovinate che aveva acquistato solo una settimana prima.

Eva sospirò e, decidendo di andarsene il prima possibile, si girò per risalire il pendio, e si fermò.

All'inizio, non riusciva a capire cosa stesse vedendo.

Una forma giaceva distesa dietro uno degli altri cespugli di rododendro a pochi passi dalla sua posizione. Solo le gambe erano visibili, bianche e immobili.

Deglutì e si avvicinò, strizzando gli occhi nella scarsa luce.

Sembrava una persona, e mentre barcollava verso di essa, riconobbe la gonna del vestito.

«Sophie? Sei tu? Sei svenuta o cosa?»

Preoccupata, accelerò il passo.

Aveva fatto un corso di primo soccorso a scuola e sapeva che, se qualcuno era svenuto, bisognava controllare le vie aeree e poi metterlo in posizione di sicurezza. Se Sophie era svenuta per l'alcol, aveva bisogno di aiuto.

«Soph?»

Quando girò l'angolo dell'arbusto, trattenne il respiro.

La sua migliore amica giaceva immobile, una macchia scura era ora sparpagliata sul suo nuovo vestito, il corpo contorto in un angolo innaturale lì dove era caduta, una gamba intrecciata dietro l'altra e il viso girato dalla parte opposta rispetto a dove si trovava Eva.

«Sophie?»

Si spostò intorno all'amica, combattendo l'impulso di farsi prendere dal panico. Se la sua amica aveva bisogno di primo soccorso, doveva mantenere la calma.

Mentre scavalcava i piedi di Sophie per accovacciarsi accanto a lei, si fermò.

Gli occhi di Sophie erano spalancati dal terrore, un denso rivolo della stessa macchia scura le copriva la guancia, una cavità profonda dove il naso si era frantumato nel viso.

Eva urlò.

CAPITOLO 2

Il sergente detective Kay Hunter fece entrare la sua auto attraverso il cancello d'ingresso e mantenne una distanza costante dietro il veicolo dell'ispettore detective Devon Sharp.

Non era di turno quella sera, ma pochi minuti dopo che il suo cellulare aveva squillato e aveva annotato l'indirizzo dettato da Sharp, si era vestita in fretta ed era corsa verso la sua auto.

«Avrò bisogno del tuo aiuto qui», le aveva detto. «Gli agenti in uniforme hanno tre auto sul posto, ma ci sono molte persone con cui avere a che fare».

Aveva guidato verso nord fuori città per almeno quindici minuti prima di svoltare in una stradina stretta. Il veicolo di Sharp era parcheggiato sulla sinistra in una piazzola e lei aveva rallentato mentre si avvicinava per lasciarlo uscire e guidare. Cinque minuti dopo, erano arrivati alla proprietà.

Conosceva la zona, un campo da golf si estendeva oltre gli alberi che fiancheggiavano il lato opposto della strada, e la maggior parte delle case erano vecchie di secoli, tramandate attraverso famiglie che preferivano sopportare le spese di manutenzione piuttosto che subire l'umiliazione di vedere le proprie case di famiglia vendute a costruttori da un comune agente immobiliare.

Mentre il vialetto stretto curvava e si allargava, capì cosa intendesse Sharp parlando del numero di persone.

Le auto erano sparse sullo spiazzo di ghiaia davanti alla grande casa, mentre gruppi di uomini e donne in abito da sera si aggiravano nello spazio.

Kay frenò accanto al veicolo di Sharp e afferrò la sua borsa, poi lo raggiunse vicino alla sua auto e osservò gli invitati alla festa riuniti.

La maggior parte aveva espressioni di incredulità. Una donna sconvolta singhiozzava mentre l'uomo che l'accompagnava la guidava verso una panchina da giardino in legno prima di inginocchiarsi accanto a lei e parlarle a bassa voce.

Kay si strofinò l'occhio destro, incapace di nascondere il sospiro che le sfuggì dalle labbra. «Sono tutti ubriachi, vero?»

«La maggior parte, immagino», disse Sharp. «Se non lo erano all'inizio, lo saranno adesso, date le circostanze».

Kay gemette. Cercare di raccogliere le dichiarazioni dei testimoni nelle prime ore di un'indagine per omicidio era fondamentale, prima che i ricordi delle persone diventassero confusi o influenzati dal parlare con gli altri e confrontare ciò che avevano visto. Aggiungere l'alcol al mix rendeva un lavoro già difficile quasi impossibile.

«Chi si sta occupando della lista degli invitati?»

«Gavin Piper sta lavorando con gli agenti in uniforme,

è qui, da qualche parte», aggiunse Sharp, gettando uno sguardo sulle persone radunate intorno. «Orientati, ci vediamo fuori sulla terrazza tra dieci minuti, e poi parleremo con i genitori della vittima».

«D'accordo».

Kay vagò per la casa, osservando gli agenti in uniforme che si erano sparsi tra le stanze intervistando un ospite alla volta, i loro volti pazienti mentre cercavano di ottenere informazioni coerenti dagli ubriachi invitati alla festa.

Le dichiarazioni sarebbero state analizzate la mattina successiva dalla squadra riunita, e poi sarebbe iniziato il duro lavoro di colmare le lacune.

Passò accanto al soggiorno e trovò una porta laterale lasciata aperta che conduceva a una terrazza pavimentata, affiancata da un grande tendone bianco.

Ai bordi esterni della terrazza, i bracieri ardevano mentre una piccola squadra di agenti in uniforme sorvegliava ciascuno di essi, la loro postura sufficiente a scoraggiare chiunque pensasse di avvicinarsi alle strutture di ferro.

All'inizio, Kay si chiese cosa stessero facendo, la domanda le morì rapidamente sulle labbra mentre realizzava che i fuochi erano stati soffocati dai primi soccorritori che avevano pensato velocemente, per preservare i resti di qualsiasi arma del delitto che potesse essere stata gettata nelle fiamme.

Sperava, per il bene delle guardie in uniforme, che fossero state usate le tovaglie del tendone piuttosto che l'acqua, altrimenti non avrebbero mai smesso di sentirne parlare dagli investigatori della scena del crimine.

Alzò lo sguardo verso le luci da discoteca che pulsavano contro lo sfondo bianco, gli altoparlanti silenziosi.

Kay si avvicinò al tendone e sbirciò attraverso i lembi tirati indietro nello spazio abbandonato.

Qua e là, una sedia era stata rovesciata, gli occupanti senza dubbio avevano lasciato i loro tavoli in fretta una volta scattato l'allarme.

Si voltò verso la postazione del DJ mentre un uomo si raddrizzava da una posizione accovacciata, un pugno di cavi che sporgevano dalle sue dita.

Sobbalzò visibilmente, poi si riprese.

«Scusi, non l'avevo vista», disse.

Kay mostrò il suo distintivo. «Sergente detective Kay Hunter».

Lui offrì la mano libera. «Tom Williams. Ho già rilasciato la mia dichiarazione a uno dei suoi colleghi».

«Bene, grazie». Lo sguardo di Kay vagò sull'attrezzatura disposta mentre lui scollegava un cavo dal retro di uno degli altoparlanti, l'impianto audio si spense con un leggero *pop*. «Da quanto tempo era qui, prima che iniziasse la festa?»

«Sono arrivato verso le quattro», disse Williams. «Lady Griffith voleva che il mio furgone fosse fuori dalla vista ben prima che iniziassero ad arrivare gli ospiti».

«Quindi dove è andato finché non è partita la discoteca?»

«Come faccio sempre in eventi come questo. Sono rimasto seduto nel furgone, ho ascoltato la radio. Letto il giornale». Scrollò le spalle. «Non è molto glamour, vero?» Annusò. «Come se non bastasse, mi ci vorrà tutto domani per cercare di togliere l'odore di fumo dall'attrezzatura a causa di quei maledetti bracieri là fuori».

Prese un altro cavo e iniziò ad avvolgerlo intorno alle mani prima di lasciarlo cadere in una scatola nera accanto ai piedi di Kay.

«Ha notato qualcuno aggirarsi o comportarsi in modo sospetto oggi?»

Williams scosse la testa. «No», disse. «Come ho detto al poliziotto che ha raccolto la mia dichiarazione, non ho notato nulla di strano mentre allestivo. Mi sono addormentato nel furgone per un paio d'ore prima che la sveglia del mio telefono suonasse. Mi dispiace».

Kay gli consegnò uno dei suoi biglietti da visita e, decidendo che non avrebbe acquisito nulla di più, lasciò il DJ al suo lavoro di imballaggio e tornò sulla terrazza.

Notò Sharp all'estremità opposta, che parlava con una coppia più anziana e un giovane uomo, le loro voci fluttuarono nella brezza verso di lei.

Riconobbe l'accento americano e, incuriosita, si diresse verso di loro attraverso la terrazza.

L'uomo più anziano era un paio di centimetri più basso di Sharp, ma con le gambe piantate saldamente di fronte all'ispettore detective, i suoi occhi erano sinceri mentre parlava a bassa voce. Le sue mani rimanevano giunte davanti a lui, come se non volesse sprecare il suo tempo con gesti inutili.

Una versione più giovane di lui stava al suo fianco, gli occhi abbassati, un'immagine di miseria.

Lo sguardo di Kay si spostò con interesse sulla moglie, sembrava che la donna fosse stata sotto i ferri almeno una volta, e i suoi lineamenti mostravano poca espressione naturale. Impeccabile nell'aspetto, teneva un braccio protettivo intorno a suo figlio e alzò il mento quando notò Kay.

Sharp lanciò un'occhiata mentre lei si avvicinava. «Ah, Hunter, giusto in tempo», disse. Indicò la coppia. «Questi sono Blake e Courtney Hamilton, e questo è loro figlio, Josh». Il tono di Sharp si addolcì. «Josh doveva fidanzarsi con la nostra giovane vittima, Sophie».

Kay strinse la mano ai genitori, offrendo le sue condoglianze prima di rivolgere la sua attenzione a Josh.

«Ciao, Josh. Sono il sergente detective Hunter».

Occhi arrossati incontrarono il suo sguardo, pura angoscia emanava dall'uomo prima che parlasse.

«Dovete trovare chi ha fatto questo», disse, con la voce rotta.

Sharp si fece avanti. «Faremo tutto ciò che è in nostro potere», disse prima di rivolgersi di nuovo ai genitori. «Abbiamo le vostre dichiarazioni, quindi per favore, portate Josh a casa, ci metteremo di nuovo in contatto domani».

«Grazie», disse Blake. Posò la mano sul braccio di suo figlio. «Andiamo, Josh».

Kay osservò mentre la piccola famiglia si allontanava, le loro figure che si ritiravano nell'ombra mentre seguivano il sentiero del giardino intorno alla casa e uscivano verso i veicoli radunati nel vialetto.

«Povero ragazzo, deve essere a pezzi», disse Kay. Gettò uno sguardo oltre la spalla al desolato tendone. «Che festa di fidanzamento. Devono essere abbastanza benestanti».

Sharp si schiarì la gola. «Non era semplicemente una

festa di fidanzamento. A quanto pare, gli Hamilton e i Whittaker, Lady Griffith e suo marito, appartengono a un piccolo gruppo religioso che incoraggia le ragazze adolescenti a fare "voti di castità" fino al matrimonio. Prima hanno tenuto la cerimonia qui oggi e poi hanno fatto la festa di fidanzamento dopo».

«Hanno fatto cosa?» Kay si rese conto che la sua mascella era caduta e la richiuse di scatto. «Cos'è un "voto di castità"?»

Le labbra di Sharp si assottigliarono. «Non ne avevo mai sentito parlare nemmeno io. Sembra essere una tendenza americana che ha preso piede qui qualche anno fa».

«Oh». Kay sbatté le palpebre e indicò l'ambiente sontuoso. «Quindi, tutto questo era per un voto di castità, eh?»

«Sì».

«Wow».

Sharp si ficcò le mani in tasca e annuì verso il retro del tendone dove una squadra di investigatori della scientifica guidata da Harriet Baker stava allestendo una serie di fari.

«I soccorritori hanno confermato la morte quando sono arrivati qui con la pattuglia», disse. «La vittima, Sophie Whittaker, è stata trovata in fondo a un pendio appena oltre quei cespugli di rododendro. Harriet riferisce che la ragazza è stata colpita con un oggetto contundente con forza sufficiente a spaccarle il cranio».

«Quindi, stiamo cercando macchie di sangue sugli ospiti?»

Sharp annuì. «Così come sugli addetti al catering,

personale di sala, baristi...» Si interruppe e si passò una mano sulla testa.

«Dove sono i genitori?»

«In una delle camere degli ospiti con un agente presente, Debbie West. Due della squadra di Harriet stanno analizzando la loro camera da letto prima che possano averne accesso». Sharp controllò l'orologio. «In effetti, andiamo a parlare con loro adesso, poi tu ed io possiamo tornare qui e discutere la strategia».

«Mi sembra un buon piano».

Kay lo seguì attraverso la casa e lungo un ampio corridoio con quattro finestre che offrivano ai residenti una vista panoramica sul vialetto, poi su per una rampa di scale coperta di moquette.

Una donna li incontrò in cima alle scale, i suoi capelli grigi raccolti in uno chignon severo e le mani giunte davanti a sé.

«Posso aiutarvi?»

«Ispettore detective Devon Sharp. Sono qui per parlare con il signor e la signora Whittaker. Lei è?»

«Grace Jamieson. Sono la governante di Lady Griffith».

Kay sbirciò oltre la spalla di Sharp mentre una porta veniva spalancata e Debbie West usciva da una stanza, con un'aria infastidita.

«Signore, ottimo tempismo», sospirò. «Il signor e la signora Whittaker stanno diventando un po'...»

«Grazie, Debbie». Sharp superò la signora Jamieson e guidò il cammino nella camera degli ospiti.

La governante iniziò a seguirli prima che la giovane

agente alzasse la mano. «Dovrà aspettare qui con me, signora Jamieson».

Kay seguì Sharp, fece un rapido cenno a Debbie e si preparò.

Affrontare la famiglia di una vittima di omicidio non era mai facile, tanto meno quando quella vittima aveva solo sedici anni.

Sharp l'aveva informata durante il tragitto dalla terrazza che la madre, Diane Whittaker, conosciuta come "Lady Diane Griffith" era in qualche modo, attraverso una miriade di cugini, presumibilmente imparentata con la famiglia reale.

Sedeva rigida su un pouf di velluto verde chiaro, i capelli scuri allontanati dal viso con quelli che Kay realizzò essere veri e propri ornamenti per capelli in guscio di tartaruga. Indossava un abito blu navy che lasciava nude le spalle, anche se sistemò uno scialle sulle clavicole prima di alzare i pallidi occhi azzurri verso Sharp mentre lui si fermava davanti a lei e suo marito.

«Signor Whittaker, Lady Griffith, vorrei presentarvi il sergente detective Kay Hunter, che co-gestirà questa indagine con me».

Kay prese la mano della donna, represse un'improvvisa sensazione di panico non sapendo se fare un inchino o meno, scartò quasi immediatamente il pensiero e ricambiò la stretta di mano in modo deciso.

Si voltò verso Matthew Whittaker.

Poiché era più alto di lei di almeno dieci centimetri, dovette alzare il mento per stabilire un contatto visivo.

Iridi marrone scuro la scrutavano da sotto sopracciglia

cespugliose, e un lieve odore di alcol la raggiunse mentre lui si presentava.

«Ispettore, spero che non ci terrete lontani dalla nostra camera da letto ancora per molto», disse. «Mia moglie è ovviamente sconvolta, ed è del tutto oltraggioso che dobbiamo essere tenuti qui».

«Mi dispiace, signor Whittaker», disse Sharp. «Stiamo lavorando il più velocemente possibile».

Kay notò che non fece menzione del fatto che la camera da letto dei Whittaker stava venendo metodicamente perquisita da due membri della squadra di Harriet in quel momento.

«Beh, invece di stare qui in piedi, dovreste almeno andare a parlare con quel ragazzo spregevole che era sempre qui intorno», disse Diane, la sua voce piena di veleno.

Kay si girò di scatto verso di lei, sorpresa. «Josh Hamilton? Pensavo che Sophie si dovesse fidanzare con lui».

Diane alzò gli occhi al cielo. «Non Josh, per l'amor del cielo. L'altro ragazzo che si presentava sempre qui e dava fastidio». Schioccò le dita mentre i suoi occhi vagavano sul soffitto. «Peter... Peter...»

«Peter Evans», disse Matthew. Rivolse la sua attenzione a Sharp. «Ha ragione. Dovreste parlare con Peter Evans. Odiava l'idea che Sophie un giorno sposasse Josh». Il suo volto si oscurò. «L'ultima volta che si è presentato qui, ho dovuto minacciarlo di chiamare la polizia. Il ragazzo è una vera seccatura. Come un cucciolo innamorato».

Kay tirò fuori il suo taccuino. «Qual è il suo indirizzo? Lo sa?»

Matthew sputò il numero dell'appartamento e il nome della strada con la rabbia e la precisione di una mitragliatrice.

Kay lanciò un'occhiata a Sharp.

«Vai», disse. «E fatti accompagnare da un agente in uniforme con una delle loro auto. Sbrigati».

Kay girò sui tacchi e si precipitò fuori dalla stanza.

CAPITOLO 3

Kay strinse il volante e si concentrò sui fari posteriori della volante davanti a lei.

Cinque minuti prima erano sbucati dalla stradina per immettersi sulla strada provinciale leggermente più larga che portava in città, e ora stavano sfrecciando lungo una strada a doppia corsia che, fortunatamente a quell'ora di notte, era vuota tranne per un taxi solitario che rimaneva nella sua corsia, ben lontano dal loro percorso.

La volante spense la sirena mentre entravano nelle periferie in espansione, e Kay fu grata della loro previdenza.

Non era il caso di preallertare un potenziale sospettato del loro imminente arrivo, né di affrontare l'ira della popolazione locale il giorno successivo per essere stati svegliati dal loro sonno da una pattuglia troppo zelante.

Frenò mentre l'auto davanti a lei imboccava l'uscita a sinistra di una rotonda, e la seguì mentre si districava in un labirinto di case a schiera prima di fermarsi davanti a una semplice casa di tre piani all'angolo della fila.

Tirò il freno a mano e si lanciò fuori dal sedile di guida.

Il conducente della volante, un agente più anziano di nome Derek Norris, la incontrò nello spazio tra i loro veicoli.

«Con tutto il rispetto, andremo noi per primi», disse, con voce burbera e intento chiaro.

Kay gli fece cenno di guidare. «Mi sembra una buona idea, Derek. Fate attenzione».

Lui le strizzò l'occhio mentre passava, annuì al suo passeggero, un giovane agente in prova il cui nome sfuggiva a Kay, e spinse il cancello di legno marcio che separava la proprietà dal marciapiede.

«È l'appartamento seminterrato», disse lei.

Norris alzò una mano in risposta.

Un giardino incolto occupava i primi metri tra la casa e la strada, e poi lo vide nel fascio di luce della torcia del poliziotto più giovane.

Gradini che scendevano verso il basso.

Trattenne il respiro mentre Norris faceva cenno all'agente in prova di spostarsi, e poi scendeva i gradini di cemento fino a una singola porta di legno.

Bussò con il pugno sulla superficie, facendo abbaiare un cane in uno degli appartamenti sopra, il cui guaito fu zittito da parole aspre seguite da un singolo guaito.

Kay non dubitava delle capacità di Norris o del suo aiutante, ma estrasse il manganello telescopico che aveva portato con sé dall'auto e lo tenne pronto.

Norris alzò il pugno per bussare una seconda volta, ma una luce si accese sopra la sua testa e la porta si aprì.

Un giovane sui vent'anni guardò fuori, la sua

espressione passò dalla speranza all'orrore sbalordito mentre si rendeva conto della presenza di un poliziotto una frazione di secondo prima che Norris lo costringesse a indietreggiare e varcasse la soglia.

Kay guardò l'agente in prova, che aveva un'espressione stupita simile a quella dell'inquilino.

«È sempre così quando incontra le persone per la prima volta?»

«Ehm...»

«Resta qui. Chiama i rinforzi se urliamo», disse. Gli diede una pacca sulla spalla e iniziò a scendere le scale. «Bravo, ragazzo. Resta qui», mormorò tra sé e sé.

Norris apparve sulla porta d'ingresso mentre lei raggiungeva l'ultimo gradino, il suo viso costernato.

«Resta lì», disse. «Abbiamo un problema».

Lei sbirciò oltre la sua spalla, i suoi occhi valutarono rapidamente la situazione.

La porta si apriva su un semplice monolocale, con un letto matrimoniale disfatto sul retro della stanza accanto a un divano a due posti logoro e un piccolo tavolino. Un piccolo televisore era appoggiato su una staffa fissata al muro.

Oltre, riuscì a intravedere l'ingresso del bagno, con una singola lampadina al soffitto.

Ritrasse il manganello e lanciò un'occhiata a Norris prima di rivolgere la sua attenzione all'uomo seduto ai piedi del letto, i gomiti sulle ginocchia e la testa tra le mani.

«Peter Evans?»

Lui alzò lo sguardo dal tappeto e la guardò da sotto una frangia spazzolata all'indietro, i capelli lunghi fino alle spalle umidi e gli occhi azzurro chiaro arrossati. «Sono io».

«C'è una valigia preparata dietro questa porta», disse Norris.

«Stava andando da qualche parte?» disse Kay, rivolgendo la sua domanda a Evans.

«Ci sono due completi di vestiti nella valigia», disse Norris. «Da uomo e da donna». Indicò con il mento verso il gradino più basso, e Kay si allontanò dalla porta, con Norris che la seguiva. «C'è del sangue sul letto», mormorò.

Kay allungò il collo, ma non riusciva a vedere da dove si trovava. «Segni di ferite su di lui?»

Norris scosse la testa.

«Merda», disse Kay. «Ok, portiamolo dentro. Mettiamo questo posto sotto sequestro come scena del crimine». Fece un cenno con il pollice oltre la sua spalla. «Fai restare il tuo amico qui finché non arriva la scientifica. Puoi tornare qui una volta che lo avremo fatto registrare».

Lui annuì, girò sui tacchi e rientrò.

Kay riuscì a sentire che ammoniva Peter mentre risaliva le scale.

«Lo porteremo dentro», disse al giovane poliziotto. «Non entrare nell'appartamento. Lo metteremo sotto sequestro come scena del crimine e faremo venire la scientifica il prima possibile».

Tirò fuori il suo cellulare e premette la chiamata rapida al numero di Sharp mentre tornava verso la sua auto. Dopo averla aperta, si appoggiò contro di essa mentre il telefono squillava, e notò che almeno due finestre erano illuminate sopra l'appartamento seminterrato.

Senza dubbio i vicini si erano resi conto che la loro casa stava ricevendo attenzioni indesiderate dalla polizia.

Sharp rispose al quarto squillo. «Cosa hai trovato?»

«Siamo arrivati cinque minuti fa. Peter Evans è qui, con una valigia piena di vestiti», disse Kay. «C'è del sangue sulla biancheria da letto, e lui si è appena fatto la doccia. Lo stiamo portando dentro per l'interrogatorio».

«Buon lavoro», disse Sharp. «Finisco qui e ti raggiungo in centrale. Ovviamente Harriet sarà occupata qui ancora per un po', quindi le farò sapere che deve mandare un'altra squadra all'appartamento».

«Grazie», disse Kay. «Ci vediamo tra poco».

Terminò la chiamata mentre Norris apriva il cancello e faceva cenno a Peter di camminare davanti a lui.

Kay aprì la portiera posteriore dell'auto, attese che si fosse sistemato sul sedile e avesse allacciato la cintura di sicurezza, poi chiuse la portiera con forza e si voltò verso Norris.

«Sharp ci raggiungerà in centrale», disse. «Facciamo registrare questo e scopriamo cosa ha da dire».

CAPITOLO 4

Nella sala interrogatori, Peter Evans si trascinò verso la sedia indicata dall'ispettore detective Sharp, mentre l'avvocato d'ufficio posava la sua valigetta sul pavimento prima di prendere posto accanto al suo cliente.

Tutti gli indumenti di Evans gli erano stati tolti al suo arrivo nella stanza di custodia nelle prime ore del mattino. Ogni capo era stato attentamente riposto in una busta e catalogato prima di essere portato via per essere esaminato dalla squadra forense.

Ora indossava una tuta regolamentare che gli pendeva dalle spalle strette, e si era arrotolato le maniche sopra i gomiti. Un paio di pantofole morbide gli coprivano i piedi mentre avvicinava la sedia alla scrivania e poi appoggiava le mani in grembo.

Kay aprì il suo taccuino, chiedendosi che diavolo stesse passando per la mente del giovane. Resistette all'impulso di sospirare e si sintonizzò sulla voce di Sharp.

Sharp iniziò l'interrogatorio ammonendo formalmente Evans e chiedendogli di confermare il suo nome, indirizzo e occupazione. Fatto ciò, l'ispettore si appoggiò allo schienale della sedia e fissò il giovane sospettato.

«Peter, comincerò col dire che ho trattato alcuni casi di omicidio in passato, ma nessuno tanto crudele come questo».

«Non sono stato io», disse Evans. Sollevò il mento fino a fissare Sharp negli occhi. «Non ho ucciso Sophie». La sua voce si spezzò, e si asciugò il naso con il dorso della mano.

Sharp spinse una scatola di fazzoletti di carta attraverso il tavolo, ed Evans ne prese due prima di soffiarsi il naso.

«Quando ha visto Sophie viva l'ultima volta?» chiese Sharp.

«Alle otto di ieri mattina», disse Evans. «Non ero stato invitato alla festa. Non sono andato in chiesa, non ci sono mai andato, figuriamoci in quel loro inquietante sancta sanctorum».

«Dove l'ha incontrata ieri mattina?»

«A circa quattrocento metri dalla casa lungo il viale. Era sgattaiolata via mentre si svolgevano tutti i preparativi».

«Ha cercato di convincerla a non procedere con la cerimonia, è così?»

«Sì». Evans scrollò le spalle. «È semplicemente sbagliato. Deve giurare castità a suo padre, per l'amor del cielo. È medievale. Non si sposerà nemmeno con Josh prima dei suoi diciotto anni».

«Cosa le ha detto?»

Evans si asciugò gli occhi. «Ha detto che doveva farlo. "Per salvare le apparenze"», disse, enfatizzando le parole con le dita in aria. «Sono stronzate».

«Quanti anni ha, Peter?»

«Diciannove».

«E ha avuto rapporti sessuali con una sedicenne?»

Il labbro inferiore del giovane sporgeva. «Non è illegale».

«Ha avuto rapporti con lei prima che compisse sedici anni?»

«No». Evans si sporse in avanti sulla sedia e fulminò Sharp con lo sguardo. «Io l'amavo. Quella gente, loro l'hanno usata».

«Quale gente?»

«I suoi genitori, e quelli di Josh».

«In che modo?»

Evans si lasciò cadere nuovamente sulla sedia, il suo viso era il ritratto della miseria. «È tutto una questione di soldi, no? È come se Blake Hamilton, che vive qui da sette anni, fosse ossessionato dall'essere parte di tutta quella scena».

«Continui».

«Beh, se Josh sposasse, scusi», Evans tirò su col naso e si pulì il naso sulla manica, «avesse sposato Sophie al compimento dei diciotto anni, allora Blake sarebbe stato connesso all'aristocrazia inglese».

«Quindi, cos'è successo, ha scoperto che Sophie avrebbe proceduto con la cerimonia e ha deciso di prendere in mano la situazione?»

«No!»

«Come spiega la macchia di sangue trovata sulle lenzuola nel suo monolocale?» disse Kay.

Evans deglutì. «Abbiamo fatto sesso».

Sharp aggrottò la fronte. «Un momento fa, ha detto di averla incontrata a quattrocento metri da casa sua».

«Avevo il mio furgone. Siamo andati a casa mia».

«L'ha violentata?»

«No!» Il viso di Evans divenne bianco. «No. Certo che no. Io l'amavo. Lei amava me».

«Allora spieghi il sangue».

Il viso di Evans divenne rosso fuoco in un attimo. «Era solo la sua seconda volta. Non l'ho ferita, lo giuro».

«Perché aveva il suo passaporto, Peter?» chiese Kay.

Le spalle del diciannovenne si afflosciarono. «Stavamo per scappare», disse. «Ecco perché aveva una valigia piena di vestiti lì. Ho comprato io la valigia, e ogni volta che ci incontravamo nelle cinque settimane precedenti alla cerimonia, lei mi dava qualcosa in più da metterci dentro».

«Dove avevate intenzione di andare?»

«In Francia», disse. «Io parlo un po' di francese, e anche Sophie, meglio di me, in effetti». Sospirò. «Merito di un'educazione privata quando era più giovane. Avremmo trovato lavoro insegnando inglese come lingua straniera. Viaggiato un po'. Oh, Dio». Si chinò in avanti, appoggiò i gomiti sul tavolo e seppellì la testa tra le mani. «Non posso credere che se ne sia andata».

Sharp diede al giovane qualche momento, poi aprì la cartella sul tavolo davanti a lui e riprese l'interrogatorio.

«Non ha indicato nessun parente prossimo sul suo foglio di accusa», disse. «Dove sono i suoi genitori?»

Evans sollevò la testa dalle mani. «Sono morti quando avevo sei anni. Anche mio fratello gemello. Incidente d'auto. Sono stato in affidamento fino a quando ho compiuto diciotto anni lo scorso gennaio».

«Com'è stato l'affidamento?»

Evans sembrò confuso. «Cosa c'entra questo con tutto il resto?»

«Per favore, risponda alla domanda».

«È stato okay, suppongo. Sono stato affidato a una coppia di mezza età che non poteva avere figli propri, così mi hanno preso in affido».

«Avremo bisogno dei loro dati».

«Brendan e Marjorie Chambers».

«E come possiamo contattarli?»

La mascella di Evans si irrigidì, e poi prese un respiro profondo. «Buona fortuna con quello. Sono sepolti nel cimitero di Maidstone. Sono morti sei mesi fa in un incidente stradale fuori Sittingbourne».

«Cosa ha fatto dell'arma del delitto, Peter?»

«Cosa?»

L'improvviso cambio di direzione nelle domande di Sharp spiazzò il giovane sospetto, e Kay attese con interesse la sua risposta.

«L'arma del delitto che ha usato per uccidere Sophie. Dov'è?»

Evans spinse indietro la sedia e si alzò, con le mani sul tavolo mentre si sporgeva in avanti. «Non l'ho uccisa io», sbraitò. Puntò il dito contro Sharp. «E mentre voi siete seduti qui a interrogarmi, cercando di farmi confessare, il suo assassino è là fuori che se ne va a spasso!»

L'avvocato d'ufficio posò una mano sul braccio di Evans e lo persuase a tornare al suo posto, alzando le sopracciglia in direzione di Sharp.

Sharp lo ignorò e invece si alzò dalla sedia.

«Interrogatorio terminato alle dodici e ventisette del mattino».

CAPITOLO 5

Kay fermò lentamente l'auto nel vialetto di casa sua e spense subito il motore.

Il pub in fondo alla strada aveva chiuso tre ore prima, e il vicolo era silenzioso.

Scese dal veicolo e chiuse la portiera, cogliendo un fugace scorcio di una volpe che attraversava di corsa l'asfalto pieno di buche. Gettandosi la borsetta sul braccio, usò la luce della luna crescente per trovare la chiave di casa e aprire la porta d'ingresso.

Dopo un furto avvenuto qualche mese prima, era stata installata una nuova serratura, e Kay fu grata che non cigolasse come la vecchia. Si voltò e la chiuse dietro di sé, attenta a non farla sbattere per non svegliare la sua dolce metà, Adam.

Lui aveva lasciato accesa la luce della cucina, il bagliore si diffondeva lungo il corridoio permettendole di vedere dove metteva i piedi.

Era un cambiamento per lei non tornare a casa e scoprire la presenza di un qualche tipo di animale. Come socio in uno degli studi veterinari più attivi della città, Adam spesso portava il lavoro a casa, in senso letterale. Tuttavia, nelle ultime settimane il suo tempo era stato occupato a prendersi cura di cavalle che stavano partorendo. Sebbene i parti fossero andati bene, significava che al momento si vedevano a malapena poiché lui spesso usciva di casa nelle prime ore del mattino o lavorava fino a tarda notte.

Assetata, lasciò cadere la borsetta sul piano di lavoro della cucina e riempì un bicchiere dal filtro dell'acqua accanto al lavandino. Lo svuotò in quattro grandi sorsi, lo sciacquò e lo mise capovolto sullo scolapiatti. Sebbene esausta, sapeva che ci sarebbero voluti una mezz'ora o giù di lì perché l'adrenalina si placasse abbastanza da permetterle di dormire, quindi si tolse le scarpe e si diresse in punta di piedi verso il soggiorno. Accese la lampada da lettura e tirò a sé il giornale del giorno prima attraverso il tavolino, iniziando a sfogliarne le pagine.

Incapace di concentrarsi sulle parole davanti a lei, la sua mente tornò alla scena dell'omicidio di Sophie Whittaker. Non aveva visto il corpo della ragazza in loco poiché c'erano già gli investigatori della scientifica che analizzavano la scena, e non aveva senso calpestare tutto il posto e aggiungere lavoro al loro. Anche se c'erano tracce di sangue nell'appartamento di Peter Evans e una valigia piena di vestiti di Sophie oltre al suo passaporto, avrebbero comunque avuto bisogno di prove per collegarlo alla scena del crimine. Altrimenti, non avrebbero potuto ottenere una condanna.

Si tolse la giacca dalle spalle e sfilò la camicetta dalla cintura dei pantaloni prima di sprofondare tra i cuscini con un sospiro. La mattina successiva avrebbe portato una montagna di scartoffie mentre la squadra avrebbe vagliato le dichiarazioni che gli agenti in uniforme avevano raccolto dai partecipanti alla festa, nonché dai genitori sia di Sophie Whittaker che di Josh Hamilton. Non riusciva a immaginare cosa stesse passando il giovane, perdere la sua fidanzata.

La famiglia americana sembrava benestante, i loro vestiti costosi. La madre sembrava aver subito qualche intervento di chirurgia estetica, e Kay non riusciva a stabilirne l'età. Blake, il padre, sembrava avere una cinquantina d'anni.

Incuriosita di sapere come un ricco americano fosse legato a una famiglia aristocratica minore, per non parlare di quella in cui il figlio stava per sposarsi, si alzò dal divano e tornò in cucina, prese il cellulare dalla borsa prima di tornare in soggiorno. Aprì l'app di ricerca e digitò il suo nome.

Non ci volle molto perché il motore di ricerca mostrasse i risultati. Hamilton Enterprises occupava le prime tre pagine dello schermo. Cliccò sul sito web dell'azienda e scorse il menu finché non trovò la pagina che riportava i dettagli della squadra di gestione esecutiva.

Originario del Connecticut, Blake Hamilton era arrivato nel Regno Unito tre anni prima, stabilendo un'attività di consulenza che sembrava prosperare sulla creazione di reti e connessioni lucrative. L'attività era cresciuta rapidamente, lasciando i suoi concorrenti indietro.

Kay aprì il calendario sul suo telefono e prese nota di indagare ulteriormente sul sito web quando sarebbe arrivata al lavoro. Incuriosita, cercò poi il nome della madre di Sophie.

Lady Griffith generava meno risultati, e Kay dovette leggere diversi articoli di cronaca mondana per farsi un'idea. I genitori della donna erano morti alcuni anni prima, suo padre era un conte che sembrava godersi una vita sociale intensa, a giudicare dal numero di fotografie. Lady Griffith sembrava sostenere enti di beneficenza e buone cause locali, ma gli articoli rivelavano poco del suo carattere, ciascuno era attentamente formulato e pieno di elogi.

Il padre di Sophie, Matthew, gestiva la propria azienda di software. Esaminando più da vicino le informazioni trovate sul sito web del registro delle imprese, Kay dedusse che la sua attività non andava bene come quella di Blake Hamilton, ma che era molto rispettato nel settore in cui lavorava. Aveva scritto diversi articoli per riviste di informatica nel corso degli anni ed era stato fotografato a eventi mondani con sua moglie.

Ingrandì una delle fotografie che mostrava Sophie con i suoi genitori, un enorme sorriso sul suo viso mentre il flash del fotografo aveva illuminato la stanza, e Kay sentì una familiare stretta al petto al pensiero della vita della giovane ragazza che le era stata strappata in modo così brutale.

Sbadigliò e gettò il telefono sul tavolino, rendendosi conto che, se avesse continuato a navigare sul motore di ricerca, non avrebbe mai dormito. Era tentata di iniziare a prendere appunti, ma per esperienza sapeva che avrebbe fatto un lavoro migliore al mattino. Così com'era, Sharp probabilmente avrebbe delegato il compito a uno del personale amministrativo o a uno degli agenti in uniforme che sarebbero stati assegnati per aiutare la squadra nell'indagine.

Si alzò di nuovo dal divano, prese la giacca e spense le luci del piano terra prima di salire le scale.

Sollevò il piede oltre il quinto gradino, che di solito cigolava, e non voleva svegliare Adam. È probabile che lui sarebbe uscito di casa prima di lei al mattino, ed era sembrato esausto negli ultimi tre giorni.

La porta della camera da letto era socchiusa, e lei scivolò attraverso lo spazio. Lui aveva lasciato accesa la lampada sul suo comodino, e lei impostò la sveglia prima di spogliarsi rapidamente e infilarsi a letto accanto a lui.

«Nuova indagine per omicidio?»

«Pensavo che stessi dormendo» sussurrò lei. «Mi sono arrampicata su quelle scale come se fossi nelle maledette forze speciali o qualcosa del genere.»

«Te la stavi cavando piuttosto bene.»

Lei si girò e gli diede una pacca sul braccio, cercando di non ridere.

«Torna a dormire.»

CAPITOLO 6

Kay alzò lo sguardo dal suo lavoro quando Sharp entrò nella stanza, seguito a breve distanza dall'ispettore capo Angus Larch.

Il detective più anziano la ignorò mentre passava davanti alla sua scrivania per fermarsi accanto alla lavagna.

Il suo sguardo severo passò in rassegna la squadra investigativa riunita, che rapidamente interruppe le conversazioni e rivolse l'attenzione ai funzionari superiori, prima che Sharp gli parlasse a bassa voce e i due uomini iniziassero a consultarsi su un documento che Sharp gli porgeva.

Strappandoglielo di mano, Larch strinse le labbra, poi alzò lo sguardo e incrociò gli occhi di Kay, e il cuore di lei sprofondò. Lui sogghignò, poi restituì bruscamente il documento a Sharp e gli fece cenno di iniziare.

Dopo il successo delle sue precedenti indagini, sperava che Larch avrebbe finalmente messo da parte l'indagine degli Standard Professionali a cui l'aveva sottoposta, ma sembrava avesse altri piani.

Kay si morse il labbro.

Aveva dei piani propri, e non erano piani che era disposta a condividere con chiunque altro nella stanza.

Piani che, si augurava, avrebbero messo fine una volta per tutte all'ingiustizia della sua sospensione.

Fu strappata dai suoi pensieri dalla voce di Sharp che risuonava nella stanza.

«D'accordo, tutti. Iniziamo.»

Sharp attese di avere l'attenzione del gruppo prima di continuare.

«Bene, per aggiornarvi sugli eventi della scorsa notte. La nostra vittima è Sophie Whittaker, figlia di Lady Griffith di Crossways Hall» disse, appendendo una foto recente della ragazza alla lavagna accanto a una fotografia scattata dalla squadra della Scientifica sulla scena del crimine. «Sedici anni, uccisa con un singolo colpo al viso con un oggetto contundente. Nessun segno dell'arma del delitto sulla scena. C'erano diverse persone a casa dei Whittaker ieri sera, perché era in corso una festa. Sophie e i suoi genitori fanno parte di un gruppo ecclesiastico esclusivo, una diramazione di una delle congregazioni battiste locali, e la festa era per celebrare quello che loro chiamano un "voto di castità" di Sophie, oltre che per annunciare il fidanzamento con un certo Josh Hamilton. Hunter, prendi nota. Voglio che tu faccia delle ricerche su cosa diavolo sia un "voto di castità" e cosa comporti. Ci torneremo sopra.»

«Capo.»

«Abbiamo ricevuto una soffiata mentre eravamo sulla

scena del crimine che ha portato all'arresto di Peter Evans» continuò Sharp, «che al momento è nostro ospite nella stanza di custodia al piano di sotto. Quando il sergente detective Hunter è arrivato al suo indirizzo di residenza, Evans aveva una valigia pronta contenente alcuni vestiti di Sophie Whittaker, insieme al suo passaporto. È stato trovato del sangue sulle sue lenzuola. Nega ogni conoscenza dell'omicidio di Sophie, e l'ho messo sotto sorveglianza anti-suicidio mentre continuiamo le indagini.»

Il silenzio riempì la stanza, fatta eccezione per il grattare delle penne sui taccuini.

«Condurremo un ulteriore interrogatorio del sospettato dopo questo briefing.» Sharp controllò l'orologio. «L'ispettore capo Larch ha richiesto che l'autopsia venga accelerata, ma ci vorranno comunque almeno quarantotto ore o più prima di ottenere quei risultati. Quindi,» disse, rivolgendosi a ciascun membro della squadra, «a meno che non otteniamo una proroga, lavoriamo considerando che abbiamo novantasei ore per provare la colpevolezza o meno del nostro sospettato. Larch?»

«Grazie, Sharp.» L'ispettore capo fece un passo avanti. «Monitorerò questo caso da vicino. Il padrino di Sophie Whittaker è l'Onorevole Richard Fremchurch, e si aspetterà un'indagine pulita con un risultato rapido.» Fulminò la squadra con lo sguardo. «Nessun dettaglio di questa indagine sarà trasmesso ai media da nessuno in questa stanza se non da me, è chiaro?»

Un mormorio riempì la stanza, mentre la squadra manifestava la propria comprensione.

«Bene, prego, continui» disse Larch, e fece cenno a Sharp.

«D'accordo, compiti per oggi» disse Sharp. «Carys, vorrei che tu osservassi il primo interrogatorio. Dopo ne parleremo per avere le tue impressioni iniziali. Fai seguito con Harriet dopo che avremo interrogato Evans e vedi se la sua squadra ha trovato qualcos'altro nella sua proprietà.»

«Lo farò, capo.»

Kay sorrise alla detective mentre scriveva nel suo taccuino.

Lavorava con Carys Miles da un po' di tempo ormai, e ammirava la sua tenacia. Il suo senso del dovere le era quasi costato caro nell'ultimo caso su cui avevano lavorato insieme e l'incidente aveva smorzato la sua ambizione, ma solo un po'.

«Gavin, tu inizia a indagare sul retroterra di Peter Evans. Voglio essere in grado di corroborare il più possibile ciò che ci dirà.»

Gavin Piper annuì, e Kay notò i suoi occhi arrossati. I suoi capelli biondi a spazzola sembravano più arruffati del solito, e si rese conto che probabilmente aveva passato la maggior parte della notte a lavorare per raccogliere le dichiarazioni dei testimoni tra gli ospiti della festa dei Whittaker. Si annotò di chiedere a uno del personale amministrativo di correre fuori a comprare un caffè decente per lui dal loro bar preferito in fondo alla strada, una volta terminato il briefing.

Rivolse di nuovo lo sguardo verso la parte anteriore della stanza mentre Sharp rivolgeva la sua attenzione a lei. «Kay, voglio che tu interroghi i genitori di Sophie. Porta Barnes con te.»

«Per l'amor di Dio, Hunter, sia cauta quando parla con i genitori» disse Larch, puntandole il dito contro. «Lo verrò a sapere se non segue le regole alla lettera in questo caso.»

Se ne andò a grandi passi, lasciando una scia di forte dopobarba al suo passaggio.

Sharp si batté il pennarello della lavagna contro il mento mentre osservava il detective più anziano allontanarsi, poi lo lasciò cadere sul ripiano sotto la lavagna. «Va bene, per ora è tutto. Mettiamoci al lavoro.»

CAPITOLO 7

Kay scorreva una serie di email arretrate sul suo telefono mentre Barnes svoltava con l'auto verso la casa dei Whittaker.

Abbassò il telefono e cercò di non rimanere a bocca aperta alla vista di ciò che la circondava.

Alla luce del giorno, il vialetto che conduceva alla casa offriva una vista panoramica sui North Downs, con l'autostrada M20 e la linea ferroviaria dell'Eurostar che tracciavano due linee distinte attraverso il paesaggio. Mentre Barnes rallentava il veicolo per seguire la strada ghiaiata lungo una curva a destra verso la casa, Kay allungò il collo per vedere gli alti camini che si ergevano sopra l'edificio. L'edera si arrampicava sui muri, raggiungendo le finestre più alte, mentre un glicine abbracciava l'ornato portico d'ingresso.

«Bel lavoro, se riesci ad ottenerlo», disse lui.

«Non dirlo a me. Non posso fare a meno di chiedermi se rimarranno qui, ora.»

«Sì. Non so se io ci riuscirei.»

Il vialetto si allargava mentre si avvicinavano alla casa, e Barnes fermò l'auto accanto a un furgone bianco.

Kay scese dal sedile del passeggero, rimise il telefono in borsa e attese che Barnes la raggiungesse.

«Come vuoi procedere?»

«Penso che sia meglio che tu parli con Diane», disse Kay. Deglutì e si voltò perché lui non potesse vederla in faccia. «Tu hai un figlio, quindi probabilmente sarai più bravo di me. Io mi occuperò di Matthew.»

«D'accordo.»

Mentre si avviavano verso la porta d'ingresso, questa si spalancò e un uomo corpulento con una prominente pancia da birra scese barcollando sui gradini d'ingresso, il volto segnato dalla furia.

Sfiorò Kay, si precipitò verso il furgone, ci salì e partì a tale velocità da far schizzare la ghiaia contro l'auto di servizio di Barnes, scheggiandone la vernice.

«Hai preso il numero di targa?» chiese Kay.

«Sì, l'ho preso.»

«Mi dispiace tanto.»

Entrambi si voltarono per vedere Matthew Whittaker in piedi sulla soglia, con il viso afflitto.

«Chi era?» chiese Kay.

«Il responsabile del noleggio del tendone. I vostri sono ancora qui, è tutto transennato, e lui non vuole rinunciare alla tariffa supplementare. Ha detto che non è previsto nei loro termini e condizioni. Ha persino minacciato di addebitare di più per "l'inconveniente" perché non riavrà il tendone fino a domani.» Alzò le dita per enfatizzare le sue parole, prima di lasciar cadere le braccia lungo i fianchi, con le spalle curve.

«Se mi dà i suoi dati, gli parlerò io. Vedrò cosa posso fare.»

«Grazie. Scusate. Volevate parlare?»

«Se fosse possibile», disse Kay.

«Buongiorno, detective.» Una donna elegantemente vestita si affacciò alla porta, poi si fece da parte per lasciarli entrare.

«Buongiorno, Hazel.»

Kay sperò che la sua voce non tradisse il sollievo nel vedere Hazel Aldridge, una degli agenti di coordinamento con la famiglia della divisione. In qualità di intermediaria tra l'indagine di polizia e la famiglia di Sophie, il contributo di Hazel era inestimabile.

«La signora Whittaker è in salotto», disse.

«Venite», disse Matthew, e li guidò attraverso l'ingresso.

Aprì una porta di legno scuro e si fece da parte per lasciarli passare.

Diane Whittaker si alzò da un divano a due posti color malva, con gli occhi arrossati.

«Buongiorno, Lady Griffith», disse Kay. «Capisco che questo sia un momento molto difficile per lei; tuttavia, vorremmo farle alcune domande iniziali per aiutarci nella nostra indagine.»

«Certamente. Prego, accomodatevi.»

Kay attese che tutti si fossero sistemati prima di estrarre il suo taccuino. «Quando abbiamo fermato Peter Evans ieri sera, aveva alcuni vestiti in una valigia e il passaporto di Sophie.»

Diane sussultò e si lasciò cadere contro i cuscini, con la mano sulla bocca.

«Co-come l'ha ottenuto?» disse Matthew.

«Può dirmi qualcosa di più sulla relazione tra Peter e Sophie?»

«Non c'era nessuna relazione», sbottò Diane. «Nonostante quello che pensavano loro.»

«Avevamo presentato Sophie a Josh Hamilton attraverso il nostro gruppo in chiesa sei mesi fa», disse Matthew. «Circa cinque settimane dopo, ha menzionato Peter per la prima volta. Credo che l'avesse incontrato in città un sabato pomeriggio mentre era fuori con gli amici.»

Kay aprì il suo taccuino e annotò i dettagli. «Cosa ha detto?»

«Beh, non l'ha proprio menzionato», disse Matthew, e tossì. «Lei ed Eva stavano parlando di lui quando sono tornate qui, e non si sono rese conto che io e Diane eravamo sulla terrazza sotto la finestra di Sophie. Le abbiamo sentite parlare di lui.»

«Quella maledetta ragazza», mormorò Diane.

«Può elaborare?»

«Sophie ha chiesto a Eva cosa pensasse di Peter», disse Matthew. «Credo che Eva lo conoscesse già prima del loro incontro, forse attraverso un'altra sua amica. Ha detto a Sophie che Peter non aveva una relazione e che era raro vederlo in estate. A quanto pare, passa molto tempo in Cornovaglia a fare surf. O a viaggiare all'estero.»

«Non vale niente», disse Diane, con il mento alzato. «Nessuna prospettiva.»

«Quindi, tornando alla mia domanda: come ha fatto a entrare in possesso del passaporto di Sophie?»

«Non ve l'ha detto lui?»

«Vorrei sentire la sua opinione.»

Diane tirò su col naso. «Penso che probabilmente l'abbia convinta a scappare con lui piuttosto che sposare Josh.»

Kay lanciò un'occhiata a Barnes. «Lady Griffith, le dispiacerebbe mostrare all'agente Barnes dove si trova la finestra di Sophie rispetto alla terrazza?» Si voltò verso Matthew. «Vorrei vedere la sua camera da letto, se non le dispiace mostrarmela?»

Diane si alzò dal divano con un sospiro e fece cenno a Barnes. «Da questa parte.»

«Ti raggiungo all'ingresso», disse Kay mentre lui le passava accanto.

Raggiunse Matthew e lo seguì su per le scale, osservando le fotografie di famiglia appese al muro mentre saliva i gradini.

In ognuna, i tre membri della famiglia erano riuniti formalmente mentre gli anni ripercorrevano la vita di Sophie; Matthew in piedi dietro sua moglie seduta nelle foto più vecchie, le mani sulle sue spalle mentre Sophie cresceva da neonata in grembo alla madre a bambina. Man mano che Sophie maturava, stava in piedi accanto a sua madre, mentre Matthew aveva posto una mano protettiva sulle spalle di entrambe.

Kay si fermò vicino alla cima delle scale e lasciò che Matthew continuasse senza di lei. Si avvicinò all'ultima fotografia e scrutò l'insieme. La ragazza che la fissava teneva la testa alta con uno sguardo quasi di sfida mentre posava per la fotocamera e, nonostante non indossasse i tacchi, era solo pochi centimetri più bassa di suo padre. In questa fotografia più recente, la sua mano non era più posata sulla sua spalla, ma sulla parte superiore del suo braccio sinistro.

Kay aggrottò la fronte mentre esaminava la fotografia, poi guardò Matthew. «Lo stesso vestito che indossava ieri sera? Sembra un abito da comunione».

Un sorriso triste attraversò le labbra dell'uomo. «No, non una comunione. Questa è stata scattata sei settimane fa. Pronta per la sua cerimonia della promessa. Volevamo fare alcune fotografie professionali prima del giorno, nel caso in cui il meteo fosse stato inclemente».

«Cerimonia della promessa?»

«Sta diventando sempre più popolare qui. Sophie era un po' grande per farlo, ma...» Scrollò le spalle. «Voleva farlo lei. La maggior parte delle ragazze fa una promessa quando compie tredici anni, o a volte prima».

«Cosa significa?»

«Ha promesso di rimanere casta fino al matrimonio».

Le sopracciglia di Kay si alzarono di scatto. «È legalmente vincolante?»

Lui scosse la testa. «Non è questo il punto. È vincolante agli occhi del nostro Signore».

«Oh».

La sua mano tremava mentre allungava le dita e le faceva scorrere sul vetro, poi tirò su col naso. «La sua camera da letto è da questa parte. I vostri hanno finito qualche ora fa».

Li condusse lungo un pianerottolo con la moquette, poi si fermò all'ultima porta sulla destra. «Questa è di Sophie».

«Grazie», disse Kay. Si fermò sulla soglia mentre Matthew accendeva le luci.

I faretti nel soffitto diffondevano un tono attenuato

finché lui non girò il regolatore di luminosità, illuminando lo spazio con una luce più forte.

Aggrottò la fronte. «Le tende sono tirate, perché?»

Un lampo di rabbia attraversò il suo volto. «Maledetti giornalisti. Uno dei camerieri che aiutava a pulire questa mattina ha visto un flash dalla macchina fotografica su nel bosco dietro la casa. Probabilmente cercavano di fare una foto ai vostri colleghi mentre lavoravano qui dentro. Abbiamo dovuto chiudere tutte le tende su questo lato della casa».

«Ne parlerò una volta tornata in centrale. Vedrò se posso fermare questa cosa».

«Grazie». Esitò nel corridoio. «Senta, se non le dispiace, potrei aspettarla di sotto. Tutto questo...» Fece un gesto verso le cose di Sophie. «È semplicemente troppo».

«Capisco. Non ci metterò molto».

Whittaker annuì e scomparve.

Kay si spostò al centro della stanza e si girò in cerchio, lasciando vagare lo sguardo sul letto singolo, gli armadi a muro e il comodino.

La squadra di Harriet aveva lavorato metodicamente ma con empatia; la stanza era stata riordinata il più possibile una volta completata la loro ricerca sistematica, eppure era evidente che questa non era più la camera da letto di un'adolescente.

Conteneva l'atmosfera di una vita ormai estinta; qualcosa di intangibile che lasciava nell'aria il sussurro di un momento fermato nel tempo, per sempre congelato nei ricordi.

Kay si guardò alle spalle, poi indossò i guanti protettivi e iniziò a frugare nei cassetti del comodino.

Non dubitava delle capacità di Harriet, né di quelle della sua squadra, ma voleva capire meglio Sophie, farsi un'idea di come fosse stata la vita della ragazza prima che le fosse strappata così violentemente.

Due libri tascabili, entrambi di saggistica, erano infilati nel cassetto superiore insieme a un eReader e una confezione di pastiglie per il mal di testa. Un paio di elastici per capelli e una lima per unghie erano spinti sul fondo.

Sophie aveva conservato un assortimento di vecchi CD nel cassetto inferiore, e Kay scorse i titoli con lo sguardo prima di metterli da parte. Una scatola di fazzoletti occupava il resto dello spazio, ma non trovò nessun diario e nemmeno la squadra di Harriet l'aveva trovato.

Sophie era stata una custode di segreti, questo era già evidente.

Kay rivolse la sua attenzione all'armadio a muro che occupava la lunghezza di un lato della camera da letto, ma a parte una selezione di vestiti appesi in ordine di lunghezza e una varietà di scarpe, non trovò nulla che suggerisse che Sophie fosse coinvolta con qualcun altro oltre al giovane uomo a cui era stata recentemente promessa, o Peter Evans.

Un mormorio di voci le giunse dal fondo delle scale e si rese conto che Barnes era tornato con Diane e stava parlando con Matthew.

Sospirò e uscì dalla stanza. Scendendo le scale, si mise i guanti in tasca mentre tre volti si voltavano verso di lei.

«Grazie per il vostro tempo questa mattina», disse a

Diane e Matthew. «Vi contatteremo non appena avremo qualcosa da riferire. Nel frattempo, Hazel sarà a disposizione per qualsiasi cosa di cui abbiate bisogno, quindi per favore non esitate a farglielo sapere».

«Grazie, detective», disse Matthew, e li accompagnò alla porta. Si asciugò gli occhi. «Non riesco a credere che se ne sia andata».

Diane rabbrividì e si strinse il cardigan ai fianchi. «Il Signore sa come Josh stia affrontando tutto questo. Sarà distrutto».

CAPITOLO 8

«Che ne pensi?»

Avevano viaggiato in silenzio allontanandosi dalla casa dei Whittaker finché Barnes non aveva accelerato sulla rampa d'accesso all'autostrada e superato un'auto che procedeva lentamente nella corsia di sinistra.

«Diane Whittaker non sapeva assolutamente che Sophie stesse ancora vedendo Peter Evans, figuriamoci che stesse pianificando di fuggire con lui. Le ho chiesto da quanto tempo Sophie avesse il suo passaporto, e l'ha ottenuto solo sei mesi fa per una gita scolastica d'arte nella Valle della Loira a maggio. A quanto pare, sponsorizzata, quindi i genitori non hanno dovuto pagare.»

«Non sono mai andati in vacanza all'estero?»

Barnes scosse la testa e mise la freccia a sinistra, imboccando una strada secondaria a nord della città e spostandosi nella corsia che li avrebbe portati sulla strada giusta per tornare alla stazione. «Ho avuto l'impressione che non potessero permetterselo.»

«Con una casa del genere?» Kay si strofinò un occhio.

«Immagino che le dimore storiche richiedano un sacco di soldi per essere mantenute.»

«Beh, quel posto ha sicuramente bisogno di qualche intervento.»

«Sì. Alcune parti sembravano un po' malandate, vero?»

«Diane Whittaker mi ha detto che stavano aspettando una sorta di sovvenzione o pagamento da una fondazione o qualcosa del genere che sarebbe arrivato a breve, per aiutarli ad avviare alcuni lavori di ristrutturazione.»

«Speriamo che lo ottengano. Deve costare una fortuna stare al passo con i lavori in un posto del genere. Nel momento in cui hai finito di sistemare tutto, di solito è ora di ricominciare da capo.»

«Hai trovato qualcosa nella stanza di Sophie?»

«No, e Harriet e la sua squadra stanno ancora compilando il loro rapporto. La camera da letto di Sophie era piuttosto spoglia, in realtà. Ricordo sempre che la mia stanza era un po' un disastro quando ero adolescente.»

«Sì, anche la mia.»

«Strano, non c'erano nemmeno poster alle pareti.»

«Forse carta da parati antica.»

Kay lo guardò con gli occhi socchiusi.

«Ok, quindi la casa non è un museo... ancora», sorrise lui. «Cosa pensavi di trovare?»

«Pensavo che ci potesse essere un diario o delle lettere d'amore o qualcosa del genere nascosto che ci fosse sfuggito durante le perquisizioni formali, ma non c'era nulla.» Guardò fuori dal finestrino mentre si avvicinavano a un semaforo e osservò una giovane madre che spingeva un bambino su un'auto giocattolo gigante lungo il marciapiede, mentre il bambino rideva e gettava la testa all'indietro per il divertimento.

«Hai già qualche idea sul movente?»

«Gelosia, forse?»

«Quindi, lui la uccide.»

«Ma allora perché aspettare che andassimo a prenderlo?» Kay scosse la testa mentre il semaforo diventava verde e Barnes premeva l'acceleratore. «Non ha senso. Aveva con sé un passaporto ed era pronto a partire, quindi perché non l'ha fatto?»

«Shock?»

Kay arricciò il naso. «Un po' un azzardo.» Appoggiò la mano sulla fibbia della cintura di sicurezza mentre Barnes svoltava nel parcheggio della stazione di polizia. «Senti, dai un'occhiata all'attività di Matthew Whittaker. Scopri se c'è qualcosa lì di cui dovremmo essere a conoscenza. Lo stesso vale per la casa e i finanziamenti per le ristrutturazioni.»

«Qualcosa in particolare che dovrei cercare?»

«Qualcosa che non quadra. Sai com'è. Potremmo non sapere cosa sia finché non lo vediamo.»

Spense il motore e tirò il freno a mano prima di voltarsi verso di lei. «Potrebbe anche non esserci nulla.»

La sua bocca ebbe un fremito. «Immagino ci sia solo un modo per scoprirlo.»

«E tu cosa farai mentre io mi occupo delle scartoffie?»

«Prenderò Carys e andremo dagli Hamilton. Scopriremo quanto Josh sapeva della relazione di Sophie con Peter.»

Barnes inarcò un sopracciglio mentre apriva la portiera.

«Quella sì che sarà una conversazione interessante.»

CAPITOLO 9

«Bella casa che ha qui, signor Hamilton.»

Kay attraversò il vialetto a grandi passi verso un'automobile berlina a quattro porte dall'aspetto costoso, con Carys al suo fianco.

Blake finì di sistemare le valigie nel bagagliaio del veicolo, chiuse il portellone e si girò mettendo le mani sui fianchi. Socchiuse gli occhi al sole che si rifletteva sull'acqua.

«Sì, è un bel posto. Ovviamente abbiamo dovuto demolire la vecchia casa.» Arricciò il naso. «L'intero edificio era marcio. Ci è voluto circa un anno per far approvare i progetti di questa dal consiglio comunale, ma alla fine hanno capito.»

«Da quanto tempo siete qui?»

«Da circa tre anni. Volevo un posto da cui fosse facile raggiungere l'ufficio in città, e Courtney voleva stare nella campagna inglese.» Allargò le braccia con un gesto ampio e indicò la casa. «Questo è perfetto.»

«È davvero una bellissima casa.»

53

Blake sorrise, poi abbassò lo sguardo. «In qualsiasi altro momento, mi piacerebbe farvi fare un giro guidato, ma come potete vedere, stiamo per uscire.»

«Noi?»

«Io e Josh.» Indicò con il pollice oltre la sua spalla. «Ha ricominciato l'università solo poche settimane fa, ma date le circostanze, abbiamo parlato con i suoi professori e concordato che passerà il resto del semestre a casa. Può studiare online e tornare dopo Capodanno.»

«Quale università?»

«Brunel.»

«Mi chiedevo se potessimo scambiare due parole con Josh, infatti.»

Un'espressione di dolore attraversò il viso dell'altro uomo. «Dobbiamo davvero andare», disse. «Il traffico in città nel tardo pomeriggio è un inferno.»

«Lo capisco, signor Hamilton, ma sono nel bel mezzo di un'indagine per omicidio.»

Lui aggrottò la fronte. «Avete il vostro sospettato, no?»

«Ce l'abbiamo, e continueremo con quella parte dell'indagine. Nel frattempo, vorrei parlare con Josh, per favore, vorrei saperne di più su Sophie Whittaker.»

Blake sospirò. «Guardi, può scambiare due parole veloci, ma non possiamo trattenerci.»

Kay si sforzò di sorridere. «Va bene. Faremo alcune domande preliminari ora e torneremo domani.»

«D'accordo, um... okay.»

Kay e Carys lo seguirono attraverso la porta d'ingresso in un ampio atrio, con una scala in ferro e marmo che saliva attraverso un atrio fino al piano superiore della casa, mentre le porte conducevano a diverse stanze al piano terra.

Aromi di cottura provenivano da una porta oltre la scala, e Kay fu colpita dalla sensazione di normalità rispetto alla casa dei Whittaker.

Era anche evidente che, al contrario, gli affari di Blake Hamilton andavano bene, la sua casa manteneva una lucentezza impeccabile, mentre la dimora ancestrale di Diane Whittaker sembrava cadere a pezzi.

Crossways Hall non era certo uno chic trasandato.

Sobbalzò quando Blake urlò su per le scale.

«Josh, sbrigati.»

La figura allampanata dell'adolescente apparve in cima alle scale, una borsa sportiva a tracolla, gli occhiali da sole spinti sopra i capelli biondi e spettinati.

Scese lungo la balaustra prima di scendere le scale, e si bloccò quando vide Kay e Carys.

«Dai», disse Blake. «La polizia vuole scambiare due parole con te prima che andiamo.»

«Va tutto bene?»

Kay si girò al suono della voce di Courtney Hamilton. «Buongiorno, signora Hamilton.»

«Che succede?»

Gli occhi della donna erano spalancati mentre si asciugava le mani con un asciugamano.

«Volevamo fare alcune domande a Josh su Sophie Whittaker», disse Kay, «ma capisco che il signor Hamilton vuole portarlo all'università il prima possibile. Non vi tratterremo a lungo, possiamo tornare domani.»

«Oh. Va bene. Vi lascio fare.»

Scomparve di nuovo in quella che Kay presumeva fosse la cucina, canticchiando sottovoce.

«Bene, quindi, cosa voleva chiedere a Josh?» disse Blake, e mise un braccio intorno alle spalle del figlio mentre li raggiungeva nell'atrio.

Kay si rese conto che non avrebbe ceduto sulla sua affermazione che sarebbe partito a breve, e decise che non aveva tempo per le sottigliezze.

«Josh, puoi raccontarmi gli eventi di ieri sera, con parole tue?»

Blake Hamilton emise un lungo sospiro. «Onestamente, detective, non abbiamo davvero tempo per questo. Josh ha già rilasciato una dichiarazione a uno degli agenti di polizia ieri sera.»

Lo ignorò e annuì a Carys che aveva il taccuino e la penna pronti. «Josh?»

L'adolescente alzò le spalle. «Siamo arrivati a casa dei Whittaker verso le sei, credo. Le persone del nostro gruppo della chiesa erano le uniche invitate, volevamo mantenere privata la cerimonia. Abbiamo camminato un po' in giro e parlato con tutti, poi il nostro pastore, Duncan, ha riunito tutti nel tendone così che Sophie potesse fare il suo voto. Dopo di che, le ho dato un anello di fidanzamento.»

Kay annuì, ma non disse nulla e attese che continuasse.

Un'altra alzata di spalle. «Dopo che la cerimonia era finita, ci siamo seduti per il pasto formale, e poi il personale ha sparecchiato i tavoli ed è iniziata la discoteca.»

«A che ora è stato?»

«Verso le otto e mezza, credo.»

«Cosa hai fatto dopo il pasto?»

«Ho girato in giro. Ho bevuto qualche birra.» Arricciò il naso. «Una delle donne più anziane ha cercato di farmi ballare, ma non se ne parlava.»

«Quando hai visto Sophie per l'ultima volta?»

Corrugò la fronte. «Verso le nove e un quarto, credo.» Si grattò la guancia. «Sì. Verso le nove e un quarto. Era sulla terrazza che parlava con sua madre, e io mi sono avvicinato. Non so di cosa stessero parlando, ma Diane sembrava piuttosto arrabbiata per qualcosa. Però sembrava essersene fatta una ragione abbastanza in fretta, e poi ha lasciato me e Sophie soli.»

«Di cosa avete parlato?»

«Oh, questo e quello, sa.»

«Potrebbe elaborare, per favore?»

«Un momento.» Blake alzò una mano. «Che tipo di domanda è questa?»

«Sto cercando di accertare di cosa hanno parlato suo figlio e Sophie Whittaker» disse Kay. «Potrebbe aiutarci a valutare quale fosse il suo stato d'animo in quel momento.»

«Stato d'animo?» Blake rise. «Le dirò qual era il suo stato d'animo. Era ubriaca, come tutti gli altri.» Diede una pacca sulla spalla a Josh. «Se è tutto, detective, porterò Josh all'università» disse Blake. «Come ho detto, non voglio restare bloccato nel traffico durante il tragitto.»

Kay strinse la mascella. «Grazie. Apprezzo il suo tempo. Torneremo domani.»

L'americano annuì, poi guidò Josh verso la porta d'ingresso dove li aspettava l'auto.

Kay e Carys rimasero sui gradini d'ingresso mentre l'auto si allontanava.

«Gradireste un caffè prima di andare?»

Kay si voltò e vide Courtney nell'atrio, con gli occhi speranzosi. Guardò Carys, poi tornò a guardare Courtney. «Sì, sarebbe bello, grazie, se non è un disturbo per lei?»

«Nessun disturbo. Venite in cucina.»

La seguirono lungo il corridoio e attraverso ampie porte doppie in uno spazio che Kay era sicura fosse il doppio delle dimensioni del suo garage.

Ariosa e luminosa, la stanza mostrava i piani di lavoro scintillanti sotto il bagliore dei faretti strategicamente posizionati nel soffitto.

Courtney notò il suo sguardo. «Marmo» sorrise. «Blake l'ha fatto spedire dall'Italia apposta per me.» Passò la mano sulla superficie più vicina a lei. «È bellissimo, vero?»

«Incantevole» disse Carys, e alzò un sopracciglio verso Kay una volta che l'altra donna si fu voltata.

Un fresco aroma di vaniglia e cannella riempiva l'intera stanza, e Kay sperò che il suo stomaco non brontolasse rumorosamente come faceva sempre quando non mangiava da più di quattro ore.

«C'è un ottimo profumo qui» disse.

«Oh, di solito abbiamo una governante che si occupa della cucina per me» disse Courtney, «ma, sa, infornare mi aiuta a calmarmi; quindi, le ho solo chiesto di procurarmi gli ingredienti e lasciarmi fare.»

Si affaccendò a preparare il caffè, e poi porse loro il risultato in tazze di porcellana fine.

«Josh deve essere devastato» disse Kay.

«O sollevato.» La donna si portò la mano alla bocca e arrossì.

«Sollevato?»

«Beh» disse Courtney, agitando la mano. «Sono entrambi così giovani, davvero, no? Voglio dire, erano, suppongo.» Rimase in silenzio per un momento, e poi scosse la testa come per ricomporsi. «Preferirei che Josh vedesse il mondo prima di sistemarsi. Ha un sacco di tempo prima di doversi preoccupare di sposarsi e prendere in mano l'azienda di Blake.»

«Di chi è stata l'idea della cerimonia del voto di castità?» chiese Carys.

Le sopracciglia di Courtney si aggrottarono, la sua fronte liscia si rifiutò di incresparsi. «Di Matthew, credo.» Fece una pausa. «O era di Sophie?» Scrollò le spalle. «Non importa. So che hanno iniziato entrambi a parlarne dopo che Blake l'ha menzionato durante uno dei nostri incontri privati in chiesa una sera.»

Si voltò, infilò guanti termici sulle mani e aprì lo sportello del forno, estraendo due teglie prima di girarle e rimetterle dentro.

«Gli incontri di culto privato, come sono iniziati?» disse Kay, cercando di ignorare l'aroma dei biscotti che usciva dal forno.

Courtney chiuse lo sportello e regolò il timer prima di togliersi i guanti e tornare al suo sgabello. «Blake l'ha suggerito un paio di anni fa, e Duncan ha accettato.» Strinse le labbra. «Va bene socializzare con gli altri del villaggio, suppongo, ma ci sono alcune cose che preferiamo semplicemente tenere per noi, che le persone non capirebbero, sa?» Colse lo sguardo di Kay e forzò un piccolo sorriso. «Niente di straordinario, posso assicurarglielo, ma forse cose di cui non devono occuparsi.» Il suo naso si sollevò un po' in aria. «Siamo piuttosto lontani dai loro piccoli problemi e questioni» aggiunse, gesticolando intorno all'ampia cucina.

Kay represse la risposta che le saliva alle labbra. «Quindi, questi incontri privati si tengono regolarmente?»

«Oh, sì, ogni martedì sera.»

«Dove?»

«In chiesa. Duncan è così accomodante» si entusiasmò Courtney. «Ha una mente così aperta circa la libertà nel professare la propria fede.»

Carys si schiarì la gola.

Kay guardò dall'altra parte del piano di lavoro verso di lei, ma la giovane detective aveva la testa china sul suo taccuino e si rifiutò di incrociare il suo sguardo. Ne fu contenta; non pensava di poter mantenere un'espressione seria se Carys avesse scelto di guardare in alto in quel momento.

Rivolse di nuovo la sua attenzione a Courtney. «Quindi, tornando al voto di castità. È una cosa americana, vero?»

La donna socchiuse gli occhi e si rigirò la fede nuziale al dito. «Suppongo di sì.»

«È solo che non ne ho mai sentito parlare prima. Può dirmi qualcosa in proposito?»

Gli occhi di Courtney si illuminarono. «Oh, certo, sì. Beh, è nato dal movimento battista nel Connecticut anni fa, è da lì che viene la famiglia di Blake, ma sta davvero prendendo piede anche in altri stati. È molto popolare tra le ragazze adolescenti che vogliono onorare Dio e rimanere caste fino alla notte di nozze.»

«E firmano un contratto?»

«Sì» disse Courtney. «Le ragazze sono davvero bellissime, avrebbe dovuto vedere il vestito che Sophie stava...»

Kay aspettò, contenta di lasciare che la donna si tormentasse.

«Voglio dire, immagino che l'abbia visto» disse Courtney, il volto color rosso acceso. Si portò le dita alle guance per un momento. «Comunque» disse infine, «le ragazze si vestono di bianco, e loro e i loro padri fanno un voto, le ragazze di rimanere caste, e i padri si impegnano a proteggere la castità delle loro figlie.»

«I padri giurano di proteggere le loro figlie?»

«Sì.»

Kay incontrò lo sguardo di Carys questa volta mentre la testa della giovane detective si alzava di scatto, gli occhi spalancati.

«Interessante» disse.

CAPITOLO 10

«Bene, prestate attenzione.»

Il brusio di voci diminuì alla voce di Sharp, e la squadra rivolse la propria attenzione alla parte anteriore della stanza mentre l'ispettore camminava avanti e indietro sul tappeto davanti alla lavagna.

«Siamo a ventiquattr'ore dall'inizio di questo caso, e dobbiamo darci una mossa. Cominciamo con Gavin, cosa ha riferito Lucas finora?»

«I suoi risultati preliminari indicano una ferita da trauma contundente al viso, Lucas dice che il colpo è stato abbastanza forte da rompere i denti superiori e frantumare il viso, perforando il cervello. La morte è stata istantanea», disse il giovane agente di polizia. «Lucas è riuscito a far venire un patologo in più per aiutare con il carico di lavoro dopo quell'incidente in autostrada del fine settimana, e ha detto che spera di consegnarle il suo rapporto completo domani.»

«Bene. Fammi sapere appena arriva. Chi ha un aggiornamento da Harriet?»

«Io, capo.» Carys alzò la penna in aria, poi abbassò lo sguardo sul suo taccuino. «Nessuna arma del delitto trovata sulla scena del crimine, ma qualunque cosa sia stata usata, ha fatto un bel casino, ha detto che c'era sangue sulle foglie di rododendro vicine e sull'erba accanto al corpo. Sfortunatamente, Eva Shepparton ci ha camminato sopra, spargendolo verso il pendio che porta al luogo dove si trova il tendone. Ovviamente dobbiamo accertare se ha visto o sentito qualcosa. Ha affermato di non ricordare, ma speriamo che la sobrietà l'aiuti a rammentare.»

«Buon lavoro, Carys. Kay, tu e Barnes avete ricavato qualcosa dai genitori di Sophie?»

«Non avevano idea che Sophie vedesse ancora Peter Evans, figuriamoci che ci andasse a letto», disse. Lanciò uno sguardo a Barnes. «In effetti, entrambi sembravano scioccati di non saperlo, vero?»

«Sì, e quando parlavo con Diane Whittaker, continuava a ripetere che non riusciva a capire perché Sophie l'avesse fatto, andare a letto con Peter quando stava per fidanzarsi con Josh Hamilton», disse Barnes. «Dal punto di vista delle verifiche preliminari, ho iniziato a esaminare i conti aziendali di Matthew Whittaker, e Diane ha menzionato che stavano aspettando una sorta di finanziamento o sovvenzione a supporto delle ristrutturazioni della loro casa, quindi continuerò a lavorare su questo.»

«Com'era Blake Hamilton?» chiese Sharp.

«Poco collaborativo», disse Kay. «Più interessato a portare Josh all'università a Londra per prendere le sue cose che ad aiutare a scoprire perché Sophie è stata uccisa. Sua moglie, Courtney, era più loquace, ma sembra essere inconsapevole del fatto che stiamo cercando di condurre un'indagine per omicidio.»

«In che senso?»

«Sembrava sollevata dal fatto che Josh non si sarebbe sposato così presto. Ha detto che entrambi erano troppo giovani per una cosa del genere, non vedeva l'ora che lui viaggiasse una volta finita l'università, e non sembrava affatto entusiasta di tutta questa faccenda del fidanzamento.»

«Parlerai di nuovo con loro?»

«Sì, domani.»

«A che punto siamo con le copie delle pagelle scolastiche di Sophie?»

«Eccole», disse Debbie West. «Niente di straordinario. Nessuna assenza ingiustificata, nessuna punizione negli ultimi due anni. Un paio di premi per il tennis.» Gettò i fogli sulla sua scrivania. «Un'alunna modello, a quanto pare.»

«Cosa pensavano i genitori di Peter Evans?»

«Hanno certamente dato l'impressione di ritenerlo indegno di avere una relazione con Sophie», disse Kay. «Diane non aveva alcuna considerazione di lui, ed entrambi sono rimasti sbalorditi quando ho detto loro che il passaporto di Sophie è stato trovato nell'appartamento di Peter.»

«Va bene. Continuate così, tutti. L'ispettore capo Larch e io interrogheremo di nuovo Evans tra mezz'ora. Altro?»

«Quando abbiamo parlato con Matthew Whittaker prima, non ha menzionato che anche lui aveva fatto un giuramento», disse Kay. «A quanto pare, parte dell'accordo era di proteggere sua figlia fino al momento del matrimonio.»

«Ha fallito, allora», mormorò Barnes. «Sembra che lei li stesse prendendo tutti in giro.»

«Mi stavo chiedendo, però, se Matthew avesse scoperto che Sophie andava a letto con Peter, sarebbe stato un motivo sufficiente per farle del male?»

Un silenzio riempì la sala operativa, interrotto solo quando la penna di Gavin rotolò sul suo taccuino aperto e cadde a terra.

Sharp si strofinò il mento. «Pensi che abbia preso a tal punto sul serio il suo giuramento?»

«Forse. Credo che valga la pena fare un'altra chiacchierata con lui.»

«Fallo, ma vacci piano.»

«Capito.»

«Okay, compiti per domani. Barnes e Piper, organizzate un altro colloquio con Eva Shepparton. Quando le parlerete di nuovo, scoprite cosa sapeva della relazione di Sophie con Peter.»

«Capo.»

«Hunter, domattina per prima cosa vai a parlare con il pastore, Duncan Saddleworth. Cerca di capire che tipo di rapporto aveva con i genitori e scopri attraverso lui di chi è stata l'idea che Sophie facesse questo "voto di castità". Poi prendi Carys con te e parla di nuovo con Matthew Whittaker, scopri quanto aveva preso sul serio la sua parte dell'accordo.»

«Lo farò.» Tamburellò con la penna sul lato del suo taccuino. «Pensa che forse Sophie stesse avendo dei ripensamenti?»

«O era determinata ad andare avanti, e o Peter Evans o Matthew Whittaker non gradivano l'idea.»

CAPITOLO 11

Un odore di muffa riempì i sensi di Kay la mattina seguente mentre scuoteva l'ombrello e lo riponeva in un portaombrelli in ghisa nel portico della chiesa, grata per il riparo dal breve acquazzone estivo.

Mentre si raddrizzava, passò in rassegna i vari messaggi appuntati sulla bacheca e allungò la mano per sollevare gli angoli per leggere gli appelli dei diversi gruppi che utilizzavano la chiesa per riunioni, prove di suono delle campane e composizioni floreali.

Aggrottò la fronte notando uno spazio rettangolare nell'angolo in basso a sinistra della bacheca, con una puntina rossa e una blu fissate nel mezzo.

Il suo sguardo si spostò sulla cassetta delle offerte posta sopra uno stretto ripiano al di sopra di un vecchio banco, e sull'anello metallico su un lato che era fissato alla parete in legno del portico da una solida catena.

Kay posò la mano sul chiavistello secolare e aprì delicatamente la porta di legno.

Sbatté le palpebre mentre richiudeva la porta e i suoi occhi si adattavano alla penombra.

Luci pendevano da lunghi cavi fissati in alto sul soffitto, mentre faretti illuminavano l'altare e il pulpito.

Voci sommesse si diffondevano nel grande spazio e il suo sguardo cadde su due donne anziane e un uomo dall'altro lato della navata. Le due donne tenevano in mano panni e bombolette spray mentre si muovevano tra le file di banchi, e il dolce aroma della cera per mobili si diffondeva nell'aria.

Alla vista di Kay, rimasero in silenzio.

L'uomo, vestito con una semplice camicia nera e giacca e pantaloni abbinati, si voltò verso di lei, con un colletto bianco al collo. Parlò alle due donne, una di loro ridacchiò e annuì, poi si fece strada tra i banchi.

Si diresse con passo deciso verso Kay, un sorriso cordiale spuntò attraverso la sua barba curata secondo le tendenze.

Lei si rese conto che probabilmente riusciva ad affascinare tutte le signore della congregazione, e sorrise prima di mostrare il suo distintivo mentre l'uomo religioso la raggiungeva, corrugando la fronte.

«Duncan Saddleworth?» disse, la sua voce echeggiò nello spazio tra loro.

«Sì?»

«Sono il sergente detective Kay Hunter della polizia del Kent», disse. «C'è un posto dove possiamo parlare?»

«A proposito di?» Passò una mano tra i capelli castano chiaro, con espressione guardinga.

«Sophie Whittaker.»

Lui lanciò un'occhiata alle due donne che cercavano di

non fissarli mentre lavoravano, poi tornò a guardare Kay. «Um, va bene, suppongo che potremmo usare la sagrestia.»

«La seguo.»

Saddleworth girò a sinistra e si diresse verso il retro della chiesa.

Kay alzò lo sguardo verso la galleria, le canne dell'organo della chiesa che si innalzavano verso le ombre del soffitto, un faretto sopra la sedia dell'organista diffondeva una soffusa luce gialla sulle file di tasti e pulsanti.

Le file di banchi finirono e mentre Kay passava accanto a una grande fonte battesimale in pietra, le semplici lastre di pietra lasciarono il posto a un sottile tappeto. Una scalinata dietro un elaborato paravento di legno conduceva alla galleria, poi Saddleworth aprì una porta e la tenne aperta per far entrare Kay prima di lui.

«Mi dia un momento», disse mentre la seguiva dentro e chiudeva la porta alle loro spalle, «le libero una di queste sedie.»

Mentre lui iniziava a sollevare quelli che sembravano libri di testo della scuola domenicale da una sedia vicino alla porta, Kay esaminò una piccola scrivania coperta di varie pagine di un taccuino, una grande bibbia aperta per tre quarti, e una piccola stampante. Un antico computer era posto su un lato, la tastiera piena di polvere, o per scarso uso o perché alle addette alle pulizie era vietato entrare nella stanza, suppose.

«Ecco, prego, si accomodi», disse Saddleworth.

«Grazie.»

Kay si sedette sulla sedia di legno, posò la borsa a terra ai suoi piedi ed estrasse il suo taccuino e una penna.

Attese mentre Saddleworth armeggiava con le pagine sulla sua scrivania prima di raccoglierle insieme, gettarle sulla bibbia aperta e sedersi, con le mani giunte davanti a sé.

«Dunque, detective, come posso aiutarla? Ho già rilasciato la mia dichiarazione alla polizia ieri sera.»

«Capisco», disse Kay. «Tuttavia, dato che sarò co-responsabile dell'indagine, preferisco parlare personalmente con le persone quando possibile. A che ora è arrivato a casa dei Whittaker?»

«Poco dopo le cinque», disse Saddleworth. «Sophie era nel bel mezzo di un forte attacco di ansia da palcoscenico, credo.» Sorrise benevolmente. «Diane mi ha telefonato un'ora prima dicendo che Sophie voleva ripassare le sue battute un'ultima volta prima della cerimonia.» Un'espressione nostalgica gli attraversò il viso. «Non avrebbe dovuto preoccuparsi, è stata perfetta.»

«Ci tornerò tra un momento», disse Kay. «Può dirmi qualcosa di sé?» Fece un gesto indicando la stanza. «Come è finito qui? Sento un sottile accento americano, sbaglio?»

Saddleworth sorrise e si appoggiò allo schienale della sedia. «Ero una specie di nomade prima di venire qui», disse. «Quando mi sono laureato a Oxford, mi sono offerto come volontario per lavorare all'estero con un'organizzazione benefica, sono finito in Sud America per un paio d'anni, e poi nel Connecticut.»

«Come mai? Sembra una scelta insolita.»

«Ho incontrato delle persone che erano di Bridgeport mentre prestavo servizio in Ecuador, e il loro periodo di volontariato è finito nello stesso momento del mio, così mi hanno invitato a tornare negli Stati Uniti con loro.» Sospirò. «Dopo essere stato lontano dall'Inghilterra per così tanto tempo, sapevo che avrei dovuto lavorare sodo una volta tornato qui, quindi ho pensato che un breve soggiorno negli USA sulla via del ritorno mi avrebbe dato una sorta di pausa.»

«Per quanto tempo è rimasto lì?»

«Circa un anno.»

«È una lunga vacanza.»

«Ho finito per dare supporto in una delle chiese locali. Sono tornato qui solo perché il mio visto stava per scadere.»

«E questo quando è successo?»

«Sei anni fa», disse. «Sono venuto a Maidstone due anni fa.»

Kay si sporse in avanti sulla sedia nel tentativo di evitare che il sedere le si intorpidisse, ignorando al contempo lo scricchiolio minaccioso del mobile fatiscente. «Questo "voto di castità" che Sophie ha fatto ieri. Di che si tratta? Non ne ho mai sentito parlare prima.»

«È diventato molto popolare negli ultimi quindici-vent'anni tra le organizzazioni ecclesiastiche più conservatrici...»

«Come quella per cui hai lavorato in Connecticut?»

Annuì. «Il movimento per la castità è nato in Connecticut», disse. «E si è diffuso sempre di più man mano che sempre più ragazze sceglievano di fare il voto. In breve, una ragazza può farlo a qualsiasi età, ma tipicamente lo si fa tra i dodici e i sedici anni.»

«Più o meno quando iniziano a interessarsi ai ragazzi, quindi?»

«Sì.»

«Continua.»

«La ragazza, Sophie in questo caso, si impegna a rimanere casta fino al giorno del matrimonio e a servire Dio. Il padre, Matthew in questo caso, fa un giuramento per aiutare sua figlia a mantenere quel voto.»

«E i ragazzi?»

Saddleworth scosse la testa. «No. I ragazzi non sono tenuti a fare il giuramento. Al momento del matrimonio, qualsiasi donna che abbia fatto un voto di castità in gioventù perdona il futuro marito per qualsiasi trasgressione possa aver commesso.»

Kay abbassò lo sguardo e conficcò la punta della penna nel taccuino. Si costrinse a contare fino a dieci prima di parlare.

«Sicuramente questo "movimento per la castità", come lo chiama lei, è basato semplicemente su uno stato di isteria nato dall'idea che una ragazza possa essere punita dal suo Dio se non fa il voto, o se lo infrange?» disse Kay, con la fronte corrugata. «È solo un modo per controllare un'adolescente potenzialmente ribelle, no?»

Resistette all'impulso di lanciare la penna contro Saddleworth mentre un sorriso paziente si formava sulle sue labbra.

Ecco che ci siamo, pensò. *Ora arriva la predica.*

«Niente affatto», disse, unendo le punte delle dita davanti al mento. «Come ho detto, le ragazze non sono mai indotte o costrette a fare il voto. È una loro scelta.»

«Come l'ha scoperto Sophie allora?»

Abbassò le mani sul tavolo e abbassò gli occhi. «Potrei averglielo accennato io.»

«Quando?»

Scrollò le spalle, e i suoi occhi si spostarono verso la finestra. «Forse circa sei mesi fa? Non ricordo con esattezza.»

«Quante volte gliel'ha "accennato" prima che scegliesse di fare il voto?»

Sospirò e riportò lo sguardo su di lei. «Non l'ho costretta», disse, con un tono di voce leggermente sulla difensiva. «Mi ha chiesto che tipo di lavoro avessi fatto negli Stati Uniti, così gliel'ho detto. Le ho spiegato che la chiesa incoraggiava le ragazze adolescenti della congregazione a fare un voto di castità. A un certo punto, non so, forse un paio di settimane dopo, Sophie è venuta da me e ha detto che aveva fatto alcune ricerche online al riguardo e voleva fare il voto. Ne ho discusso con i suoi genitori e siamo andati avanti da lì.»

«E questo è andato ben oltre la semplice promessa di non avere rapporti sessuali fino al matrimonio, vero?»

Il pomo d'Adamo di Saddleworth sobbalzò nella gola. «Mi scusi, che cosa intende?»

Kay sfogliò il suo taccuino. «Il voto di Sophie affermava specificamente che sarebbe rimasta casta fino a quando non avesse sposato Josh Hamilton. Si sono fidanzati subito dopo che lei aveva fatto il suo voto.» Richiuse le pagine. «È normale che una ragazza nomini il suo futuro marito quando fa il voto?»

Saddleworth tossì, il viso diventò rosso acceso. «È, ehm, leggermente insolito.»

«Cosa c'era dietro l'inclusione di quella formula?»

«Dovrebbe chiederlo a Matthew e Blake.»

«Ha menzionato che Diane Whittaker ha telefonato chiedendole di arrivare presto, e ha detto che pensava che Sophie potesse avere "ansia da palcoscenico". Le è stata data l'opzione di cambiare idea?»

«Cambiare idea?»

«Sì. È stata in qualche modo consigliata in modo che sapesse che poteva annullare tutto?»

Si appoggiò allo schienale della sedia, con un'espressione di shock sul viso. «Perché mai avrebbe voluto annullare? Lei e Josh erano perfetti insieme.»

Kay socchiuse gli occhi. «La diocesi è a conoscenza di queste cerimonie?»

Duncan si schiarì la gola. «Ehm, no.» Si agitò sulla sedia, poi incrociò di nuovo le gambe e si tolse un peluzzo immaginario dal ginocchio. «Il voto di Sophie è stato il primo.»

«E il resto della congregazione? Cosa pensa dell'idea di un voto di castità?»

«Non lo sanno», mormorò.

«Come, scusi?»

«Non lo sanno», disse, con voce più chiara. «Gli Hamilton e i Whittaker facevano parte di un gruppo di persone che preferivano celebrare il culto separatamente rispetto alla congregazione principale.» Riprese un po' della sua compostezza, la sua voce assunse di nuovo un'aria di autorità. «L'idea della cerimonia del voto di castità era limitata a quel gruppo.»

«Capisco.»

Kay chiuse il taccuino e rimise il cappuccio alla penna

prima di lasciar cadere entrambi nella borsa e di alzarsi. Tese la mano. «Bene, signor Saddleworth, grazie per il suo tempo», disse. «È stato *illuminante*.»

Lui le prese la mano, e lei notò che i suoi palmi erano notevolmente più caldi rispetto a quando l'aveva incontrato per la prima volta nella navata.

«L'accompagno all'uscita», disse, e si affrettò a uscire da dietro la scrivania.

Mentre lui spingeva le porte della chiesa e Kay gli passava accanto nell'atrio per recuperare il suo ombrello, lei indicò la bacheca.

«Manca un avviso. Per cosa era?»

Lui guardò dove lei indicava e aggrottò la fronte. «Oh. Non ne sono sicuro.» Le rivolse un sorriso di scuse. «Ne abbiamo così tanti.»

Lei sostenne il suo sguardo. «Rifletta. Era qualcosa che riguardava Sophie?»

«Io, ehm…»

«Avanti.»

«Ho affisso un avviso prima di andare a casa dei Whittaker ieri», disse, con le spalle curve. «Pensavo che, dato l'interesse per il voto di castità da parte dei nostri membri più riservati, la nostra congregazione principale potesse essere desiderosa di partecipare, quindi ho pubblicizzato un incontro per discuterne la prossima settimana». Allungò la mano e raddrizzò un volantino fuori posto sopra lo spazio prima di voltarsi di nuovo verso Kay. «Dopo quello che è successo, ho pensato che sarebbe stata una buona idea rimandarlo».

«Rimandarlo o annullare tutto del tutto?»

Il pastore ebbe la decenza di abbassare lo sguardo. «Non lo so», mormorò. «Ora dipenderà dagli Hamilton e dai Whittaker».

CAPITOLO 12

Duncan Saddleworth chiuse la porta dietro la detective della polizia, poi si appoggiò in avanti finché la sua fronte non toccò la struttura medievale e chiuse gli occhi.

«Concentrati» mormorò.

Si raddrizzò, poi si affrettò verso la sagrestia, tirando il colletto bianco alla gola mentre passava fila dopo fila i banchi.

La figura sul crocifisso di ottone sull'altare bruciava i suoi occhi nella sua ritirata, e Duncan si asciugò una goccia di sudore dalla fronte mentre resisteva all'impulso di tornare indietro e prostrarsi ai suoi piedi.

Invece, sbatté la porta della sagrestia.

Passò la mano sotto il colletto, allentò il bottone in alto del collo della camicia nera e strappò via il colletto bianco, lanciandolo sulla scrivania coperta di carte con un lamento sommesso.

Poi, si tolse la giacca dalle spalle e attraversò la stanza verso un armadio accanto a una semplice finestra smerigliata. Tirò le tende sulle vetrate, poi appese la giacca a una gruccia e slacciò i pantaloni del completo.

Si rivestì rapidamente con jeans e una felpa grigia, si passò una mano tra i capelli in assenza di un pettine e chiuse l'anta dell'armadio. Diede un'occhiata al suo riflesso nello specchio e rimase sorpreso da quanto sembrasse spaventato.

La luce del sole ora filtrava attraverso la vetrata colorata che sovrastava la sua scrivania. La vetrata presentava un design moderno rispetto al resto della chiesa, aggiunta insieme all'estensione della sagrestia alla fine del diciottesimo secolo e brutta, secondo lui. Strideva con la sua nostalgia sentimentale per qualcosa di più tradizionale, ma quei giorni erano ormai lontani. La sua esplorazione personale della fede durante gli anni universitari lo aveva portato in giro per l'Europa, assorbendo la storia e l'architettura prima di immergersi nel ruolo che ora lo vedeva qui, in questa parrocchia frammentata.

Una libreria rivestiva la parete di fronte a lui, gli scaffali occupati da album fotografici che non apriva da anni, libri che non aveva alcuna intenzione di rileggere più e fotografie incorniciate che gli stringevano il cuore se osava guardarle troppo da vicino.

Gemette e si chinò in avanti, aggrappandosi al bordo della scrivania, le nocche bianche.

Un persistente rumore di trascinamento gli riempiva le orecchie, e lo faceva da una settimana, come se i suoi ricordi stessero cercando di trascinarlo verso il basso con loro.

«No» gemette, e chiuse gli occhi.

Era stato così attento.

Espirò, poi si raddrizzò e quadrò le spalle. Era stato messo alla prova prima, e la sua fede aveva trionfato.

Aveva agito in base alle informazioni a disposizione, le sue azioni giustificate e vere agli occhi del suo dio, per quanto lo riguardava.

Si lasciò cadere sulla sedia di pelle screpolata dietro la scrivania, attese che il suo battito cardiaco si calmasse, poi tirò fuori un telefono cellulare dalla tasca. Compose un numero a memoria e represse il panico.

La chiamata ricevette risposta al terzo squillo.

«Cosa vuoi?»

Duncan si schiarì la gola. «La polizia è stata qui».

«Sospettano qualcosa su di noi?»

«No».

«Sei sicuro?»

«Sì». Duncan si tamponò di nuovo la fronte. «Stava facendo domande su Sophie».

«Lei?»

«Il sergente detective Kay Hunter».

«Interessante».

Duncan trattenne il respiro mentre il silenzio si protraeva, fino a quando non poté sopportarlo più. «Cosa devo fare?»

«Niente» fu la risposta. «Continua come al solito. Non attirare l'attenzione su di te. Andrà tutto bene».

«Va bene».

La linea si interruppe, e Duncan cancellò il registro delle chiamate prima di gettare il telefono sulla scrivania.

Deglutì e controllò l'orologio.

Continua come al solito.

«Gesù» imprecò, poi alzò rapidamente gli occhi al soffitto e si scusò.

Raccogliendo il telefono e un mazzo di chiavi dell'auto dalla scrivania, chiuse a chiave la porta della sagrestia e si affrettò fuori.

Una brezza calda gli sfiorò il viso mentre usciva dal portico, l'acquazzone mattutino aveva dato una rinnovata freschezza alla giornata, prima che un turbine di foglie volteggiasse nel parcheggio e inseguisse le sue caviglie mentre si affrettava verso il suo veicolo. Guardò oltre la spalla mentre puntava il telecomando verso la portiera.

Aveva investito troppo della sua vita sulla chiesa, ma ora sembrava che stesse perdendo il controllo.

Non poteva permettere che ciò accadesse.

CAPITOLO 13

Quando Kay e Carys entrarono nella sala principale, l'agente di coordinamento con la famiglia era seduta su un divano di fronte al padre di Sophie, con un'espressione seria mentre gli parlava a bassa voce.

Un'espressione sorpresa attraversò il volto di Matthew quando vide Kay, prima che si riprendesse. «L'avete già incriminato?»

«Stiamo ancora interrogando Peter Evans e attendiamo alcuni risultati forensi», disse Kay. Indicò il divano. «Possiamo unirci a voi?»

Lui annuì e si spostò sui cuscini per fare spazio.

Kay attese che Carys si fosse sistemata e avesse tirato fuori il suo taccuino. «Volevo chiederle qualcosa di più sul "voto di castità" che Sophie ha fatto. Capisco la parte del voto di Sophie, ma non sapevo che anche voi aveste preso un impegno. In cosa consisteva?»

Matthew si schiarì la gola. «È qualcosa che tutti i padri fanno come parte del "voto di castità". Ci impegniamo a proteggere la castità di nostra figlia e a fornire una guida spirituale se necessario».

«Da quanto tempo tu e Diane frequentate gli incontri privati della chiesa?»

Gli occhi dell'uomo si spostarono verso le finestre del patio. Al di là, Kay riuscì a vedere sua moglie che parlava con quello che sembrava essere un giardiniere. L'uomo doveva avere almeno settant'anni, i suoi lineamenti segnati dagli anni trascorsi all'aperto, e la sua postura rilassata mentre si appoggiava a una forca da giardino e ascoltava Diane.

Indossava un cappello a tesa larga e teneva delle cesoie in mano, gesticolando con la mano libera verso l'aiuola davanti a loro. Si allontanò dal giardiniere e iniziò a tagliare un cespuglio di rose lì vicino mentre lui tornava a scavare. Dopo un momento, smise ciò che stava facendo e si mise con le mani sui fianchi, osservandolo.

Kay trattenne un sorriso. Sembrava che Lady Griffith preferisse "guardare" fare giardinaggio piuttosto che partecipare attivamente. Si schiarì la gola e Matthew si voltò di nuovo verso di lei.

«Scusi, qual era la domanda?»

«Stavo chiedendo degli incontri privati della chiesa. Da quanto tempo ci andate?»

«Circa diciotto mesi».

«Ho capito parlando con Duncan Saddleworth che c'è stata molta preparazione per Sophie prima di fare il voto di castità. È stato lo stesso per lei?»

«Suppongo di sì. Ho avuto un paio di incontri con Duncan quando Sophie ne ha parlato per la prima volta». Il suo sguardo si abbassò sulle mani in grembo. «Ad essere onesto, Diane era più interessata all'intera faccenda di me. Ovviamente, avrei sostenuto Sophie in qualsiasi decisione avesse preso, ed è per questo che mi sono sforzato di leggere tutti gli opuscoli che Duncan ci ha dato. Diane era determinata a far sì che l'intera cerimonia si svolgesse senza intoppi, che fosse per il bene di Sophie o per il suo, dovreste chiederlo a lei».

Kay notò la nota di amarezza nella sua voce, ma continuò.

«Come ha conosciuto sua moglie?»

«È stato quando lavoravo a Londra. Avevo avviato la mia prima azienda di software e stava andando molto bene, il denaro non era un problema, quindi socializzavo ogni sera, andando a feste e partecipando a ogni tipo di evento. Diane faceva qualche lavoro di modella qua e là. Roba innocua, niente di losco. Cose come quelle "storie vere interpretate da modelle" sulle riviste, quel genere di cose. Non so come sia riuscita a convincere i suoi genitori a lasciarglielo fare, ma si è persino iscritta a un corso di recitazione part-time in uno dei teatri per un po'. Diceva che la faceva sembrare più autentica davanti alle telecamere».

Kay resistette all'impulso di alzare gli occhi al cielo. «Quanto hai preso sul serio le tue responsabilità riguardo al voto di castità?»

«Che intende dire?»

«Ha detto di aver ordinato a Peter Evans di smettere di gironzolare intorno alla casa e che non voleva che vedesse Sophie. Era a causa del voto di castità?»

Aggrottò la fronte. «Non volevo che lui frequentasse mia figlia. Diane te lo dirà: è solo un operaio. Sophie avrebbe potuto fare molto di meglio, voglio dire... lo stava facendo. Dopotutto, era fidanzata con Josh Hamilton».

«Tenendo conto della natura del voto di Sophie, era accompagnata da te o da tua moglie quando incontrava Josh?»

«Certo che no», balbettò. «Siamo nel ventunesimo secolo. Il voto di castità non è un modo vittoriano di controllare le ragazze adolescenti. È stata una decisione di Sophie farlo. Josh lo rispettava: si è sempre comportato da perfetto gentiluomo con mia figlia».

«Riesce a ricordare perché Sophie ha deciso di voler fare il voto?»

«Credo che ne avesse parlato con Duncan del gruppo della chiesa con cui aveva lavorato in Connecticut. Passava parecchio tempo con lui dopo la scuola alcuni giorni. Sembrava interessata al voto, così lui le ha dato alcuni opuscoli sull'argomento. Qualche settimana dopo, stavamo cenando e Diane le ha chiesto se stava pensando di fare il voto. Sembrava sorpresa dalla domanda, e poi Diane ha menzionato di aver sentito dire a Blake che Josh era davvero molto preso da Sophie. In quel momento, si frequentavano da sei mesi». Sorrise al ricordo. «Si la vide fiorire a quella notizia: credo che sperasse che Josh facesse sul serio, sa come sono le ragazze adolescenti. Nessuna fiducia in sé stesse. Annunciò allora che le sarebbe piaciuto fare il voto e che, se Josh faceva sul serio, non voleva nessun altro».

«Quando Josh le ha fatto la proposta?»

«Circa una settimana dopo, a una festa in giardino dagli Hamilton. Sophie era fuori di sé dall'eccitazione per tutta la settimana dopo aver sentito ciò che Diane aveva da dire. Noi tre giurammo di mantenere il segreto sul fatto che sapevamo che lui avrebbe fatto la proposta perché non volevamo rovinargli l'occasione. Alla fine, è stato perfetto», disse, con gli occhi nostalgici. «È un bravo ragazzo».

«Sono sorpresa che si sia fidanzata a sedici anni», disse Kay. «Non è stato un problema per lei?»

«No, per niente. Dopotutto, non si sarebbero sposati fino a quando Sophie non avesse compiuto diciotto anni. Penso che in un mondo cinico come è ormai il nostro, sia piuttosto bello pensare che alcuni giovani siano ancora all'antica».

Kay notò un movimento con la coda dell'occhio e vide Diane che si dirigeva verso la casa attraverso il giardino. «Grazie per il suo tempo, signor Whittaker. La contatteremo quando avremo un aggiornamento per lei».

Condusse Carys fuori dalla stanza, quasi scontrandosi con la governante nel corridoio.

La donna sobbalzò all'indietro, riprendendosi rapidamente prima di indicare la porta d'ingresso.

«La accompagno all'uscita, detective».

Kay sorrise tra sé mentre seguiva la donna verso la porta d'ingresso. Evidentemente, la governante non vedeva l'ora di qualche pettegolezzo e Kay prese mentalmente nota di parlarle in privato a un certo punto.

Sarebbe stato interessante scoprire cos'altro la donna avesse origliato.

CAPITOLO 14

Kay stava per suggerire a Carys di provare la porta sul retro della casa degli Hamilton quando la porta d'ingresso si spalancò bruscamente.

Blake Hamilton le fulminò con lo sguardo. «Detective?»

Kay si sforzò di mostrare il suo sorriso più dolce. «Buongiorno, signor Hamilton. Vorremmo parlare con Josh, per favore.»

L'uomo sospirò. «Questo sta rasentando la molestia, sergente detective Hunter.»

«Sto indagando sull'omicidio della fidanzata di suo figlio, signor Hamilton.» Il sorriso di Kay scomparve.

Lui alzò una mano. «Mi scusi. Certo. Da questa parte.»

Le condusse in soggiorno, lasciando che Carys chiudesse la porta d'ingresso, e indicò un paio di poltrone.

Josh e sua madre erano seduti l'uno accanto all'altra su un divano, il viso del giovane era afflitto.

Kay attese che Carys fosse pronta, con taccuino e penna in mano, prima di iniziare.

«Spero che ieri all'università sia andato tutto nel migliore dei modi.»

«È andata bene.» Scrollò le spalle. «Tornerò dopo Capodanno.»

«È meglio così,» disse Blake. «Il rettore ci ha informato ieri di aver già ricevuto due telefonate da giornali nazionali.» Allargò le mani come per dire *che ci vuoi fare?* «Purtroppo, quando sei al vertice nel mondo degli affari, la tua famiglia deve fare i conti con il fatto di essere sotto i riflettori. Non sarebbe stato giusto per Josh dover affrontare quel genere di attenzioni.»

Lo sguardo di Kay passò dal padre al figlio, che si ritrasse al suo sguardo.

«Ha idea del perché Peter Evans avrebbe voluto fare del male a Sophie, Josh?» Lanciò un'occhiataccia a Blake mentre formulava la domanda, desiderosa di impedirgli di rispondere al posto del figlio.

Lui scosse la testa. «Non lo conoscevo. Non sapevo che Sophie lo conoscesse.» Abbassò lo sguardo sulle sue mani, poi si portò un dito alle labbra e iniziò a mordersi un'unghia.

«Josh, le mani,» disse Courtney.

Il giovane lasciò cadere la mano in grembo e sospirò. «Mi dispiace. Non posso davvero aiutarvi.» Si asciugò gli occhi. «Non riesco a credere che sia morta.»

Scoppiò in lacrime, e Courtney si alzò dalla sua sedia. «Detective, se non vi dispiace, vorrei che smetteste di interrogare Josh ora.»

Kay trattenne la risposta che le si era formata sulle labbra, e invece annuì. «Tornerò domani, Josh. Vorrei saperne di più su Sophie. Sarebbe di enorme aiuto, d'accordo?»

Lui annuì, e poi seguì stancamente sua madre fuori dalla stanza.

Kay attese finché non sentì la voce di Courtney da una certa distanza, che confortava suo figlio, e poi rivolse nuovamente la sua attenzione a Blake.

«Come si sono conosciuti Josh e Sophie?»

«I suoi genitori sono stati invitati a unirsi a un gruppo selezionato di fedeli con me e Courtney attraverso la nostra chiesa locale.»

«Conosceva Lady Griffith e suo marito prima di allora?»

«Solo di vista. Sapeva che la famiglia di Diane è legata alla famiglia reale inglese fin dal sedicesimo secolo?»

«No, non lo sapevo. Come l'ha scoperto?»

«Oh, mi piace studiare la storia, quindi quando ci siamo trasferiti qui, mi sono preoccupato di informarmi sulle dimore storiche della zona e sui terreni su cui sorgono. Molta storia romana e normanna nel Kent, ovviamente. La casa di Diane è stata tramandata di generazione in generazione dalla metà del 1700, lo sapeva?»

«No. Come è nato il fidanzamento tra Josh e Sophie?»

Blake sorrise. «Un sogno,» disse. «Quei due, beh, diciamo che il destino era dalla loro parte. Un erede americano ricco di un impero commerciale e la figlia di una lady con titolo?» Abbassò lo sguardo prima di pizzicarsi il ponte del naso. «Mi scusi. Ancora non riesco a credere che se ne sia andata.»

«Si prenda il suo tempo, signor Hamilton. Va bene.»

Lui annuì, con gli occhi chiusi, e poi fece un respiro profondo prima di parlare di nuovo.

«Erano perfetti l'uno per l'altra,» disse. «Avreste dovuto vederli. Ieri sera. Prima...» Deglutì. «Scusi. Erano una coppia così bella.»

Kay attese che si ricomponesse, poi annuì a Carys e si alzò dal suo posto.

«Grazie per il tempo che ci ha dedicato oggi, signor Hamilton. La contatteremo per parlare di nuovo con Josh. Non è necessario che ci accompagni all'uscita.»

———

Kay superò un ciclomotore che procedeva lentamente e diresse l'auto verso la strada che portava alla stazione di polizia.

All'ultimo momento, mise la freccia e svoltò in una strada laterale che si allargava prima di approdare nel centro città.

«Caffè?»

«Sì. Avrei bisogno di qualcosa di più forte dopo quella conversazione, ma il caffè dovrà bastare.»

Kay fece retromarcia in un parcheggio, poi scese e guidò Carys attraverso la strada e su per una rampa di scale in cemento fino al centro commerciale, prima di girare a destra e seguire l'area pedonale pavimentata finché non apparve in vista uno dei loro bar preferiti.

«Prendi un tavolo. Vuoi qualcosa da mangiare?»

«Sarebbe fantastico, grazie. Un panino con la pancetta, per favore?»

«Arriva subito.»

Kay lasciò Carys a un tavolo inondato dalla luce del sole fuori dalla finestra del bar e spinse la porta, il sapore amaro del caffè appena macinato le riempì i sensi mentre si avvicinava al bancone e faceva l'ordinazione.

Il proprietario le consegnò un numero da tavolo su un'asta metallica insieme al resto, e lei si affrettò a tornare al tavolo, con lo stomaco che brontolava.

«Ti sei dimenticata di mangiare stamattina?» Carys sorrise.

«Non faccio colazione di solito. La faccio nei fine settimana se siamo entrambi a casa, ma di solito finisce per essere un brunch o qualcosa del genere.»

«Dio, io non riuscirei a uscire di casa senza la mia ciotola di porridge la mattina.»

Kay squadrò la figura dell'altra donna. «Onestamente non ho idea di come fai a restare così.»

Carys rise. «Corro. Quello aiuta.»

Alzarono lo sguardo quando la porta del bar si spalancò e apparve una cameriera con un vassoio con le loro bevande e il cibo.

«Grazie.» Kay versò il latte da una piccola brocca e la spinse verso Carys prima di prendere il cucchiaino e mescolare il suo caffè.

Carys mescolò una bustina di zucchero nella sua tazza di caffè e aggrottò la fronte. «Mi chiedo quanto Blake Hamilton morisse dalla voglia di far sposare Josh con l'aristocrazia inglese.»

Kay si appoggiò allo schienale della panchina, socchiudendo gli occhi nella luce intensa del sole. «Ma perché uccidere Sophie? Questo avrebbe vanificato i suoi piani, no?»

La detective più giovane scrollò le spalle. «Non lo so, ma tutta questa faccenda sembra essere legata a un gruppo ecclesiastico elitario, di cui lui è membro fondatore, a un'azienda di sua proprietà che sta avendo grande successo in città, e al fatto che volesse far sposare suo figlio con l'aristocrazia inglese.»

«Pensi che farebbe qualsiasi cosa per un briciolo di nobiltà?»

«Forse ha scoperto qualcosa su Sophie che non gli piaceva e ha deciso che non voleva che suo figlio fosse coinvolto.» Carys diede un morso al suo panino con bacon, una goccia di ketchup le schizzò sulle dita. «L'unica volta che ha menzionato Sophie, sembrava parlasse di una sorta di pregiata fattrice, comunque.»

Kay posò la tazza di caffè sul tavolo tra loro e strappò un pezzo del suo croissant prima di infilarselo in bocca. Deglutì, con la mano sospesa sopra il dolce. «Sembra estremo, ma a volte queste cose lo sono, no?» Scrollò le spalle. «Suppongo che non dovremmo escluderlo.»

«Comunque sia. Rimane pur sempre un tipo inquietante.»

Kay sorrise e si mise in bocca un altro pezzo di croissant. «Su questo hai proprio ragione.»

CAPITOLO 15

Kay gettò i suoi appunti sulla scrivania e girò la sedia mentre Sharp entrava nella stanza per condurre il briefing pomeridiano.

Lui aggrottò le sopracciglia passandole accanto. «Dove sono Barnes e Piper?»

«Non sono ancora tornati dall'intervista a Eva Shepparton», disse Debbie. «Dovrebbero arrivare a momenti.»

Sharp controllò l'orologio. «Va bene, iniziamo e li aggiorneremo quando arrivano.» Si avvicinò alla lavagna e chiamò alle sue spalle. «West, tu per prima. Cosa sappiamo finora sulle aziende gestite da Blake Hamilton e Matthew Whittaker?»

«La storia di due opposti», disse Debbie. «Da un lato, c'è Blake Hamilton che gestisce un'attività di grande successo, con i suoi bilanci che mostrano un profitto annuale ben oltre i sette zeri. Dall'altro, l'azienda di Matthew Whittaker sta fallendo, in tutta onestà. Mi sorprende che non abbia ancora gettato la spugna.»

«Matthew Whittaker deve molto denaro?»

«Sì, e sembra che quei debiti verranno riscossi nelle prossime settimane. Non credo che avrà altra scelta se non dichiarare bancarotta.»

«Tienili d'occhio.»

«Lo farò, capo.»

«Kay? Cosa aveva da dire il pastore?»

«Ha confermato che gli Hamilton e i Whittaker fanno parte di un gruppo esclusivo di fedeli della sua congregazione», disse lei. «Ci sono altre sei coppie, tutte presenti alla cerimonia e alla festa successiva, quindi dopo mi metterò in contatto con Gavin riguardo alle dichiarazioni raccolte dagli agenti in uniforme. Farò intervistare di nuovo quelle persone da Carys e Gavin nei prossimi giorni.» Sospirò. «Sembra che il gruppo si considerasse un'élite rispetto al resto dei fedeli, e Duncan Saddleworth era felice di assecondarli. Ha ammesso di aver parlato con Sophie Whittaker della cerimonia del voto di castità dopo che lei gli aveva chiesto del lavoro che aveva svolto negli Stati Uniti sei anni fa prima di tornare qui. Ho dato una rapida occhiata online, e sembra che sia emerso dal movimento cristiano conservatore del Connecticut, dove si trovava la sede di Duncan Saddleworth.»

«È stata costretta?» chiese Debbie.

«Lui dice che è stata una sua idea. Le ha indicato dove trovare le informazioni, e lei è tornata da lui alcune settimane dopo dicendo che voleva fare il voto.» Aggrottò la fronte. «Tuttavia, è importare notare è che nessuno dei modelli di voto online o forniti da Duncan a Sophie menzionava l'essere promessa a una persona in particolare.

Lei ha aggiunto la formula che sarebbe rimasta casta fino a quando non avesse sposato Josh Hamilton.»

«Interessante», disse Sharp. «Dovremo parlare di nuovo con le famiglie, per capire da dove sia venuta quest'idea.»

Kay si annotò un promemoria nel taccuino. «Lo farò.»

«Penso che sia sbagliato far sposare la figlia in questo modo», disse Carys, scuotendo la testa. «Questo tipo di cose di solito accade in altre culture, per l'amor del cielo. È per questo che il comune spende così tanti soldi cercando di fermare i matrimoni combinati e educare le comunità qui intorno.»

«Beh, è un po' diverso rispetto a quegli scenari», disse Debbie. «Innanzitutto, a sedici anni Sophie era già abbastanza grande da sposare chi voleva, purché avesse il consenso dei genitori.»

«Inoltre», disse Kay, «ha funzionato bene per l'aristocrazia inglese per anni. Tutte quelle famiglie dell'alta società, che fanno sposare i loro figli per proteggere la loro ricchezza e posizione nella società. Mantiene la discendenza, no?»

Sharp arricciò il naso. «Adesso mi dirai che sei una fan di Jane Austen. Tutte quelle sciocchezze tipo "Oh, Mr Darcy".»

Kay scoppiò a ridere. «Non io.»

«È un po' inquietante però, non è vero?» disse Debbie.

Kay si voltò sulla sedia mentre Barnes e Gavin si precipitavano nella sala operativa e si scusavano con Sharp per il ritardo. Notò l'aria di eccitazione tra loro.

«Cosa è successo?» chiese Sharp.

«Sophie Whittaker era incinta», disse Gavin.

Un silenzio attonito riempì la stanza.

«Incinta?» disse infine Kay. «Eva ne è sicura?»

«A quanto pare, Sophie si è confidata con lei il giorno della cerimonia.»

«Peter è il padre?» chiese Sharp.

«Eva ha detto che Sophie non le ha rivelato chi fosse il padre», disse Barnes. «Erano fuori, vicino alla veranda quando Sophie glielo ha detto e si è chiusa in sé stessa quando è apparso il giardiniere. Eva non ha avuto la possibilità di chiederle altro perché tutti erano così occupati a prepararsi per la cerimonia.»

«Pensi che stia dicendo la verità sul non sapere chi sia il padre? Forse per proteggere quella persona?»

«Ce lo siamo chiesti», disse Gavin. «Sembrava che ci stesse nascondendo qualcosa.»

«Contatterò Lucas e gli chiederò se può accelerare il rapporto completo dell'autopsia così possiamo confermarlo», disse Kay. «Ovviamente chiederemo anche un test di paternità, date le circostanze.»

«Cristo», disse Sharp, e si strofinò il mento. «Che pasticcio. Eva ha dato qualche indicazione sullo stato d'animo di Sophie quando glielo ha detto?»

«Spaventata», disse Gavin. Aprì il suo taccuino. «Le sue parole esatte a Eva furono: "Mi uccideranno se lo scoprono. Cosa farò?" Eva ha detto che è riuscita a calmare Sophie, e avevano concordato di parlarne di nuovo il giorno dopo la cerimonia, quando avrebbero potuto avere un po' di tempo per loro.»

«Sophie lo ha detto a qualcun altro?» chiese Carys.

«Ha detto a Eva di no», disse Gavin, «ed Eva dice di non averlo detto a nessun altro, era ancora sotto shock.»

«Come l'ha scoperto Sophie?» disse Kay. «Un ritardo del ciclo, o ha fatto un test di gravidanza?»

«Entrambe le cose. Le è saltato il ciclo quattro settimane fa», disse Barnes. «Eva ha detto che Sophie le ha raccontato di aver alla fine comprato un test di gravidanza in una farmacia nel centro commerciale Fremlin Walk, e di averlo usato nei bagni pubblici lì. L'ha scoperto il giorno prima di dirlo a Eva.»

Sharp si appoggiò sulla scrivania più vicina alla lavagna. «Beh, non avremo i risultati dell'autopsia per un po', anche se solleciterai Lucas questo pomeriggio», disse. «Non dopo quell'incidente dell'autobus sulla M20 durante il fine settimana. Nel frattempo, approfondiremo la questione con Peter Evans. Scopriamo se sapeva che la sua ragazza era incinta.»

«Pensi che abbia perso la testa, capo?» disse Barnes.

«Forse», disse Sharp.

«Chiamerò l'avvocato d'ufficio e gli chiederò di arrivare qui il prima possibile», disse Kay.

«Grazie», disse Sharp. «Libererò la mia agenda anche per il resto della giornata di domani. Vediamo cosa emerge da questo colloquio e poi procediamo da lì.»

«Continuerò anche a indagare sulla questione del voto di castità», disse Kay. «E voglio scoprire di più sul passato di Duncan Saddleworth. Ho avuto l'impressione che non mi stesse dicendo tutto, quindi indagherò su dove si trovava prima di venire a Maidstone e se è successo qualcosa mentre era all'università a Oxford.»

«D'accordo.» Sharp rimise il cappuccio alla penna e la gettò sul ripiano sotto la lavagna. «Faremo un altro briefing domani mattina alle otto. Barnes, andiamo a fare due chiacchiere con Peter Evans e vediamo cosa ha da dire.»

CAPITOLO 16

Kay sorseggiava il suo vino mentre Adam stava ai fornelli, mescolando un curry verde thailandese che cuoceva a fuoco lento da venti minuti.

Sembrava stanco, taciturno. Di solito, a quest'ora le avrebbe già chiesto com'era andata la sua giornata, anche se sapeva che non avrebbe potuto dirgli molto sull'indagine in corso. Invece, appariva preoccupato, perso nei suoi pensieri.

«Va tutto bene?»

Le sue spalle si afflosciarono e mise da parte il cucchiaio prima di abbassare la fiamma dei fornelli e avvicinarsi a dove lei era seduta.

«Sono andato al cimitero questo pomeriggio. Ho portato dei fiori freschi, il caldo degli ultimi giorni ha fatto appassire quelli che avevamo lasciato l'ultima volta.»

Lei allungò la mano per prendere la sua e gli strinse le dita. «Se avessi aspettato fino al fine settimana, avrei potuto venire con te. Non dovevi andarci da solo.»

«Lo so. Mi è capitato di passarci davanti mentre andavo in una fattoria questa mattina, così ho pensato di fermarmi sulla via del ritorno. È stata una cosa improvvisata. Mi ha fatto bene sedermi lì per un po'.»

Kay gli strinse la mano ancora una volta, poi la lasciò andare.

Non mostrava spesso le sue emozioni riguardo al suo aborto spontaneo dell'anno precedente, e un senso di colpa la invase per non aver pensato di chiedergli più spesso come stava.

Come se avesse intuito i suoi pensieri, lui girò intorno al piano di lavoro fino a dove lei era seduta e la strinse tra le sue braccia. Le baciò i capelli.

«Possiamo andarci di nuovo questo fine settimana se vuoi.»

Lei si girò sullo sgabello per guardarlo in faccia e gli pose una mano sulla guancia. «Va bene così. Immagino che Sharp ci farà fare gli straordinari questa settimana. Penso che tu abbia fatto bene ad andarci.»

«Non ti dispiace?»

«Certo che no.»

«Ho sistemato un po' mentre ero lì», disse lui, tornando ai fornelli e riprendendo il cucchiaio di legno. «C'erano erbacce che crescevano tutt'intorno. Non sopporto questa cosa.»

Kay scese dallo sgabello e prese la bottiglia di vino dal piano di lavoro prima di riempire il suo bicchiere. «Pensavo che forse potremmo donare quelle scatole di vestiti di sopra a una delle associazioni di beneficenza locali, prima o poi.»

Lui fece tintinnare il suo bicchiere contro il suo. «Penso sia un'ottima idea.»

«Però terrò l'orsacchiotto blu.»

Lui sorrise. «Lo immaginavo. Ho visto che ha preso posto d'onore accanto al tuo nuovo computer.»

«Lo sta sorvegliando.»

«Davvero?»

«Storia vera. Ti staccherà la mano se osi avvicinarti.»

«Lo *terrò* a mente.»

Kay gemette e si allontanò per prendere i piatti dalla credenza.

Adam le raccontava della sua giornata mentre mangiavano, e lei si meravigliò come sempre di quanto lo amasse.

Aveva l'abitudine di raccontare storie gesticolando, così mentre descriveva la fattoria che aveva visitato quella mattina e gli animali di cui si era occupato, si ritrovò a posare le posate e a coprirsi la bocca mentre scoppiava a ridere per le sue imitazioni del contadino maldestro con cui aveva avuto a che fare.

Non smetteva mai di stupirla la quantità di informazioni che lui doveva ricordare su tutti gli animali di cui si prendeva cura quotidianamente. Sapeva che spesso trascorreva le sere in cui lei lavorava con la testa china su un libro di testo aperto sul piano della cucina, o sfogliando l'ultima edizione di una rivista veterinaria, assicurandosi sempre che le sue conoscenze fossero aggiornate.

Da quando la loro casa era stata svaligiata, Kay non aveva più tirato fuori l'argomento della sua indagine personale per scoprire chi aveva cercato di porre fine alla sua carriera coinvolgendola in un caso in cui erano scomparse prove determinanti, e una successiva inchiesta degli Standard Professionali era stata avviata contro di lei.

Era sopravvissuta alla prova difficile, ma non ne era uscita illesa. Non solo la sospensione dal servizio che ne era conseguita aveva provocato un devastante aborto spontaneo, ma la sua ambizione di diventare ispettore detective era stata stroncata dal suo superiore, l'ispettore capo Larch. Solo l'ispettore detective Devon Sharp si era battuto per lei ed era rimasto uno dei pochi del rango superiore di cui sentiva di potersi fidare.

Amareggiata e giurando di farsi giustizia contro coloro che le avevano fatto un torto, Adam le aveva suggerito di condurre la propria indagine per scoprire chi e perché l'aveva incastrata.

Nessuno dei due avrebbe potuto prevedere le conseguenze di tali azioni. Il furto era stato abbastanza scioccante; l'aggressione al suo collega, il detective Gavin Piper, all'epoca un agente di polizia, aveva spaventato entrambi, e Adam l'aveva supplicata di smettere.

Lei aveva acconsentito e aveva smesso di trascorrere le serate al computer nella camera degli ospiti al piano di sopra, ma la sua naturale curiosità continuava a tenerle la mente occupata mentre cercava di capire perché fosse stata presa di mira. Era stata troppo impegnata al lavoro negli ultimi mesi per avere il tempo di fare ricerche, eppure la tentazione si era rivelata troppo forte.

«Stavo pensando», disse, facendo roteare il vino. «Le cose si sono calmate ultimamente. Potrei dare un'altra occhiata a quel caso.»

Adam si bloccò, con il bicchiere di vino a metà strada verso la bocca. Sbatté le palpebre e lo abbassò sul piano di lavoro prima di parlare.

«Sei sicura?»

Lei annuì. «Ho bisogno di sapere, Adam. Non posso lasciare che la passino liscia.» Si sporse in avanti e allungò la mano per prendere la sua. «Da quando mi hanno rimproverato severamente per le prove scomparse, è come se nessuno stesse più indagando su Jozef Demiri. È quasi come se avessero troppa paura. Non sta succedendo nulla. Ho controllato il database oggi e non c'è nessuno che sta indagando su di lui.»

«Ci credo, Kay.» Lui aggrottò la fronte. «Chi pensi che abbia svaligiato casa nostra? I suoi uomini o qualcuno dei tuoi?»

Lei si appoggiò allo schienale dello sgabello. «Non ne sono sicura. Ma», aggiunse, alzando la mano per impedirgli di interromperla, «se *è* qualcuno con cui lavoro, allora voglio sapere chi, e perché.»

Lui sospirò, le strinse la mano. «Mi chiedevo quanto tempo saresti riuscita a starne lontana.»

Lei si morse il labbro. «Scusa. Sarò prudente, te lo prometto.»

Il suo cellulare vibrò accanto al suo gomito e lei guardò il numero prima di aggrottare le sopracciglia.

«Capo?»

Adam cominciò a sparecchiare i piatti mentre lei ascoltava la voce dell'ispettore detective Sharp, sentendo sprofondare il cuore mentre l'impatto di ciò che stava dicendo la colpiva.

«Arrivo subito.»

Adam automaticamente prese il suo bicchiere da asporto dal piano di lavoro e accese il bollitore mentre lei metteva via il telefono.

«Devi uscire?»

«Sì. Sharp è all'ospedale. Devo andare. Peter Evans ha tentato il suicidio.»

CAPITOLO 17

Kay tirò il freno a mano dell'auto e balzò fuori dal veicolo, gettandosi la borsa sulla spalla mentre puntava il telecomando sopra la spalla e sentiva il profondo *clunk* del meccanismo di chiusura.

Affrettandosi attraverso il parcheggio, si scostò i capelli dal viso mentre una leggera brezza le solleticava la pelle, e una luna brillante apparve da dietro una nuvola, il suo bagliore attenuato dall'arancione delle lampade al sodio sopra la sua testa.

Kay entrò nell'ospedale attraverso l'ingresso principale dei visitatori e poi girò a destra lungo un corridoio familiare.

Si rese conto che la sua mano era stretta in un pugno e si sforzò di rilassare la presa sulla cinghia della borsa, prima di premere il pulsante dell'ascensore.

Mentre saliva nell'edificio, fissò i suoi piedi e si strofinò l'occhio destro, rifiutandosi di dare un'occhiata al suo riflesso nelle pareti a specchio alla sua sinistra e destra.

Uscendo dall'ascensore, spinse le porte doppie dell'area di accoglienza del reparto e mostrò il suo distintivo all'infermiera in piedi alla scrivania con un telefono all'orecchio.

«Peter Evans?»

La donna annuì e coprì il ricevitore con la mano. «Da quella parte», disse, indicando un corridoio alla sua sinistra.

Kay alzò la mano in segno di ringraziamento e si avviò lungo il corridoio, combattendo un familiare senso di panico che non aveva nulla a che fare con Peter Evans. La sua testa si alzò di scatto al suono di voci sussurrate.

Sharp emerse da una porta sulla destra, poi guardò oltre la spalla e si fermò per parlare con qualcuno che era ancora nella stanza.

Dalla sua posizione all'esterno, Kay intravide un agente di polizia in uniforme seduto su una sedia spinta contro il muro. Un altro stava in piedi con le mani giunte accanto a un piccolo armadietto posto a lato del letto, e capì che Sharp avrebbe organizzato una sorveglianza 24 ore su 24 per assicurarsi che Peter Evans non tentasse di togliersi la vita ancora una volta.

Un medico apparve e fece uscire Sharp dalla stanza, poi chiuse la porta dietro di sé.

«I suoi agenti capiscono che il mio paziente deve riposare?» disse.

«Lo capiscono», disse Sharp. «Non possiamo interrogarlo senza la presenza del suo avvocato, comunque, e sono sicuro che questo non accadrà stasera, vero?»

Il medico scosse la testa e tese la mano. «Devo

andare», disse. «La informerò se succede qualcosa, altrimenti parleremo domani mattina».

«Grazie».

Il medico fece un cenno a Kay mentre passava, poi scomparve lungo il corridoio, le sue scarpe scricchiolarono sul pavimento lucido ad ogni passo.

«Come sta?» disse Kay una volta che il medico fu fuori portata d'orecchio.

«Sopravvivrà», disse Sharp, con gli occhi stanchi.

«Cosa è successo?»

Lui indicò l'uscita con un cenno del mento. «Troviamo un posto per bere un caffè e ti aggiorno».

Kay si affiancò a lui mentre la guidava fuori dal reparto e lungo il corridoio principale dell'ospedale. Ignorò gli ascensori e invece spinse le doppie porte di vetro che conducevano a una scala. Mentre scendevano, lui sospirò.

«Stai bene?»

«Sì», disse lui. «Giornata lunga».

Aprì la porta al livello successivo per farla passare, e seguirono le indicazioni verso una piccola caffetteria.

I loro passi echeggiavano sulle pareti, lo spazio abbandonato, e solo un set di luci brillava sopra un bancone di vetro e una cassa, entrambi non presidiati. Kay tirò fuori il portafoglio e si diresse verso il distributore automatico, selezionò due caffè e raggiunse Sharp a un tavolo che aveva scelto verso il fondo del bar vuoto, con la schiena al muro, di fronte all'uscita.

Kay posò i due bicchieri di plastica sul tavolo tra loro e abbassò la borsa sul pavimento prima di scivolare nel sedile di fronte a lui.

«Cosa è successo?»

Sharp si appoggiò allo schienale della sedia e spazzò via briciole immaginarie dal tavolo. «In qualche modo è riuscito ad allentare una vite dalla brandina nella cella, l'ha nascosta nella manica o da qualche parte, e l'ha usata per tagliarsi i polsi».

«Oh, merda», sussurrò lei.

«Il suo avvocato lo aveva incontrato in una stanza laterale accanto alla stanza di custodia. Quando hanno finito, l'avvocato è andato a cercare il sergente di custodia per fargli sapere che Peter poteva essere riportato in cella. Nel momento in cui sono tornati, Peter era crollato».

«Gesù, l'avvocato non ha pensato di tornare nella stanza e aspettare con lui?»

Sharp scosse la testa. «Sembra che abbia pensato fosse più importante rimproverare il sergente di custodia per quanto tempo ci stava mettendo a processare altri sospettati, c'era stata una rissa in uno dei bar in città e la pattuglia aveva portato dentro tre uomini. Solo quando quelli sono stati processati sono tornati da Peter. Sono riusciti a fasciarlo e fermare il flusso sdraiandolo e tenendo le sue braccia sollevate prima che arrivasse l'ambulanza, ma aveva comunque bisogno di una trasfusione non appena è arrivato qui. Le cicatrici saranno orrende».

Kay prese il suo caffè e si costrinse a bere un sorso mentre la sua mente passava in rassegna tutti i diversi scenari che avrebbero dovuto affrontare nei giorni successivi.

Le implicazioni per il caso sarebbero state ampie. Ci sarebbe stata un'indagine immediata, ovviamente. Le accuse sarebbero volate, le politiche e le procedure sarebbero state scrutinate, e nel mezzo di tutto ciò, ci si sarebbe comunque aspettati che la squadra consegnasse un risultato per condannare l'assassino di Sophie.

«È un mio errore», disse Sharp. «Ho organizzato la sorveglianza a rischio suicidario per quando era nella sua cella. Avrei dovuto insistere perché fosse sotto costante osservazione».

«Non avresti mai potuto prevedere questo», disse Kay. «Nessuno avrebbe potuto. Se era così determinato a suicidarsi, allora avremmo avuto bisogno di occhi dietro la testa per fermarlo».

Sharp si passò una mano sugli occhi stanchi. «Forse». Allungò la mano verso il caffè, e poi cambiò idea.

«Non potevi sapere che avrebbe reagito in questo modo».

«Sì», sospirò.

«Cosa succede adesso?»

«Ho parlato con Larch. Abbiamo un incontro con il Commissario Capo e il consulente media alle sette di domani…» Si interruppe e controllò l'orologio. «*Questa* mattina. Avremo il solito briefing di squadra alle otto e vi aggiornerò tutti allora. Puoi chiamare tutti per prima cosa per assicurarti che arrivino almeno venti minuti prima? Non voglio ritardatari».

«Lo farò». Kay tirò fuori il cellulare e impostò la sveglia alle cinque, che le avrebbe dato il tempo di fare una doccia veloce, poi chiamare la squadra e far passare la voce anche tra il personale di supporto amministrativo. «Peter Evans ha dichiarato di non avere parenti diretti, c'è qualcuno che possiamo chiamare?»

Sharp scosse la testa e bevve un sorso di caffè prima di

rispondere. «Ha detto di no, anche quando il medico glielo ha chiesto».

«E il suo avvocato?»

«Ho chiamato il suo capo prima di chiamare te per fargli sapere che il loro cliente è sopravvissuto. Il socio dello studio con cui ho parlato si occuperà ora del caso di Peter. Considerando che non voleva passare ogni momento di veglia nella stanza del suo cliente qui mentre si riprende, ha accettato che ci sia la polizia in uniforme. Hanno istruzioni severe di non fargli domande sul caso, e se lui tenta di conversare con loro, ci chiamano immediatamente ma non gli daranno alcuna risposta nel frattempo».

Kay spinse da parte il suo caffè, incapace di affrontare un altro sorso di quel liquido bruciato dal sapore disgustoso.

«Quando lo diciamo ai genitori di Sophie?»

«Prima di qualsiasi dichiarazione ai media, e questo sarà fatto presto domani mattina, per evitare che la stampa locale fiuti la notizia e giunga alle proprie conclusioni».

Kay rimise il telefono in borsa prima di alzare lo sguardo verso Sharp. «*Tu* pensi che le sue azioni siano un'ammissione di colpa?»

Lui sbadigliò e allungò le braccia sopra la testa. «Forse».

«Dai. Nessuno di noi due ragionerà lucidamente a quest'ora di notte».

«Hai ragione», disse, e si alzò. «Andiamo via di qui. Ci vediamo in commissariato tra qualche ora».

CAPITOLO 18

Kay prese una delle tazze fumanti di caffè dal vassoio che Gavin le porgeva e ne respirò l'aroma.

«Tempismo perfetto, Gavin, grazie».

«Figurati. Ho pensato che ne avremo bisogno», disse lui, dirigendosi verso il punto in cui erano seduti Barnes e Carys.

«Non hai tutti i torti», mormorò lei.

Represse l'impulso di sbadigliare e rivolse l'attenzione alla pila di scartoffie sulla sua scrivania. Oltre all'omicidio di Sophie Whittaker, si stava ancora destreggiando su due casi di furto con scasso e un sospetto attacco incendiario a una bottega vicino alla stazione ferroviaria di Maidstone West.

L'omicidio di Sophie avrebbe avuto la precedenza, ma intanto ascoltò i messaggi in segreteria mentre stabiliva le priorità di ciò che poteva incastrare attorno all'indagine principale.

Riagganciò il telefono e girò la sedia al suono di voci che si avvicinavano alla sala operativa, bevendo un sorso della sua bevanda mentre Sharp appariva, seguito dall'ispettore capo Larch.

Non poté fare a meno di chiedersi se Sharp avesse seguito il suo stesso consiglio e avesse dormito un po' prima di arrivare in centrale quella mattina, o se avesse trascorso le ultime ore a prepararsi per il suo incontro mattutino con l'ispettore capo Larch e il Commissario Capo.

In ogni caso, aveva cerchi scuri sotto gli occhi, e lei sospettava che avesse fatto uso del cambio di camicia e cravatta che teneva appeso a un gancio dietro la porta del suo ufficio.

Decise di mandare uno degli impiegati amministrativi a prendergli un panino dopo il briefing; altrimenti, avrebbe finito per rimanere a secco di energie.

La sua conversazione sommessa con Larch s'interruppe mentre passavano davanti alle scrivanie, e la stanza piombò nel silenzio.

«Grazie, Gavin», disse prendendo gli ultimi due caffè e passandone uno a Larch. Ne bevve un sorso e poi posò la tazza. «Bene, abbiamo ricevuto un aggiornamento dall'ospedale, e Peter Evans è ora in condizioni stabili e dovrebbe essere dimesso entro un paio di giorni», disse. «Questa mattina ci siamo incontrati con il Commissario Capo e il nostro consulente media, e alle nove verrà rilasciata una dichiarazione alla stampa. Nel frattempo, vi chiedo tutti di astenervi dal fornire informazioni a chi chiama riguardo alla questione e di fornire a tutti i giornalisti il numero dell'ufficio stampa. Agli agenti alla reception è stato ordinato di fare lo stesso. Capo?»

«Grazie, Sharp». Larch rivolse la sua attenzione alla

squadra. «Ovviamente, un sospettato che tenta il suicidio mentre è in custodia è un fatto preoccupante, e un'indagine formale avrà inizio immediatamente. Ci sarà una revisione interna sul perché Peter Evans sia stato lasciato solo, considerando che era stato messo in sorveglianza a rischio suicidiario, e perché non sia stato considerato a rischio. Interrogheremo anche il suo avvocato». Lanciò un'occhiataccia alla squadra. «L'indagine si concentrerà anche su come sia successo».

Si girò verso Sharp. «Bene, ho un altro incontro al piano di sopra prima del briefing con i media. Vi lascio al lavoro».

Kay attese finché non fu uscito dalla stanza, sbattendo la porta dietro di sé.

«Non importa *come* sia successo», disse, aggrottando la fronte. «Non dovremmo chiederci *perché*?»

«Senso di colpa», disse Barnes. «Abbiamo scoperto quale fosse il suo movente».

Kay si morse il labbro. «È tutto qui? E se non fosse lui l'assassino? Eva Shepparton aveva solo la parola di Sophie che non avrebbe detto a nessun altro che era incinta».

Sharp si alzò, si passò una mano sui capelli corti e stappò un pennarello, aggiungendo una nota alla lavagna. «Va bene, allora. Chi altri avrebbe motivo di uccidere Sophie se avesse scoperto che era incinta?»

«Josh Hamilton, se non è lui il padre», disse Kay. «Considerando che il voto di castità di Sophie riguardava il rimanere casta fino a quando non si fossero sposati tra un paio d'anni».

«O i suoi genitori», disse Carys. «Ci sono alcune dichiarazioni che menzionano come Blake Hamilton fosse piuttosto determinato a far sposare suo figlio con l'aristocrazia inglese, per quanto tenue potesse essere il legame».

Sharp aggiunse i nomi alla lavagna. «Dobbiamo anche considerare i genitori di Sophie», disse, prima di rivolgersi di nuovo alla squadra. «Per quanto sia scomodo, sappiamo che questo tipo di omicidi sono spesso commessi da qualcuno vicino alla vittima».

«Se Sophie lo amava, sicuramente avrebbe detto a Peter che era incinta, no?» disse Kay. «O glielo avrebbe detto una volta scappati insieme?»

«Forse era preoccupata che lui avrebbe cambiato idea sulla fuga sapendo che era incinta?» disse Gavin.

Sharp finì di aggiornare le note sulla lavagna. «D'accordo. I compiti per questa mattina. Barnes, tu e Debbie indagate sui Whittaker. Andateci con i piedi di piombo, ma scoprite se stava frequentando qualcun altro, magari stava influenzando il suo rendimento scolastico, o i suoi insegnanti sapevano qualcosa che amici e famiglia ignoravano. Sappiamo già di Peter e Josh, c'era qualcun altro coinvolto? Carys, tu e Gavin lavorate sul retroterra degli Hamilton, concentrandovi maggiormente sugli affari di Blake. Ci riuniremo qui alle undici».

Finì il suo caffè e gettò il bicchiere vuoto nel cestino accanto a lui.

«Hunter, andiamo a fare due chiacchiere con Peter Evans», disse. «Chiama l'avvocato e fallo venire lì».

CAPITOLO 19

L'avvocato d'ufficio era arrivato prima di Sharp e Kay, e stava in piedi fuori dalla stanza di Peter con il dottore della notte precedente.

Il dottore sembrava stanco quanto Sharp, e Kay si chiese quanto fossero lunghi i turni dell'uomo e quando avrebbe potuto riposarsi. Sospettava che sarebbe passato del tempo prima che l'uomo potesse riposare.

Entrambi gli uomini si voltarono al suono dei loro passi.

L'avvocato d'ufficio era un uomo più anziano con cui Kay aveva già avuto a che fare. Brian Sutherland era socio di uno dei più grandi studi legali locali e indossava un abito grigio scuro che accentuava i suoi capelli bianco neve, che portava leggermente più lunghi rispetto alla maggior parte degli uomini della sua età. Occhi azzurri penetranti incrociarono il suo sguardo mentre si stringevano la mano, prima che la sua fronte si corrugasse.

«Non è una buona situazione, detective», disse. «Spero che sia in corso un'indagine completa».

«Lo è», disse Sharp. «Ha sentito il comunicato stampa di prima?»

«Sì. Grazie per aver mantenuto privato il nome del mio cliente».

Sharp riconobbe il commento con una piccola alzata di spalle. «Pratica standard». Rivolse la sua attenzione al dottore. «Come sta?»

«Meglio di quanto sperassi, considerando il pasticcio che ha fatto con i suoi polsi».

«Possiamo parlargli ora?»

Il dottore controllò l'orologio. «Ho un altro appuntamento nella prossima mezz'ora, quindi potete parlargli finché non torno. È ancora molto debole, mi raccomando. Se mostra segni di stanchezza, voglio che vi fermiate». Guardò attentamente sia Sharp che Kay. «È chiaro? Ha perso molto sangue la scorsa notte e ha bisogno di riposare».

«Chiaro», disse Sharp e consegnò una borsa a Kay prima di fare un cenno all'avvocato d'ufficio. «Ci mostri la strada, signor Sutherland».

L'avvocato aprì la porta e la tenne aperta per Sharp, che congedò i due nuovi agenti in uniforme che avevano assunto il ruolo di osservazione per la giornata. Kay si fece da parte per lasciarli passare, poi entrò nella stanza.

Peter Evans sembrava un fantasma.

Mentre Sutherland si avvicinava al letto e aiutava il suo cliente a raggiungere il telecomando per sollevare la testiera del letto finché Peter non fu in posizione seduta, Kay si morse il labbro.

Aveva notato quando aveva incontrato Peter per la prima volta che la sua pelle era pallida, quasi alabastrina, ma dopo aver perso così tanto sangue, era quasi trasparente. Era la prima volta che notava anche quanto fosse magro.

Incrociò lo sguardo di Sharp e si rese conto che era scioccato quanto lei.

Se la squadra di custodia non avesse dato l'allarme nel momento in cui lo aveva fatto, la situazione sarebbe stata di gran lunga peggiore.

Sicuramente non avrebbero potuto intervistato il loro principale sospettato questa mattina.

Si riconcentrò, si spostò su una delle sedie libere e si sedette prima di frugare nella borsa che Sharp le aveva consegnato mentre Sutherland parlava a bassa voce con il suo cliente. Sharp si aggirava nelle vicinanze finché Sutherland non si voltò e annuì.

Sharp si avvicinò e si mise le mani in tasca. «Come sta, Peter?»

«Sto bene», disse. Sollevò i due polsi bendati. «Credo».

«D'accordo. Ecco cosa faremo. Abbiamo bisogno di parlarle, ma abbiamo ancora l'obbligo di metterla in guardia e trattare questa conversazione come un interrogatorio formale. Il sergente detective Hunter qui registrerà con un dispositivo portatile, e poi il colloquio sarà copiato su CD e conservato come prova».

Sharp attese mentre lei preparava l'attrezzatura, poi avvertì formalmente Evans e iniziò il suo interrogatorio.

«Cosa è successo?»

Peter si asciugò con rabbia gli occhi con il dorso della mano. «Non andrò in prigione per qualcosa che non ho fatto», singhiozzò. «L'amavo. Non avevo idea che fosse incinta, lo giuro». Tirò su col naso e alzò gli occhi verso Sharp. «E se l'avessi saputo, sarei rimasto con lei. Avrei fatto qualsiasi cosa per Sophie».

Sharp girò intorno al fondo del letto, ignorò Kay e si appoggiò alla parete opposta. «Peter, non ha un alibi per la notte della festa. Ci ha detto di aver visto Sophie quella mattina». Sospirò. «Se voi due eravate così desiderosi di scappare, perché non l'avete fatto allora? Perché aspettare? Ha cambiato idea? È questo che è successo? Ha cambiato idea, quindi ha deciso di fermarla?»

«Detective Sharp!» L'avvocato d'ufficio gli lanciò uno sguardo di avvertimento.

«No!» Peter si raddrizzò di scatto, e poi fece una smorfia. Ricadde sui cuscini. «Era l'idea di Sophie. Insistette per andare avanti con tutta la cerimonia. Penso…» Si interruppe e tirò su col naso di nuovo. «Penso che si sentisse in colpa perché i suoi genitori avevano speso tutti quei soldi per il tendone e i catering e tutto il resto, e non voleva deluderli».

«Cosa le ha detto quando le ha detto che avrebbe proceduto con la cerimonia? L'ha fatta arrabbiare?»

Peter aggrottò la fronte. «No», disse. «Frustrato, sì. Ma non arrabbiato».

Sharp si staccò dal muro. «Come vi siete conosciuti voi due?»

Un triste sorriso si formò all'angolo della bocca di Peter, e il suo sguardo cadde sulle bende ai polsi. Iniziò a giocare distrattamente con un filo sciolto della coperta. «Aiuto un tuttofare locale», disse. «Ero abbastanza bravo in falegnameria a scuola, e so fare anche alcune cose di base di idraulica. C'era una grondaia da sostituire nella chiesa che lei e la sua famiglia frequentavano, ma l'unico momento in cui potevamo farlo era tardi il martedì pomeriggio. Quando abbiamo finito, stava facendo buio. Alcune persone hanno iniziato ad arrivare in chiesa, e ricordo di essere rimasto sorpreso perché non sapevo che ci fosse qualcosa quel giorno».

Il sorriso scomparve e una ruga gli solcò la fronte. «Naturalmente, ora so che era quel gruppo inquietante a cui appartenevano i suoi genitori. Inclusi Josh e la sua famiglia».

«Continui», disse Sharp.

«Stavo portando una scala al mio furgone», disse Peter, con un'espressione nostalgica. «Lei mi ha sorriso, e… non so. Non ricordo l'ultima volta che mi sono sentito così per qualcuno. Sono tutti entrati in chiesa e circa cinque minuti dopo…stavo mettendo a posto i miei attrezzi… lei è uscita di nuovo. Credo che avesse detto ai suoi genitori che aveva dimenticato qualcosa in macchina. Mi ha dato il suo numero di telefono, e poi è rientrata».

«Quanto tempo fa è successo questo?»

«Cinque mesi fa».

«Sapeva allora che si sarebbe fidanzata con Josh?»

«No».

Sharp lanciò un'occhiata alle sue spalle verso Kay, che gli fece un piccolo cenno d'assenso prima di scrivere un promemoria su una nuova pagina del suo taccuino. Avrebbero dovuto verificare la cronologia degli eventi precedenti alla cerimonia del voto di castità, per vedere se il racconto di Duncan Saddleworth e quello di Peter coincidessero.

«Di chi è stata l'idea del voto di castità?» chiese Sharp. «Te l'ha detto Sophie?»

«Sua. È stata una sua idea.»

«Mi sembra strano, Peter, che da un lato tu sia convinto che Sophie ti amasse, ma dall'altro lei stesse facendo piani per rimanere casta fino al matrimonio con qualcun altro.»

Il giovane si strinse nelle spalle, ma non disse nulla, e voltò la testa per non vedere Sharp.

Kay si girò sentendo bussare alla porta, e apparve il dottore.

Sharp guardò l'orologio, poi l'avvocato d'ufficio.

«Per oggi può bastare. Torneremo domani.»

Concluse l'interrogatorio formale, attese che Kay riponesse l'attrezzatura di registrazione, e poi guidò l'uscita dalla stanza, aspettando di ringraziare Brian Sutherland e il dottore prima di andarsene.

Kay si mise al suo fianco, e aspettò finché non furono vicini alla loro auto prima di parlare.

«Che ne pensi?»

«Se stava con Sophie negli ultimi cinque mesi, e sapeva che lei avrebbe fatto questo voto di castità e si sarebbe fidanzata con Josh Hamilton, allora ha avuto tutto il tempo per pianificare qualcosa, no?» disse Sharp.

«Ma se Sophie amava Peter, perché questa farsa?» Kay osservò l'auto di Brian Sutherland lasciare il parcheggio dell'ospedale e immettersi sulla strada principale verso Maidstone.

«È qualcosa che dovremo chiedere ai genitori», disse

Sharp. «Sto iniziando ad avere l'impressione che ci sia più di quanto appaia in una giovane donna che cambia idea su un voto religioso.»

———

«Se Sophie amava Peter, perché procedere con il voto di castità e l'annuncio del fidanzamento?» disse Kay.

Il pensiero si era fatto strada nella sua mente dopo l'interrogatorio di Peter Evans, e continuava a tormentarla una volta tornata nella sala operativa e riascoltando la registrazione che aveva fatto.

Barnes frugò nel sacchetto di caramelle sulla scrivania e tirò fuori un limone candito.

«Forse non era sicura di Peter. Forse li stava ingannando entrambi finché non avesse deciso quale fosse l'opzione migliore», disse, e si mise la caramella in bocca.

«E forse la gravidanza ha mandato all'aria questo piano.» Kay si appoggiò allo schienale della sedia e fissò il soffitto. «Quindi, abbiamo alcune possibilità da considerare. Peter non ha gradito l'idea della gravidanza e l'ha uccisa...»

«Cosa che riteniamo improbabile, data la sua reazione alla notizia.»

«Giusto, quindi forse Josh l'ha scoperto e l'ha uccisa.»

«Eppure dice di non conoscere Peter, e di non sapere nemmeno che Sophie lo conoscesse.»

«I suoi genitori erano con lui quando gliel'hai chiesto, però, vero? Forse sta nascondendo qualcosa a loro.»

«Vero. Dobbiamo anche aggiungere Blake Hamilton alla lista. Sembrava più sconvolto di suo figlio, ma solo per il fatto che Josh non avrebbe avuto la possibilità di sposarsi all'interno dell'aristocrazia inglese. Onestamente, Ian, hai visto lo stato della casa dei Whittaker, perché mai vorresti prendere questo come dote?»

Barnes tossì sulla sua caramella. «Deduzione fiscale?»

«Molto divertente.»

CAPITOLO 20

Kay imprecò sottovoce mentre un trattore passava pericolosamente vicino all'ala destra dell'auto prima di accelerare e sparire lungo lo stretto vicolo dietro di lei. Accelerò allontanandosi dal bordo erboso e ridacchiò quando Carys espirò rumorosamente. «Sì, era un po' troppo vicino.»

«Ieri sera ho passato un po' di tempo online a cercare informazioni su quelle promesse di castità», disse Carys mentre l'auto riprendeva velocità.

«Qualcosa di interessante?»

«Beh, sembra che le gravidanze indesiderate tra le adolescenti che hanno fatto una voto di castità siano più numerose rispetto a chi non l'ha fatta.»

«Davvero? Tanto per rimanere caste, eh?»

«Potrebbe spiegare in parte come Sophie sia rimasta incinta. A quanto pare, né i genitori né le chiese coinvolte pensano mai di educare le loro figlie sul sesso protetto. Sembra che pensino che una volta che le ragazze fanno la promessa, possano dimenticarsi di dover avere quella conversazione. Come se fosse spazzato tutto sotto il tappeto.» Carys guardò fuori dal finestrino i campi che passavano sfocati. «È quasi come se ne lavassero le mani.»

«Sembra proprio che si adatti a questo caso, a quanto pare.»

«Anche se Peter sostiene di aver usato il preservativo entrambe le volte.»

Kay scrollò le spalle. «Immagino che gli incidenti capitino.»

«Penso che sia assurdo che siano solo le ragazze a fare la promessa», disse Carys, appassionandosi all'argomento. «A quanto pare, i ragazzi non la fanno e possono andare a letto con chi vogliono. Ci si aspetta che le donne perdonino gli uomini per qualsiasi trasgressione abbiano fatto fino al giorno in cui si sposano. Anche il tasso di divorzi è sproporzionatamente alto in questi gruppi. È triste, davvero.»

«Lo è», disse Kay. «D'altra parte, non posso fare a meno di pensare che sia solo un altro modo in cui la religione controlli le donne.»

Carys si voltò sul sedile. «Tu non sei religiosa, vero?»

Kay scosse la testa. «No. I miei genitori mi hanno fatto battezzare da piccola, ma nessuno dei due era particolarmente religioso. E tu?»

«Non lo so. Anch'io sono stata battezzata, ma non ci ho mai pensato molto fino ad ora. Questa faccenda di Sophie e di tutte queste persone che la usano per portare avanti i loro programmi mi fa pensare che non voglio esserlo, però.»

Caddero nel silenzio mentre apparivano i cancelli di

Crossways Hall, e Kay rallentò per svoltare nel vialetto coperto di ghiaia.

L'auto dell'agente di coordinamento famigliare era stata parcheggiata di lato alla casa ed era stata bloccata da altri tre veicoli, tutti di alta gamma e luccicanti.

«Ospiti?»

«Sembra di sì.» Kay estrasse le chiavi dal cruscotto. «Andiamo a scoprirlo, che ne dici?»

Mentre si avvicinavano alla porta d'ingresso, questa si aprì e la donna che Kay ricordava essere la governante si affacciò.

Si portò un dito alle labbra, poi fece loro cenno di entrare.

«Buongiorno, detective.»

«Buongiorno. Vorremmo parlare con il signor e la signora Whittaker, per favore.»

La governante inarcò un sopracciglio. «*Lady Griffith* e il signor Whittaker non sono disponibili al momento.»

«A chi appartengono tutte le auto fuori?»

«Al momento hanno degli ospiti.»

«Signora... Jamieson, giusto?»

La governante annuì.

«Sto indagando sull'omicidio della figlia di Lady Griffith. Forse questo le è sfuggito.»

La donna fece un passo indietro. «Beh...»

«Date le circostanze, le sarei grata se andasse ad avvisarli che siamo qui e che desideriamo parlare con loro.»

«Io... non posso in questo momento. Dovrete aspettare.» Indicò una sedia a due posti con un'imbottitura sottile accanto alla porta d'ingresso.

«Perché?»

La donna si torse le mani. «Dovete aspettare. Finché non avranno finito le loro preghiere.»

«Preghiere?»

«Il gruppo della chiesa è qui. Per offrire sostegno spirituale in questo momento difficile.»

Kay la fulminò con lo sguardo.

«Per favore, accomodatevi. Non ci metteranno molto.»

Kay diede un'occhiata alla sedia che la governante aveva indicato e scosse la testa. «Preferiamo rimanere in piedi, grazie. In realtà, mentre aspettiamo, vorrei farle alcune domande.»

«A me?»

«Sì.» Kay abbassò la voce. «Lei deve sentire molte delle conversazioni che avvengono qui intorno.»

«Beh, io...»

«Quindi, cosa pensava della relazione tra Sophie e Josh Hamilton?»

Le spalle di Jamieson si afflosciarono. «È così triste. Erano perfetti l'uno per l'altra. Lui era un vero gentiluomo con tutti. Un piacere averlo qui come ospite.»

«Oh? Ha trascorso molto tempo con lui?»

«Certo. Sono responsabile della gestione di questa casa, e un giorno sarebbe stato il mio datore di lavoro. Mostrava un vivo interesse per la storia del posto.» Sorrise raggiante. «Come suo padre, molto interessato alla famiglia di Lady Griffith.»

«Lui e Sophie hanno mai litigato?»

La governante si strinse il cardigan al petto e incrociò le braccia. «Non che io ricordi, no. Come ho detto, era un gentiluomo.»

«E Peter Evans?»

«Un buono a nulla», disse Jamieson. «Il signor Whittaker ha dovuto parlargli severamente l'ultima volta che si è presentato qui. Non mi sorprende che abbia ucciso la nostra bellissima ragazza. Ho sempre detto che c'era qualcosa che non andava in lui.»

Suonò un campanello e Jamieson inclinò la testa di lato. «Devo andare. È Lady Griffith che segnala che i suoi ospiti avranno bisogno del tè a breve. Aspettate qui.»

La governante scomparve attraverso un'altra porta che conduceva fuori dall'atrio, e Carys iniziò a camminare avanti e indietro, con il mento sollevato mentre osservava i vari dipinti alle pareti.

Un grande orologio a pendolo scandiva un ritmo costante dalla sua posizione accanto al muro in fondo alle scale, e Kay lo guardò accigliata. Non sopportava il suono di un orologio che ticchettava, per lei era fastidioso come un rubinetto che gocciola.

Represse la sua frustrazione per l'attesa.

Dopotutto, i genitori di Sophie erano in lutto, e sapeva che con Larch che controllava ogni sua mossa, avrebbe dovuto muoversi con cautela.

Carys si avvicinò. «Quanto pensi che valgano questi dipinti?»

Kay si voltò e fece un passo indietro, allungando il collo per osservare gli spessi strati di olio che ricoprivano ogni tela, i colori sbiaditi nel corso degli anni.

Arricciò il naso. «Guarda, alcuni sono ammuffiti». Indicò con il mento l'angolo inferiore di una delle cornici. «Se questi sono membri della famiglia, immagino che il valore dipenda da chi li ha dipinti. Altrimenti, non credo che valgano molto».

Rabbrividì e si strinse la giacca intorno alla vita, incrociando le braccia. «Qui si gela. Riesci a immaginare come dev'essere in inverno?»

«Preferirei di gran lunga il mio minuscolo appartamento di due stanze a questo posto», concordò Carys.

Entrambe si voltarono al suono della porta che si apriva alle loro spalle, e un piccolo gruppo di persone emerse, parlando a bassa voce.

Matthew Whittaker seguì un uomo anziano nell'atrio e gli diede una pacca sul braccio. «È stato gentile da parte tua venire, Richard. E grazie per esserti unito alle nostre preghiere. Lo abbiamo apprezzato».

«Era il minimo che potessi fare».

Kay imprecò sottovoce, tirò Carys per la manica e la trascinò verso il fondo delle scale per togliersi di mezzo mentre due donne anziane passavano frettolosamente, dirette verso la cucina.

«Quello è l'Onorevole Richard Fremchurch», sussurrò.

«L'amico dell'ispettore capo Larch?»

Kay annuì e strinse le labbra.

«Che imbarazzo».

Kay non disse nulla, ma dovette concordare con la giovane detective.

La conversazione che aveva pianificato di avere con Matthew e Diane sarebbe stata già abbastanza difficile, senza dover preoccuparsi delle minacce di Larch di mantenere l'indagine riservata e preservare la privacy della famiglia.

«Mi scusi?»

Kay sobbalzò sentendo la voce alle sue spalle e si girò per vedere la signora Jamieson che le faceva cenno.

«Lady Griffith è in veranda, oltre la terrazza, se desidera parlare in privato con lei».

Kay riuscì a fare un piccolo sorriso, grata per l'intraprendenza della donna. Nella sua fretta di tenere la polizia lontana dagli ospiti, la governante aveva anche evitato a Kay di dover affrontare il politico faccia a faccia.

«Grazie. Avremo bisogno anche del signor Whittaker».

«Gli chiederò di raggiungervi appena possibile».

Kay la ringraziò e poi guidò Carys lungo il corridoio. Emersero nel soggiorno che solo tre notti prima era stata affollata da ospiti scioccati. Ora, la stanza sembrava abbandonata, come se non venisse molto utilizzata tra un evento e l'altro.

«Si può quasi sentire la polvere in agguato», sussurrò Carys.

Kay si morse il labbro inferiore e la fulminò con lo sguardo.

Aveva ragione, però, ora che vedeva il posto per la prima volta senza ospiti della festa o investigatori della scientifica che lo esaminavano minuziosamente, la casa sembrava trascurata, come se si stesse lentamente ripiegando su se stessa.

«Grace mi ha detto che volevate parlare con me e Diane?»

Si voltò al suono della voce di Matthew alle sue spalle e fu sollevata nel vedere che aveva lasciato i suoi ospiti altrove.

«Buongiorno, signor Whittaker. Sì, vorremmo farlo. Ci

è stato detto che sua moglie ci stava aspettando in veranda».

«Da questa parte».

Kay si fece da parte per lasciarlo passare, poi lo seguì attraverso doppie porte di quercia ed entrò in una stanza con pannelli di vetro che era stata aggiunta su un lato della casa diversi anni prima. Nonostante la luce solare brillante all'esterno, l'angolazione dell'estensione sull'edificio la lasciava in ombra, e Kay notò che dei faretti erano stati inseriti sul soffitto nel corso degli anni.

«Aggiunta di fine ventesimo secolo».

Kay distolse lo sguardo dalle macchie di umidità e dalla vernice scrostata negli angoli più lontani della stanza e si diresse verso il punto in cui Diane era seduta su una poltrona di vimini, con un vassoio contenente due tazze di porcellana e una teiera di fronte a lei su un piccolo tavolino coordinato.

Matthew si aggirava vicino a una delle finestre che si affacciavano su un giardino murato e incrociò le braccia sul petto.

«Di cosa volevate parlarci?»

Kay indicò il posto accanto a Diane. «Vuole sedersi?»

«Sto in piedi», disse lui, fulminandola con lo sguardo. «Come mai ci sta volendo così tanto tempo con questa indagine? Quel bastardo dovrebbe essere già stato portato davanti a un magistrato».

Va bene, pensò Kay.

«Peter Evans ha tentato il suicidio ieri sera mentre era sotto custodia della polizia».

Diane sussultò e si ritrasse sulla sedia.

Gli occhi di Matthew si strinsero. «Tentato?»

«Al momento si sta riprendendo in ospedale, dopo aver subito un intervento chirurgico d'urgenza durante la notte».

«Peccato che sia sopravvissuto».

«Signor Whittaker...»

«Beh, è chiaro, no? Ovviamente il senso di colpa lo ha sopraffatto e non riusciva a conviverci».

«Quanto conoscevate Peter?»

«Non lo conoscevamo. È venuto qui alcune volte, come le ho già detto. Gli ho parlato, gli ho detto di stare lontano, e non l'abbiamo più visto da allora».

«Sophie passava mai la notte fuori casa?»

La fronte di Matthew si corrugò, e lanciò uno sguardo a Diane, che era seduta con il viso pallido.

«A volte», disse, «ma ci diceva sempre dove andava, e conosciamo i genitori dei suoi amici; quindi, non è mai stato un problema».

Kay controllò i suoi appunti. «Studiava part-time, vero?»

Diane tirò fuori un fazzoletto di pizzo e si tamponò gli occhi, poi annuì. «Scuola d'arte. Quattro giorni a settimana».

«Niente scuola per un giorno alla settimana?»

«Sì, esatto. È per dare agli studenti la possibilità di costruire i loro portfolio. Sophie spesso dipingeva qui, o prendeva un blocco da disegno e andava in città a trovare un posto dove sedersi e disegnare».

«Che diavolo c'entra tutto questo con Peter Evans?» chiese Matthew con tono esigente.

Kay fece un respiro profondo. «Stiamo cercando di ricostruire un quadro della vita di Sophie nelle ultime settimane. Peter Evans ha tentato il suicidio dopo aver scoperto che Sophie era incinta quando è stata uccisa».

«Oh, mio Dio», gemette Diane.

Matthew barcollò e si aggrappò allo schienale della sedia, le nocche bianche. «Da dove diavolo viene quell'idea?»

«Abbiamo ricevuto l'informazione ieri. A quel punto, Peter Evans è stato nuovamente interrogato e gli è stato chiesto se avesse avuto rapporti sessuali con Sophie».

Diane emise un gemito, e Matthew si precipitò al suo fianco, accovacciandosi accanto a lei prendendole le mani tra le sue.

Si girò e fulminò Kay con lo sguardo.

«Peter Evans ha confermato di aver avuto rapporti sessuali con Sophie di recente», disse dolcemente. «Sembra che il metodo contraccettivo che hanno usato non abbia funzionato. Stiamo ancora aspettando i risultati dell'autopsia, a quel punto richiederemo anche un test di paternità».

«Sto per vomitare».

Diane si lanciò dalla sedia e corse fuori dalla stanza.

Matthew si raddrizzò, il volto angosciato.

«Mi dispiace, signor Whittaker. Dovevamo farglielo sapere. Non ne aveva idea?»

«No». Si passò una mano sul viso, poi indicò la porta. «Vorrei che andaste via ora».

CAPITOLO 21

Il silenzio calò sulla sala operativa la mattina seguente quando Kay lasciò chiudere la porta alle sue spalle, come se avesse interrotto una conversazione privata.

Controllò l'orologio, ma mancavano ancora venti minuti al briefing mattutino.

Passando, scrutò i suoi colleghi con lo sguardo, ma nessuno alzò gli occhi per incrociare il suo.

Al contrario, sembravano intenti a fissare gli schermi del computer o a fare telefonate. Un paio di membri del personale amministrativo emersero dall'angolo dove si trovava la fotocopiatrice, chiacchierando allegramente finché una di loro non vide Kay, e abbassò la voce prima di dare una gomitata alla collega. Arrossendo, si affrettarono a tornare alle loro scrivanie e si sedettero, ignorandola appositamente.

Prima che potesse sedersi alla sua scrivania, Sharp si affacciò dal suo ufficio e le fece cenno.

«Hai un minuto?»

Perplessa, lasciò cadere la borsa sulla scrivania e lo seguì.

Lui chiuse la porta dietro di lei e indicò le sedie di fronte alla sua scrivania.

«Siediti», disse e abbassò le veneziane.

«Preferisco stare in piedi, grazie. Che succede?»

Lui le passò accanto, poi si appoggiò all'angolo della scrivania e incrociò le braccia sul petto.

Kay inarcò un sopracciglio. Sharp non le era mai sembrato un tipo nervoso, specialmente considerando la sua formazione militare, ma in quel momento sembrava che preferisse essere ovunque tranne che a parlare con lei.

In Afghanistan, forse.

«Capo?»

«C'è... ehm... c'è una voce che circola secondo cui la tua salute potrebbe non essere stata delle migliori in questi ultimi mesi, Kay.»

Lei strinse gli occhi. «In che senso?»

Lui abbassò lo sguardo e si passò una mano tra i capelli. «È vero che hai avuto un aborto spontaneo?»

L'aria fuoriuscì dai polmoni così velocemente che Kay barcollò e si aggrappò allo schienale di una delle sedie per sostenersi.

La sua vista si offuscò, gli angoli degli occhi si oscurarono prima di riempirsi di puntini luminosi, e lo stomaco le si contrasse.

«Chi...»

«Non so come sia partita la voce. Nessuno sembra sapere chi l'abbia sentita per primo, ma sai com'è: un momento tutto procedeva come al solito là fuori, e il momento dopo tutti ne parlavano.»

«Tutti?»

Lui si alzò dalla scrivania e le mise una mano sulla spalla. «Mi dispiace. Siediti.»

«Non voglio...»

«Siediti.»

La spinse delicatamente su una delle sedie e poi si abbassò sull'altra e si chinò in avanti, con i gomiti sulle ginocchia.

«Immagino dalla tua reazione che sia vero?»

Lei annuì, incapace di parlare, i suoi pensieri che si accavallavano mentre cercava di non farsi prendere dal panico.

«Dovresti essere qui?»

«Cosa?»

«Dovresti essere al lavoro? Sai, se sei...»

«È successo dieci mesi fa, capo.»

Lui si raddrizzò, con un'espressione confusa sul viso. «Ma è quando...»

«Larch mi ha lanciato addosso l'indagine degli Standard Professionali. Sì, lo so. I medici pensano che lo stress di quella situazione abbia causato il mio aborto spontaneo.»

Lui si passò una mano sulla bocca, con dolore negli occhi. «Avresti dovuto dirmelo, Kay.»

Lei sbuffò. «Perché? Avevi già abbastanza da fare, cercando di non credere che uno dei tuoi agenti fosse corrotto.»

«Non è giusto, Kay. Ti ho sostenuta. Il minimo che potevi fare era fidarti di me.»

Lei sbatté le palpebre e si alzò dalla sedia, cercando di ignorare la sensazione di bruciore agli angoli degli occhi.

Al di là dei confini chiusi dell'ufficio, la sala operativa rimase silenziosa come se tutti stessero trattenendo il respiro, in attesa.

«Non erano affari tuoi», disse, voltandogli le spalle. «Ero già sospesa dal servizio. Nessuno doveva scoprirlo.»

«Comunque, Kay. Da quanto tempo ci conosciamo? E Adam? L'hai detto a qualcuno?»

Lei scosse la testa. «I genitori di Adam vivono in Canada, e io non sono in buoni rapporti con la mia famiglia. Abbiamo deciso che era meglio tenercelo per noi.»

Tranne, pensò, che c'era solo un'altra persona che lo sapeva, che l'aveva scoperto per caso, e a cui era stato fatto giurare di mantenere il segreto.

Qualcuno di cui pensava di potersi fidare.

«Mi dispiace che sia venuto fuori in questo modo», disse Sharp. «Sai cosa penso dei pettegolezzi in ufficio.»

Lei annuì e si morse il labbro prima di lanciare un'occhiata alla porta oltre la sua spalla.

«Immagino che sia meglio che torni là fuori, eh? Non posso rimanere nascosta qui per sempre, vero?»

«Starai bene?» Si alzò e mise la mano sulla maniglia della porta, senza staccare gli occhi dai suoi.

«Probabilmente sarà la giornata più di merda che ho da un po', ma sopravvivrò.»

Lui sospirò e le aprì la porta. «La prossima volta, prova a parlare con me, okay?»

Lei non rispose e invece si concentrò sull'uscire dal suo ufficio a testa alta e si diresse attraverso la stanza verso il punto in cui aveva lasciato la sua borsa sulla scrivania.

Gettando la tracolla sulla spalla, controllò che il suo

distintivo di riconoscimento fosse agganciato alla cintura dei pantaloni e uscì dalla stanza a passo deciso, ignorando gli sguardi imbarazzati dei suoi colleghi.

«Kay, aspetta!»

Si fermò a metà del corridoio e fissò il logoro tappeto blu mentre dei passi si avvicinavano, prima di girarsi all'ultimo momento.

Carys alzò le mani e abbassò la voce, con il viso afflitto. «Non sono stata io, Kay. Devi credermi. Chiunque abbia messo in circolo questa voce... non sono stata io.»

Kay strinse le labbra. «Nessun altro lo sapeva, Carys. Nessuno.»

Si girò sui tacchi e si affrettò giù per le scale, ignorando il grido strozzato che la sua collega emise alle sue spalle.

CAPITOLO 22

Kay abbassò il volume della radio e mise la freccia a sinistra per entrare nel parcheggio dietro l'edificio di tre piani che ospitava i servizi di scienze forensi della contea.

Aveva trascorso la maggior parte del viaggio imprecando sottovoce, maledicendo Carys e tutti gli altri che avevano spettegolato sul suo aborto spontaneo.

L'orrore iniziale per la sua vita privata esposta al pubblico aveva lasciato il posto all'imbarazzo, e poi alla rabbia. Aveva tenuto il piede premuto sull'acceleratore lungo l'autostrada, zigzagando tra il traffico e imprecando contro i guidatori più lenti che occupavano la corsia di sorpasso.

Espirò mentre guidava l'auto in uno dei pochi parcheggi rimasti e lasciò cadere le mani dal volante.

Non sarebbe stato opportuno entrare nell'ufficio di Harriet con lo stato d'animo in cui si trovava. Aveva bisogno di calmarsi, di essere obiettiva se voleva capire perché Sophie era stata assassinata, e lasciarsi prendere dalle emozioni non avrebbe aiutato nessuno.

Avrebbe affrontato il tradimento della sua collega al suo ritorno nella sala operativa.

Scese dall'auto e sbatté la portiera prima di dirigersi verso l'ingresso dell'edificio e salire le scale fino al piano dove si trovava l'ufficio di Harriet.

Quando raggiunse l'ufficio della donna, la sua mente si era riconcentrata e riuscì a sorridere mentre salutava l'investigatrice della scena del crimine.

«È bello vederti, Kay. Accomodati».

Kay lasciò cadere la borsa sul pavimento accanto a una delle sedie per i visitatori di fronte alla scrivania di Harriet e vi si lasciò cadere. «Come procedono le cose?»

«Lentamente». Harriet infilò alcuni documenti in una cartella al suo fianco prima di metterla da parte e selezionarne un'altra da un vassoio all'angolo della scrivania. L'aprì e poi la girò in modo che Kay potesse vederne il contenuto.

«Lucas Anderson ha condotto l'autopsia ieri sera tardi e ha inviato il rapporto via email a Sharp e a me, quindi immagino che tu non abbia ancora saputo che Sophie Whittaker *era* incinta quando è stata uccisa».

Kay non disse all'investigatrice della scena del crimine che non si era fermata per il briefing mattutino. Invece, si schiarì la gola. «Quindi la sua amica Eva diceva la verità».

«Esatto. Lucas mi ha dato alcuni campioni, che abbiamo analizzato in via prioritaria questa mattina, date le circostanze. I risultati del test di paternità sono risultati inconcludenti. Ho chiesto di ripeterli».

«È normale?»

«Può succedere. Niente di cui preoccuparsi. Avremo una risposta per te il prima possibile».

«Ma al momento non possiamo dire con certezza che Peter Evans sia il padre?»

«Non ancora. Non in modo definitivo, no».

Kay aprì il suo taccuino e scrisse un promemoria per sé stessa prima di continuare. «E riguardo ad altri ritrovamenti sulla scena del crimine, qualcosa che colleghi l'omicidio di Sophie a Evans?»

Harriet sfogliò i documenti finché non trovò quello che cercava. «Abbiamo avuto difficoltà, in realtà. Al momento in cui sono stati chiamati i primi soccorritori, diverse persone avevano già calpestato la scena del crimine, abbiamo tracce di entrambi i genitori di Sophie, di due uomini della stessa congregazione della chiesa e della sua amica, naturalmente».

Kay fece una smorfia. Cercare di stabilire una scena del crimine e mantenerla intatta era difficile anche nelle migliori circostanze; quando si trattava di una festa con diverse persone in preda al panico e ubriache, il risultato era disastroso per Harriet e la sua squadra.

«Abbiamo prelevato campioni di capelli, vestiti, calchi di impronte, tutto», continuò Harriet. «Ci vorrà un po' di tempo per esaminare tutto».

Kay sapeva che non aveva senso lamentarsi, il dipartimento di Harriet era stato colpito dai continui tagli di bilancio del governo, e la donna poteva esigere solo fino a un certo punto dalla sua squadra. Se si fossero affrettati, c'era più probabilità che si perdessero qualcosa.

Invece, sfogliò le pagine fino a trovare la copia del rapporto dell'autopsia di Harriet. Era stata inclusa una sequenza di fotografie che mostravano il colpo al viso di Sophie, e le sue labbra si assottigliarono.

«Altre considerazioni su questo?»

Harriet sospirò e si appoggiò allo schienale della sedia. «Stiamo ancora esaminando le prove che Lucas ci ha passato. Sembra che l'arma fosse di natura lignea; almeno, la parte che ha colpito il cranio di Sophie lo era. Hai visto che ha trovato schegge nella ferita?»

«Sì».

«Stiamo esaminando il contenuto di ciò che è rimasto nei bracieri in questo momento, nel caso in cui il nostro assassino abbia cercato di bruciare le prove. Abbiamo il problema aggiuntivo di alcuni partecipanti alla festa che hanno trattato i fuochi come bidoni della spazzatura; quindi, ogni braciere viene elaborato separatamente per assicurarci di non perdere nulla. È un disastro, Kay... per non parlare dei problemi causati dal fango in fondo a quel pendio».

Kay girò le foto verso Harriet, che si sporse in avanti e tracciò le dita sulle immagini.

«Questo è stato guidato dall'odio, vero?» disse.

Kay si chinò e raccolse la sua borsa. «Penso di sì».

«Quello è stato un solo colpo al viso. La povera ragazza non ha avuto scampo». Harriet alzò lo sguardo per incontrare quello di Kay. «Sono a corto di personale, Kay, ma farò tutto il possibile per aiutarti a consegnare il suo assassino alla giustizia».

«Grazie, Harriet. So che lo farai».

CAPITOLO 23

«Quale strategia adotteremo qui?»

Kay alzò lo sguardo dal suo taccuino mentre Barnes rallentava l'auto fino a fermarsi nel vialetto di fronte all'ampia proprietà degli Hamilton e si voltò verso di lei.

Non avevano parlato durante il tragitto da Maidstone. Kay era tornata dall'ufficio di Harriet a metà mattinata e aveva appositamente ignorato l'atmosfera nella sala operativa intorno a lei mentre controllava le sue email e i messaggi telefonici.

Carys era passata davanti alla sua scrivania un paio di volte ma non aveva alzato la testa ed era sgattaiolata via, con il viso rosso.

Alla fine, Kay si era convinta di essersi messa in pari con il suo carico di lavoro abbastanza da tenere a bada qualsiasi emergenza imminente e aveva chiesto a Barnes di accompagnarla dagli Hamilton. Era uscita dalla stanza a grandi passi, ignorando l'espressione ferita sul volto di Carys.

«I risultati del test di paternità sono inconcludenti»,

disse ora. «Quindi, non sappiamo ancora con certezza se Peter Evans fosse il padre del bambino di Sophie».

«Beh, ovviamente lui pensa di esserlo, è per questo che ha tentato il suicidio, giusto?»

«Forse. O forse ha capito di non esserlo e che qualcun altro lo è».

Seguì Barnes fino alla porta d'ingresso e rimase in attesa sul gradino mentre lui suonava il campanello, i cui rintocchi risuonarono attraverso la casa.

Si strofinò l'occhio destro. Non aveva detto a Barnes o Sharp cosa intendesse discutere con gli Hamilton. Barnes, a suo merito, non glielo aveva chiesto.

Almeno un membro della squadra si fidava ancora di lei.

Lo sperava.

Blake Hamilton aprì la porta, i suoi occhi non riuscirono a mascherare il suo dispiacere nel vederli di nuovo.

«Detective. Cosa volete?»

«Una parola veloce con Josh, per favore», disse Kay, oltrepassando la soglia prima che lui avesse il tempo di reagire.

«Sta studiando».

«Non ci vorrà molto».

Blake sospirò, sbatté la porta dietro Barnes, e poi li condusse in salotto. «Vado a chiamarlo».

L'adolescente apparve pochi istanti dopo, seguito da vicino da Blake e sua moglie.

Kay attese che Courtney avesse finito di preoccuparsi su chi dovesse sedersi dove, e poi si sporse in avanti. Non era dell'umore giusto per sprecare tempo in convenevoli.

«Josh, devo farti una domanda molto personale. Tu e Sophie avevate rapporti sessuali?»

«Ma che diavolo?» Blake balzò dalla sua poltrona. «Che razza di domanda è questa? Come osa!»

Kay lo ignorò e mantenne gli occhi su Josh. «Rispondi alla domanda, per favore».

«Io... ehm, no. Non l'ho fatto. Voglio dire... non lo stavamo facendo, no».

L'adolescente arrossì.

Kay attese un battito. «Se c'è qualcosa che devi dirmi, possiamo discuterne in privato», disse.

«No, non lo farete di certo».

Hamilton attraversò il tappeto a grandi passi verso di lei, e Barnes si alzò dal divano, frapponendo la sua mole tra Hamilton e Kay.

«Signor Hamilton, si sieda per favore. Questo non sta aiutando».

«Togliti di mezzo».

«Si sieda, signor Hamilton». La voce di Barnes era bassa, ma Kay poteva sentire la minaccia non detta. «Se continua a comportarsi irragionevolmente, non avremo altra scelta che interrogare Josh in centrale. Senza di lei. È questo che vuole?»

Con la coda dell'occhio, Kay riuscì a vedere Hamilton stringere i pugni, e trattenne il respiro, aspettando l'esplosione.

Non accadde.

Imprecò sottovoce e si allontanò da Barnes, borbottando mentre si allontanava.

Attese che raggiungesse la finestra, poi rivolse di

nuovo la sua attenzione a Josh. «C'è qualcosa che vorresti dirmi?»

L'adolescente sbatté le palpebre, e poi abbassò lo sguardo sulle sue mani. «No. No, non c'è niente», disse. «Non ho mai avuto rapporti sessuali con Sophie».

«Cosa sta succedendo?» chiese Courtney. «Di cosa si tratta?»

Kay si alzò, raddrizzò una piega immaginaria della sua giacca, e abbassò lo sguardo verso Josh, seduto con gli occhi spalancati.

«Sophie Whittaker era incinta quando è stata assassinata», disse.

Josh impallidì.

Courtney emise un sussulto e si portò una mano alla bocca.

«Come ho detto, Josh, se c'è qualcosa che devi dirmi in privato, puoi chiamarmi in qualsiasi momento».

Kay porse uno dei suoi biglietti da visita, e non si sorprese quando Blake glielo strappò di mano prima che Josh avesse la possibilità di prenderlo.

Gli lanciò un'occhiataccia, e poi si alzò. «Andiamo, Barnes. Penso che abbiamo finito qui».

«Maledettamente giusto».

Blake attraversò la stanza a grandi passi e tenne aperta la porta verso il corridoio, e non fece alcun tentativo di nascondere la sua impazienza mentre si dirigevano verso la porta d'ingresso.

«Fuori da casa mia», ringhiò. «Parlerò con i vostri superiori di questo».

Kay si morse il labbro mentre la porta si chiudeva sbattendo alle loro spalle.

«Hai visto la faccia di Josh quando gli hai detto che Sophie era incinta?» disse Barnes, prima di allontanare l'auto dalla casa.

«Sì. Non ne aveva assolutamente idea, vero? Penso che stia mentendo anche sul non aver avuto rapporti sessuali con lei».

«Interessante. Mi chiedo perché Blake Hamilton non volesse che parlassimo con lui in privato».

«Pensi che ci sia qualcos'altro sotto?»

«Forse. Voglio tornare a parlare con Courtney Hamilton quando Josh e Blake non ci sono. Ho avuto l'impressione che fosse mortalmente annoiata l'ultima volta che Carys e io abbiamo parlato con lei. Potrebbe essere un po' più aperta a una conversazione».

«Non credo che parleremo con gli Hamilton tanto presto, se Blake mette in atto la sua minaccia e ci denuncia».

«Perché?»

Quando Barnes non rispose, Kay si morse il labbro, e poi gemette. «Vuoi dire che anche Blake Hamilton è amico dell'Onorevole Richard Fremchurch?»

«Sì». Barnes rallentò mentre l'auto si avvicinava a un incrocio a T. «L'ho cercato online prima di venire qui, per vedere se fosse stato recentemente sulle notizie. Sembra che sia un importante donatore per il fondo di beneficenza di Fremchurch».

«Larch ci prenderà a calci nel sedere».

CAPITOLO 24

«Chiudi la porta, Hunter.»

Kay spinse la porta fino a chiuderla, chiuse gli occhi per una frazione di secondo e fece un respiro profondo.

Sharp era presente, almeno.

Aveva la sensazione che avrebbe avuto bisogno di qualcuno che combattesse al suo fianco.

Si voltò verso l'ispettore capo investigativo, che si appoggiò allo schienale della sedia, si sistemò la cravatta e poi intrecciò le dita delle mani sulla scrivania.

Non disse né a lei né a Sharp di accomodarsi.

Almeno aveva aspettato fino alla fine del briefing pomeridiano.

Almeno nessun altro avrebbe sentito quello che stava per essere detto.

«Quale parte del mantenere un "profilo basso" non hai capito, Hunter?»

«Signore?»

«Quando abbiamo aperto questa indagine, ti ho

ordinato specificamente di mantenere le tue richieste rispettose. La posta in ballo qui è molto alta, Hunter.»

«Sì, signore. Capisco. Abbiamo una ragazza sedicenne morta, un sospettato in custodia che ha tentato il suicidio e diverse altre piste che ora dobbiamo seguire.»

Il pugno di Larch colpì la scrivania così forte che lo schermo del computer tremò. «Non è questo che intendevo, Hunter, quindi non prendermi per il culo.»

«Signore.»

Puntò l'indice verso di lei. «Forse ti sei riscattata agli occhi dei tuoi colleghi, detective, ma hai ancora molta strada da fare prima di convincermi che prendi sul serio la tua carriera. Se pensassi davvero di avere una minima possibilità di diventare ispettore detective, lo capiresti.»

Kay deglutì, ma rifiutò di abbassare lo sguardo. La gola le si strinse, gli occhi le bruciavano, ma non gli avrebbe permesso di vedere la sua reazione. Non poteva fargli sapere quanto le sue parole la frustrassero. Strinse il pugno così forte che le unghie le si conficcarono nei palmi.

Sharp spostò il peso da un piede all'altro accanto a lei, con le braccia dietro la schiena, ma rimase in silenzio.

Lei si ricordò improvvisamente che lui proveniva da una formazione militare; tutta la sua postura rifletteva quella di un soldato in posizione di riposo, ma nell'ufficio di Larch, assumeva quasi un'aria di sfida.

Ne trasse forza, sapendo che anche lui doveva muoversi con cautela. Se avesse tentato di respingere le accuse di Larch, avrebbe potuto creare problemi anche a lui. E lei non se lo sarebbe mai perdonata se fosse successo.

Larch si sporse in avanti e aprì un fascicolo davanti a

sé, prese gli occhiali da lettura dalla superficie della scrivania e li appoggiò sul ponte del naso.

Prese un foglio e vi passò sopra gli occhi prima di gettarlo da parte. «Blake Hamilton ha presentato una denuncia ufficiale riguardo alla tua linea di interrogatorio in relazione a suo figlio e Sophie Whittaker», disse. La guardò da sopra gli occhiali. «Ti dispiace spiegarmi?»

«Siamo nel ventunesimo secolo. Signore.»

«Queste persone hanno certi standard, Hunter! Devi imparare ad essere più diplomatica!»

«Signore, il mio unico obiettivo è scoprire chi ha ucciso Sophie Whittaker. Se è Peter Evans, così sia. Ma non posso riposare finché non avrò esaurito ogni angolo di questa indagine. Sarebbe poco professionale da parte mia.»

«Stai lontana dagli Hamilton, Hunter. È un ordine.» Si voltò verso Sharp. «D'ora in poi, tu gestisci tutte le interazioni con quella famiglia, è chiaro?»

«Signore.»

«Nel frattempo, contatta la Procura della Corona per incriminare Peter Evans per l'omicidio di Sophie Whittaker.»

«Signore, con tutto il rispetto, e date le altre piste che stiamo continuando a seguire, potrebbe essere affrettato.»

«Fallo, Sharp.» Larch chiuse bruscamente la cartella. «Congedati.»

Kay si girò e aprì con forza la porta dell'ufficio, furiosa. Percorse il corridoio di ritorno alla sala operativa borbottando tra sé e sé, maledicendo Larch per la sua chiusura mentale.

«Kay? Kay!»

Si fermò e si voltò.

«Non lasciare che ti ferisca, Hunter.» Sharp si avvicinò. «Tieni duro.»

Lei sbatté le palpebre, strinse la giacca ai fianchi e alzò il mento fino a guardare le piastrelle del soffitto. Sbatté di nuovo le palpebre e cercò di combattere l'impulso di perdere completamente il controllo delle sue emozioni prima di fare un respiro tremante.

«Sto solo cercando di fare il mio lavoro», disse a denti stretti.

«Lo so. Lo sappiamo tutti.»

«Allora perché…»

«Non lo so. Sto facendo quello che posso. Devi fidarti di me.»

«Grazie, capo.»

Lui annuì e fece qualche passo per superarla prima di fermarsi e girarsi.

«Sei una brava detective, Kay. Non dimenticarlo mai.»

CAPITOLO 25

Matthew Whittaker seguì il mouse sullo schermo e iniziò a digitare i numeri nelle celle del foglio di calcolo, con la mano tremante.

Era peggio di quanto pensasse.

Soprattutto ora, dopo aver dovuto pagare per i catering, il noleggio del tendone e tutto il resto per una cerimonia che si era rivelata inutile.

E, presto, un funerale.

Lanciò un'occhiata alle bottiglie di liquore nel mobile di mogano, poi si concentrò di nuovo sullo schermo.

Non osava iniziare a bere ancora. Non sapeva se sarebbe stato in grado di fermarsi.

La sua visione si offuscò mentre le lacrime gli pungevano le palpebre, e strinse il pugno.

Sarei diventato nonno.

Spinse da un lato la pila di ricevute e appoggiò i gomiti sulla scrivania, con la testa tra le mani. Non riusciva a comprendere come tutto fosse andato così storto.

Aveva concordato con Diane che il gruppo privato

della chiesa sarebbe stata una buona cosa da fare come famiglia. Dopotutto, assicurava loro di poter pregare con i propri pari, non con la solita plebaglia che riempiva i banchi la domenica mattina per dovere piuttosto che per dimostrare la propria devozione. Quelle altre persone sembravano trattare l'intero affare del culto come una scusa per mettersi in pari con gli altri e spettegolare, non per celebrare la propria fede.

Inoltre, significava che Sophie poteva socializzare con altri della sua età che le offrivano il sostegno e l'amicizia che la sua posizione nella società richiedeva. Sia lui che Diane erano d'accordo che questo compensasse il fatto che dovesse frequentare la scuola con gente come Eva Shepparton. Nessuno dei due voleva ammettere che le rette della scuola privata erano al di là delle proprie possibilità.

Nemmeno tra di loro.

No, il gruppo privato era molto meglio, e Diane era stata contenta quando gli Hamilton l'avevano suggerito loro dopo una funzione domenicale particolarmente chiassosa. Significava che lei e Matthew erano visti come membri importanti della loro comunità, e ovviamente lo erano.

La famiglia di Diane viveva nella zona da centinaia di anni, questa casa era stata in loro possesso dal diciottesimo secolo, e prima di ciò il nome della sua famiglia era riapparso più e più volte nei registri storici della contea.

Alcune settimane dopo aver conosciuto Diane, era stato presentato ai suoi genitori a una funzione della Camera di Commercio, il Conte si era staccato dal resto della folla per prendere Matthew da parte e interrogarlo sulle sue intenzioni verso sua figlia. Matthew aveva spiegato che possedeva un'azienda di software il cui valore stava salendo alle stelle, e il vecchio si era subito riscaldato nei suoi confronti.

Il matrimonio era avvenuto dodici mesi dopo.

Dodici mesi dopo, la bolla delle dot-com era scoppiata.

Era riuscito a trovare lavoro, alla fine. Poteva aver perso la sua azienda, ma le sue competenze informatiche erano ancora richieste nel periodo successivo al crollo della borsa. Non aveva molta scelta, Sophie era nata due mesi prima che lui ammettesse finalmente che la sua azienda non esisteva più, e Diane stava iniziando a preoccuparsi dello stato della casa.

Il Conte e sua moglie erano morti una settimana dopo aver visto la loro prima nipote, il Conte per un grave ictus, e sua moglie per quello che il loro medico riuscì solo a descrivere come "un cuore spezzato". Matthew non l'aveva creduto possibile, ma quando il testamento era stato letto, in questa stessa stanza, era emerso che i debiti di gioco del Conte avevano assicurato che Diane ricevesse un'eredità misera e una casa di famiglia che, nel migliore dei casi, poteva essere descritta come fatiscente.

Il perito che aveva visitato la proprietà in assenza di Diane in casa una mattina in cui era stata a un controllo in ospedale per lei e Sophie, si era voltato verso Matthew e aveva scosso la testa.

«Questo è il problema con queste vecchie proprietà», aveva detto. «Una volta che le lasci cadere in rovina, devi spendere una fortuna per restaurarle».

In qualche modo, Matthew era riuscito a trovare un ruolo a un paio di chilometri fuori Londra, un facile pendolarismo che significava che poteva risparmiare e mettere da parte i soldi di cui avevano bisogno nel corso degli anni per risolvere i problemi più gravi, un nuovo tetto, l'umidità di risalita nelle camere da letto sul retro, una cucina ristrutturata. Ma non era abbastanza, nemmeno quando si era messo in proprio con una nuova attività di consulenza.

Era stato felice quando Sophie aveva stretto amicizia con Josh Hamilton nel loro gruppo della chiesa diversi mesi fa.

Gli Hamilton erano influenti in certi circoli della comunità, e Blake Hamilton godeva di una formidabile reputazione come uomo d'affari.

Matthew non ricordava quando fosse stata menzionata per la prima volta la questione del fidanzamento di Sophie e Josh, ma ricordava il sollievo nel sapere che il futuro sposo di sua figlia avrebbe dato una certa sicurezza.

Ma ora...

Sentiva ancora lo shock che aveva attraversato il suo corpo nell'apprendere la notizia che Peter Evans era stato arrestato con il sospetto dell'omicidio di Sophie.

Aveva dovuto minacciare il ragazzo per farlo stare lontano da Sophie, per fargli smettere di presentarsi a casa, di telefonarle.

Quando aveva interrogato sua figlia, lei aveva ammesso di aver conosciuto Peter attraverso amici di scuola, aveva la stessa età di Josh, ma proveniva da una formazione completamente diversa.

«Classe operaia», aveva detto Diane, arricciando il naso.

E Sophie, incinta?

Alzò la testa quando la porta dell'ufficio si aprì e apparve Diane, con un vassoio in mano.

«Ho chiesto a Grace di preparare il tè», disse. «Ho pensato che ne avresti voluto un po'».

Posò il vassoio sulla scrivania davanti a lui e iniziò a versare il liquido marrone fumante in due tazze ornate, poi aggiunse il latte e gli porse una delle tazze.

Aggrottò la fronte quando lui versò del tè sul bordo e nel piattino, con la mano instabile. Il suo sguardo incontrò quello di lui, gli occhi dubbiosi.

Lui indicò lo schermo.

«Dovremo licenziare George», disse.

Il volto di Diane si rabbuiò. «Ma è qui da quando mamma e papà erano vivi! Come farò a gestire il giardino da sola?»

«Mi dispiace. Farò in modo che qualcuno venga una volta al mese per occuparsi dei lavori più impegnativi per te, ma dobbiamo iniziare a risparmiare dove possiamo». Alzò la mano per impedirle di interrompere. «O questo, oppure...»

Diane affondò nella tappezzeria di velluto del divano a due posti al centro della stanza, il viso pallido.

«Perderemo la casa, vero? Dopo tutto questo, perderemo la casa».

CAPITOLO 26

Duncan Saddleworth versò i fondi del suo tè tiepido nel lavandino della cucina la mattina seguente, prima di appoggiarsi al piano di scolo e scrutare fuori.

Oltre la finestra della cucina, uno stretto patio cedeva il posto a un prato ordinato circondato da aiuole, con un piccolo capannone di legno contro la recinzione sul retro.

Alti arbusti e alberi conferivano privacy al giardino sul retro e, ancora una volta, si chiese se un vicino che avesse potuto vedere il suo viso scrutare fuori lo avrebbe considerato malato quanto lui si sentiva.

Quattro grassottelli passeri domestici saltavano e svolazzavano intorno ai mobili da patio economici che aveva comprato al centro giardinaggio locale due anni prima; il loro cinguettio e litigio filtrava attraverso il vetro mentre si contendevano i semi che aveva messo fuori un'ora prima.

Quando era arrivato nella parrocchia due anni prima, pensava che la casa fosse perfetta. Piuttosto che le grandi vecchie canoniche preferite dalla Chiesa d'Inghilterra, i suoi superiori credevano in una sistemazione abitativa più frugale, una che riflettesse meglio le case dei parrocchiani.

Aveva trascorso diversi fine settimana immerso nei suoi doveri ecclesiastici correndo tra il negozio di ferramenta e il vivaio, riportando gradualmente in vita la casa a schiera alla fine dell'isolato. Il suo amore per l'arredamento d'interni aveva dato i suoi frutti: la casa era ora luminosa e accogliente, e non vedeva l'ora di tornare a casa la sera e rannicchiarsi con un libro nel salotto anteriore, con le lunghe gambe che penzolavano fuori dal divano mentre sorseggiava vino rosso e ascoltava la sua collezione di dischi in vinile.

Adorava la posizione: era tranquilla e pacifica, e andava d'accordo con i vicini. Tra inviti per cene serali o tè pomeridiani, si era anche trovato ad essere la persona di riferimento per l'occasionale richiesta di cat-sitting e segretamente godeva della responsabilità.

Solo quattro mesi prima, lui e i suoi vicini si erano incontrati un tardo sabato pomeriggio dagli Smith, quattro porte più in su, per discutere se dovessero unirsi e procurarsi delle galline in modo da avere tutti uova fresche.

Si asciugò gli occhi con rabbia.

Era stato felice qui, una volta.

Sbatté le palpebre e il suo focus passò dal giardino al suo riflesso.

Trattenne il respiro e si avvicinò un po' di più.

Faticava a dormire da settimane ed era riuscito a evitare uno specchio tranne quando si radeva, tenendo gli occhi fissi sulla traiettoria del rasoio e non sullo sguardo tormentato che sapeva lo avrebbe fissato di rimando.

Ora, anche nel riflesso butterato, riusciva a vedere quanto *vecchio* sembrasse.

Era questo il viso che aveva accolto la detective della polizia tre giorni fa?

Avrebbe semplicemente pensato che il suo aspetto fosse causato dal dolore?

O avrebbe sospettato qualcos'altro?

Si allontanò e si chiese se avrebbe dovuto andarsene.

La chiesa non avrebbe sospettato nulla, ne era sicuro, in effetti, faticava a ricordare l'ultima volta che aveva avuto notizie da qualcuno del quartier generale della diocesi.

Con l'adolescente fuori dai piedi, poteva rilassarsi? Fingere che non fosse successo nulla?

Espirò e ignorò un salto nel suo battito cardiaco.

Sarebbe stato crudele da parte sua gioire della morte di un altro, e certamente andava contro tutto ciò in cui credeva. Eppure c'era un perverso senso di speranza. In fondo. Sepolto e che si faceva strada in superficie a poco a poco.

Un rumore proveniente dall'ingresso lo scosse dai suoi pensieri, e un brivido gli attraversò la spina dorsale quando la buca delle lettere tornò al suo posto.

Controllò l'orologio. La posta di solito veniva consegnata a metà mattina, non alle sette.

Si allontanò dalla finestra e si affrettò verso l'ingresso.

Si bloccò quando la porta d'ingresso entrò nel suo campo visivo.

Una singola busta bianca giaceva sullo zerbino.

Si lanciò verso la porta, girò la serratura di ottone e la spalancò prima di correre fuori sul sentiero a piedi nudi.

Il suono di un'auto che accelerava allontanandosi lungo la stradina raggiunse le sue orecchie, e lui si precipitò attraverso il cancello del giardino e sul prato.

Era troppo tardi.

La stradina era deserta, con solo un debole odore di gas di scarico che fluttuava nell'aria.

Duncan tornò lentamente verso casa, raccolse la busta dallo zerbino e chiuse la porta.

Si spostò verso le scale e si sedette sul secondo gradino, le gambe tremanti. Passando una mano tremante sulla bocca, espirò e cercò di controllare il suo battito cardiaco accelerato.

Girò la busta tra le mani e passò il pollice sotto il sigillo, strappando la carta.

Un singolo foglio era stato inserito all'interno, un pezzo di carta bianca a righe di quindici per dieci centimetri che era stato strappato da un quaderno e tagliato per essere adattato, le minuscole perforazioni di una spirale metallica ancora attaccate sul lato sinistro.

«Per favore, no», mormorò.

Deglutì e poi estrasse la pagina dal suo fragile involucro e lesse le parole che erano state ritagliate da una stampa del computer e poi incollate sulla carta.

Cinque parole.

«No!»

Balzò in piedi, la pagina svolazzò sul tappeto mentre lui camminava avanti e indietro per l'ingresso passandosi una mano tra i capelli.

Il sudore gocciolava dalle sue ascelle, raccogliendosi

nel morbido cotone della sua camicia, e lui gemette mentre il suo stomaco si contraeva.

Nel momento prima di precipitarsi al piano di sopra verso il bagno, i suoi occhi catturarono ancora una volta le parole sparse sulla pagina.

So cosa hai fatto.

CAPITOLO 27

«Quanti anni pensi che abbia?» Barnes si ficcò in bocca un'altra manciata di arachidi e fissò il parabrezza.

«Difficile dirlo con tutta quella plastica.»

Ci fu un forte sbuffo dal sedile accanto a lei, e Kay sorrise mentre Barnes tossiva e lottava per tenere il cibo in bocca prima di battersi il petto con la mano.

«Non è giusto,» ansimò, con gli occhi lacrimanti.

«Te la sei cercata.»

Si sistemarono di nuovo in un silenzio amichevole, il motore emetteva un costante ticchettio mentre si raffreddava.

«Ti rendi conto che Larch ci degraderà in un attimo se sbagliamo?» disse Barnes, dando voce al pensiero che girava nella mente di Kay da venti minuti.

«Sì» mormorò lei. «Vuoi tirarti indietro?»

«No.»

«Puoi farlo, sai.»

«Sì, lo so.»

«Non la prenderei sul personale.»

«Sì che lo faresti.»

«Non lo farei. Da un po' sto pensando a come staresti di nuovo in uniforme.»

«È quello che dicono tutte le ragazze.»

Kay sbuffò.

Avevano lasciato la sala operativa separatamente un'ora prima, dopo che Kay aveva mandato un messaggio a Barnes per incontrarsi nel parcheggio.

Lui si era alzato dalla sua scrivania, l'aveva ignorata mentre passava accanto alla sua, e cinque minuti dopo lei l'aveva raggiunto, facendo penzolare le chiavi della sua piccola auto dall'indice.

Barnes aveva alzato un sopracciglio. «Così, eh?»

Lei aveva annuito, e lui era rimasto in silenzio finché non si erano messi in movimento, facendosi strada nel traffico scolastico pomeridiano.

«Stiamo andando dove penso?»

«Sì.»

Si era fermata in una piazzola di sosta che dava sulla recinzione della proprietà degli Hamilton, lontano dalla strada principale, quaranta minuti dopo, e aveva spento il motore prima di spingere di lato le ginocchia di Barnes ed estrarre un binocolo dal vano portaoggetti.

«Operazioni segrete!» aveva detto Barnes, fingendo un'espressione di eccitazione sul viso.

«Cresci.» Aveva alzato gli occhi al cielo, poi era scesa dall'auto e si era avvicinata alla recinzione. Tenendosi bassa, aveva puntato il binocolo sulla parte anteriore della casa.

«La sua auto è ancora lì. Aspettiamo.»

Ora, si sporse in avanti sul sedile quando un lampo argentato apparve davanti a loro.

«Giù!»

Sapeva che le possibilità che Hamilton si voltasse a guardare la strada stretta mentre passava erano remote, ma non era disposta a correre il rischio.

Il rumore degli pneumatici sull'asfalto passò, e lei sbirciò dal parabrezza.

«Aspetta un minuto.»

«Lo farò.»

I successivi sessanta secondi passarono troppo lentamente per essere confortevoli, e nel momento in cui la lancetta dei secondi del suo orologio superò lo zenith, avviò il motore e guidò il veicolo fuori dalla piazzola.

Frenò bruscamente quando una seconda auto passò all'incrocio alla fine della strada, viaggiando nella stessa direzione dell'auto di Blake Hamilton.

«Quella non era Diane Whittaker?»

«Sì,» disse Kay.

«Seguiamo lei o parliamo con Courtney Hamilton?»

Kay si morse il labbro. Dopo un momento, ingranò la marcia e girò a destra. «Atteniamoci al piano. Parliamo con Courtney.»

Dopo novanta secondi, frenò davanti alla porta d'ingresso degli Hamilton.

Courtney aprì nel momento in cui Kay suonò il campanello. «Ho visto un'auto salire per il vialetto,» disse, sistemandosi i capelli dietro l'orecchio. «Mi chiedevo chi fosse.»

«Possiamo entrare?»

Gli occhi di Courtney si spostarono da Kay a

Barnes, poi di nuovo indietro. Si morse il labbro. «Tornerà tra un paio d'ore. Ha detto che doveva consegnare qualcosa alla chiesa e fare una chiacchierata con Duncan.»

«Va bene. Volevo parlare con lei da sola. Ce ne saremo andati prima che torni.»

«Sarà meglio.»

Si fece da parte e li lasciò passare, e Kay notò come sbirciava attraverso lo spiraglio della porta mentre la chiudeva, come se controllasse che l'auto di suo marito non fosse tornata mentre parlavano.

«Venite in cucina.»

Kay la seguì, con Barnes alle calcagna, e si diresse verso il piano di lavoro centrale.

Una rivista era aperta sulla superficie, una tazza vuota accanto ad essa insieme a un telefono cellulare e un computer portatile.

Courtney si sporse e chiuse il portatile, con un'espressione fugace di scuse che le attraversò il viso. «Shopping. Pensavo di ridecorare la stanza di Josh.»

«Courtney, non farò perdere tempo né a lei né a noi. Dopotutto, ha detto lei stessa che Blake tornerà presto. Cosa non ci sta dicendo Josh di lui e Sophie Whittaker?»

L'altra donna rimase a bocca aperta. «Non ho idea di cosa stiate parlando.»

«Non le credo. Sia lei che Josh stavate nascondendo qualcosa quando abbiamo parlato ieri. Blake non lo sa, vero?»

Courtney si sedette sullo sgabello e appoggiò i gomiti sul piano di lavoro, con il viso tra le mani. «Lo ucciderebbe se lo scoprisse.» Si raddrizzò di scatto.

«Voglio dire... ovviamente, non lo farà. Voglio dire, non l'ha fatto.»

Kay trattenne il respiro e attese.

«Josh è venuto da me circa tre mesi fa. Lui... mi ha chiesto di comprargli dei preservativi.»

«Non poteva comprarli lui stesso?»

Courtney scosse la testa. «Non capisce. Blake lo controlla costantemente. Se Blake non può farlo in prima persona, corrompe gli altri. Pensa che i soldi risolvano tutto.»

«Cosa è successo?»

«Ho comprato i preservativi.»

«Quindi, andava a letto con Sophie?»

«Sì. Credo.»

«E Blake non sospetta nulla?»

«No. E non deve.»

«Cosa ci faceva qui Diane Whittaker?»

«Voleva sapere se potevano tenere qui la veglia di Sophie dopo la funzione commemorativa. Non credo che se la sentisse di farla a casa, non dopo...»

«Josh conosceva Peter Evans?»

«No, ve l'abbiamo già detto.»

«Sì, ma avete anche omesso l'informazione che Josh aveva una relazione con Sophie. Quindi, Josh conosceva Peter Evans?»

«Non credo, no. A dire il vero, mi dispiace un po' per Peter.»

«In che senso?»

«Oh, sa. Penso che amasse davvero Sophie. Dev'essere stato un bello shock scoprire che era incinta, però.» Courtney incrociò le braccia al petto e sospirò. «D'altra parte, se era incline ad andare a letto in giro così, sono contenta che Josh non l'abbia sposata, questo è certo.»

Barnes si schiarì la gola. «Mi scusi, signora Hamilton. Le dispiacerebbe se usassi il bagno?»

«Certo. Da quella parte, in fondo al corridoio. Seconda porta a destra.»

«Grazie.»

Kay attese di avere di nuovo l'attenzione di Courtney. «Ho capito dalla nostra conversazione quando abbiamo parlato con lei la prima volta che Josh avrebbe potuto sfruttare le connessioni aristocratiche di Sophie per favorire gli interessi commerciali di suo padre. Qual era il piano?»

«Oh, non ne ho idea. Blake fa sempre affari per persone diverse. Non è che produca qualcosa. Fa networking, mette in contatto persone che hanno interessi o obiettivi comuni e prende una commissione.»

«Sembra che gli vada molto bene.»

«Ha buoni contatti.» Courtney si stiracchiò e controllò l'orologio.

«Va bene. Ce ne andremo tra un minuto...»

«Capo?»

Kay si girò di scatto. «Che c'è?»

Gli occhi di Barnes guizzarono verso Courtney, e poi di nuovo verso di lei, con un'eccitazione palpabile.

«Credo che sia meglio chiamare Harriet. E l'ispettore Sharp.»

CAPITOLO 28

Diane fece retromarcia con l'auto nell'ultimo posto disponibile fuori dal ristorante, spense il motore e rimase seduta per un momento a raccogliere i pensieri.

Era rimasta sorpresa quando Blake Hamilton aveva accettato così facilmente di incontrarla con così poco preavviso. Anche il sollievo le aveva attraversato il corpo. Il trauma degli ultimi giorni l'aveva lasciata esausta, ed era solo ora che si era allontanata da casa che si rendeva conto di aver trascorso la maggior parte del tempo trattenendo il respiro, come in attesa di qualcosa.

Scese dall'auto e raddrizzò la minigonna in cui era riuscita a infilarsi. Cercò di non pensare alle condizioni del bagno della stazione di servizio che aveva usato per cambiarsi e indossare il nuovo outfit, e sistemò la camicetta. Non poteva far sapere a Matthew che aveva speso soldi a sua insaputa, almeno non le somme che le erano passate tra le dita ultimamente.

Sbattendo la portiera, fece un respiro profondo e si diresse verso il portico d'ingresso del ristorante.

Parte di una catena di alberghi che aveva acquistato e poi ristrutturato vecchi edifici in tutto il paese con uno standard squisito, il ristorante era popolare nei fine settimana e la sera. Quando entrò nell'area della reception e svoltò a destra in una zona lounge, fu lieta di vedere che all'ora di pranzo era tranquillo. In effetti, a parte due anziani signori, dato il contenuto della loro conversazione, probabilmente due soci di uno degli studi legali disseminati lungo la High Street, il bar era vuoto.

«Gin tonic» disse al barista, poi si spostò a un tavolo con due sedie accanto alla finestra, dove la luce del sole macchiettava il velluto verde della tappezzeria.

Controllò l'orologio mentre il barista le portava il drink, annuì in segno di ringraziamento e bevve un sorso.

Si ricordò di non ingurgitare; avrebbe avuto bisogno di tutta la sua lucidità per questo incontro.

Per un attimo fugace, si chiese se non avrebbe dovuto aspettare un'altra settimana prima di avvicinarlo, dopotutto, alcuni avrebbero potuto pensare che fosse insensibile, dato che sua figlia era stata trovata assassinata solo poche ore prima. Scacciò il pensiero. In questo momento, la sua stessa sopravvivenza doveva avere la priorità, soprattutto dato che era evidente che le finanze di Matthew erano peggiori di quanto avesse inizialmente pensato.

Sentì Blake prima di vederlo, il suo tono sonoro che proveniva dalla zona lounge, con il cellulare premuto all'orecchio.

Entrò nel bar di fretta, le fece un cenno prima di voltarsi per finire la sua chiamata mentre ordinava un grande calice di vino bianco, poi infilò il telefono nella tasca della giacca.

«Diane» disse mentre si avvicinava al tavolo.

Lei si allungò verso di lui, offrendo la guancia.

Le sue labbra sfiorarono appena la linea della mascella, poi si raddrizzò, alzò il bicchiere in un brindisi e bevve un sorso. «Hai già ordinato?»

«No. Ecco.»

Lui prese uno dei menu da lei e posò il calice di vino sul tavolo mentre scorreva con gli occhi il cibo offerto.

«Grazie per avermi ricevuta in privato.»

«Nessun problema. Sei pronta per ordinare?»

«Sì. Prenderò la bistecca, per favore. Al sangue.» Incrociò le gambe, lasciando che la minigonna salisse sulla coscia.

Blake la ignorò, si guardò alle spalle e alzò il menu verso il barista. «Una sogliola di Dover e la bistecca di filetto, al sangue.»

«Certamente, signore.»

Lui rimase in piedi accanto a lei, poi tirò fuori una delle sedie morbide e vi posò la sua mole. «Non ho potuto chiedertelo a casa, perché Courtney parlava così tanto. Come stai?»

Diane bevve un altro sorso del suo drink e si rese conto che le mani le tremavano. Si concentrò nel mettere il bicchiere sul tavolo prima di rispondere.

«È un incubo. Matthew ha riesaminato i numeri, ma è impossibile, soprattutto ora che quel rivenditore tedesco si è ritirato dopo il fiasco della Brexit. L'azienda semplicemente non si è ripresa.»

«Intendevo riguardo all'omicidio di Sophie.»

«Oh.» Arrossì. «Oh, sì. Non mi sono ancora resa conto che se n'è andata, a dire il vero.»

«Gesù, Diane.» Scosse la testa e si guardò alle spalle mentre un cameriere in pantaloni neri e camicia bianca inamidata si avvicinava a loro.

«Se volete seguirmi nella sala da pranzo, vi mostrerò il vostro tavolo?»

Diane finì il suo drink, prese la borsa e lasciò che Blake la guidasse attraverso l'area da pranzo.

Girarono a destra alla reception e poi attraverso un grande arco ed entrarono in una stanza spaziosa che si affacciava su giardini paesaggistici attraverso porte francesi.

Il cameriere si affaccendò intorno a loro, mettendo i tovaglioli sulle loro ginocchia, versò l'acqua nei bicchieri e poi se ne andò con la promessa che il loro cibo sarebbe arrivato presto.

«Sono davvero dispiaciuto per quello che è successo a Sophie» disse Blake. Appoggiò le braccia sul tavolo. «La polizia lo ha già incriminato?»

«Non credo, no. Sono venuti a trovarti?»

Annuì. «Ieri. Hanno accusato Josh di essere andato a letto con lei.»

Diane sussultò. «Cosa ha detto?»

«No, ovviamente.» Aggrottò le sopracciglia. «Cosa diavolo pensavi che avrebbe detto?»

«Scusa. Ho solo pensato…»

S'interruppe quando il cameriere riapparve, con due piatti fumanti in mano.

Nel momento in cui se ne andò di nuovo, si era ripresa dallo sfogo di Blake.

Lui spinse il coltello da un lato, usò la forchetta per tagliare un pezzo di pesce e se lo ficcò in bocca.

«Sapevi che era incinta?»

Lei deglutì. «No.»

«Cristo, che casino.»

«Non ne avevo idea, Blake. Per quanto ne sapevamo, era promessa a Josh.»

«Sì, beh, date le circostanze, puoi dimenticarti del nostro accordo commerciale.»

«Non puoi fare questo!»

I suoi occhi lampeggiarono. «Abbassa la voce» sibilò.

Lei si guardò alle spalle.

C'era solo un altro gruppo nel ristorante, una coppia e una donna anziana che sembravano ignari di chiunque altro intorno a loro mentre facevano tintinnare i bicchieri e ridevano con il cameriere che si muoveva intorno al loro tavolo, riorganizzando i piatti e scambiando conversazioni leggere.

Si voltò di nuovo verso l'americano. «Per favore, Blake, devi aiutarci!»

Lui la indicò con la forchetta. «Avresti dovuto avere un piano di emergenza, Diane. Ogni attività ne ha bisogno. È qui che voi aristocratici inglesi avete sempre sbagliato. Nessun piano di riserva. Vi state estinguendo tutti...»

Diane lo fulminò con lo sguardo, gli occhi le bruciavano.

«Scusa. Non volevo dirlo così.»

Lo osservò mentre svuotava il bicchiere e faceva cenno al cameriere di avvicinarsi.

«Me ne porti un altro di questi. Vuoi un altro gin tonic?»

Lei scosse la testa.

«Va bene, solo il vino allora.»

Diane giocherellò con il cibo mentre il cameriere si allontanava, l'appetito ormai svanito.

«Non sarò io la responsabile della vendita della casa», disse. «Appartiene alla mia famiglia da quasi trecento anni.»

«Beh, cosa pensi che succederà quando morirai? Non è rimasto più nessuno, Diane. Vendi quella dannata casa e fatti una vita, per l'amor del cielo. Dà una tregua a quel poveretto di tuo marito.»

«Non potresti dare un'altra occhiata ai numeri? Suggerire a Matthew di entrare come azionista?»

«Entrare in cosa? L'azienda non vale nulla.» Scrollò le spalle, posò la forchetta e prese il bicchiere d'acqua. Finì di masticare. «No. Volevo usare la casa solo come detrazione fiscale, comunque.»

«Avevamo un accordo.»

«Niente nuora, niente accordo, Diane.» Bevve un sorso d'acqua prima di rimettere il bicchiere sul tavolo. «Sono sicuro che capisci.»

Lei lasciò cadere le posate, l'argenteria colpì il piatto davanti a lei con un tintinnio, poi afferrò la borsa dal pavimento accanto a sé e si alzò.

«Goditi il tuo pesce, Blake. Fai attenzione a non soffocare con una lisca.»

CAPITOLO 29

«Che succede? Cosa sta succedendo?»

Kay chiuse la porta del soggiorno dopo aver assicurato a Courtney Hamilton che non l'avrebbero fatta aspettare a lungo, e notò che Barnes sembrava agitato.

«Ho usato il bagno al piano terra, okay?»

«Sì?»

Per un attimo, Kay si chiese se il detective più anziano stesse per metterli entrambi in imbarazzo, ma lui scosse la testa.

«Mentre chiudevo la porta, ho notato che un'altra si apriva davanti a me. Una specie di lavanderia, sai, per quando torni dal giardino o cose del genere. Hanno una lavatrice e un'asciugatrice lì dentro, e c'è una sacca da golf appoggiata vicino a un'altra porta che dà sull'esterno». Abbassò la voce. «Uno dei bastoni da golf è coperto di sangue».

Kay strinse la mascella, controllò che la porta del soggiorno fosse chiusa prima di voltarsi di nuovo verso di lui. «Fammi vedere».

Lui la guidò attraverso l'ingresso, verso il retro della casa. «Il bagno al piano terra è lì», indicò. «E questa è la lavanderia».

«Sei entrato?»

«Sì. Non ho toccato nulla. Non ho guanti con me, tu ne hai?»

«No, sono in macchina».

Lui rimase sulla soglia mentre Kay entrava nella stanza, gettando uno sguardo in giro.

Un piano di lavoro occupava tutta la lunghezza di una parete alla sua destra, e si rese conto che la parete confinava con la cucina, con il lavello e i rubinetti che rispecchiavano la disposizione idraulica dell'altra stanza. Di fronte a lei, la porta sul retro assomigliava a una tradizionale porta da stalla, divisa a metà, con serrature e chiavistelli per ogni sezione.

Alla sua destra, una fila di ganci per cappotti era stata fissata al muro, tutti stracarichi di giacche cerate, cappelli, sciarpe e una fila di stivali di vari stili e misure disposti sul pavimento sotto di essi.

Il pavimento piastrellato sembrava consumato e non lucidato come il resto del piano terra. Evidentemente, era una stanza che vedeva molto passaggio e veniva utilizzata secondo il suo design previsto.

La sacca da golf a cui Barnes si era riferito era appoggiata accanto alla porta sul retro, in uno spazio formato tra il telaio della porta e il piano di lavoro.

Kay si avvicinò e incrociò le braccia per evitare la tentazione di toccare qualcosa.

Avvicinandosi ai bastoni, notò che uno, un "legno" ricordò, era macchiato di rosso scuro e, mentre la maggior parte dei bastoni moderni era fatta di metallo, questo sembrava vecchio, e l'estremità era deformata.

Deglutì.

«Barnes? Chiama la centrale. Fai isolare questa stanza e il resto della casa. Chiama Sharp al telefono e digli che abbiamo una scena del crimine». Tirò fuori il telefono e si diresse verso il soggiorno.

«Nel frattempo, scoprirò dove diavolo sono spariti Blake e Josh Hamilton».

———

«Buon lavoro, Barnes», disse Sharp mentre entravano nella sala operativa. «Harriet è ancora sulla scena?»

«Sì», disse Kay. «Ha una squadra di quattro persone che lavorano con lei, dice che hanno fatto un'ispezione preliminare della casa, concentrandosi sulla lavanderia dove Barnes ha trovato il bastone da golf, e inizieranno una ricerca più approfondita una volta finito il piano terra».

«Bene. Josh e suo padre sono stati registrati?»

«Abbiamo dovuto aspettare che tornassero a casa perché Courtney non sapeva dove fossero, Blake ha detto di essere stato a un pranzo di lavoro mentre aveva lasciato Josh in biblioteca a studiare».

«Li abbiamo separati», aggiunse Barnes. «Josh è nella sala interrogatori uno. Blake è nella sala tre».

«Bene, inizieremo con Blake allora», disse Sharp. «Come sembrano?»

«Josh sembra ammalato, molto pallido. L'Hamilton

anziano sembra arrogante». Kay scrollò le spalle. «Come al solito».

«Cosa ci facevate a casa degli Hamilton dopo le istruzioni specifiche di Larch di non andarci?»

«Volevo l'opportunità di parlare con Courtney Hamilton senza la presenza di suo marito. È l'unico che ha problemi con me. Finora, Courtney ci ha parlato liberamente e candidamente. Volevo sondare i suoi pensieri sulla relazione di Josh con Sophie», disse Kay. «Ci ha detto che lui ci dormiva insieme, gli aveva persino comprato dei preservativi e lo aveva tenuto segreto al marito. Stavamo andando d'accordo, e poi Barnes ha trovato il bastone da golf».

«A proposito, dov'è ora?»

«L'abbiamo consegnato a uno degli assistenti tecnici di Harriet mentre venivamo qui, Harriet era troppo occupata per lasciare la scena. Gli ho chiesto di accelerare l'analisi del sangue per vedere se corrisponde a quello di Sophie».

Indipendentemente dal ritrovamento, la squadra avrebbe avuto solo ventiquattro ore per interrogare Blake e Josh Hamilton. Senza prove conclusive che collegassero il bastone da golf a uno di loro, e di conseguenza una risposta sul perché fosse coperto di sangue, non potevano formulare accuse, o aspettarsi un'estensione del processo di interrogatorio dato che Larch aveva già ordinato loro di chiedere alla Procura della Corona di accusare Peter Evans dell'omicidio della ragazza.

Avrebbero dovuto aspettare che Harriet e la sua squadra riferissero i loro risultati.

«Harriet ha detto che ci sono capelli e pelle mescolati

con il sangue sull'estremità», disse Kay. «Certamente coerente con l'uso come arma».

«Hai aggiornato il registro delle prove?»

Kay sostenne il suo sguardo. «Sì, l'ho fatto. Barnes ha assistito a tutto».

«È vero», confermò Barnes. «È tutto in regola».

«Bene». Sharp deglutì, e poi fece un'alzata di spalle in segno di scuse a Kay. «Dovevo chiedere».

Gavin Piper si affrettò verso di loro dalla sua scrivania. «Ho appena sentito l'ispettore capo Larch al telefono. Vorrebbe vedervi entrambi. Ha detto "immediatamente"».

«D'accordo, beh, non è una sorpresa. Barnes, contatta l'ufficio di Harriet e fatti chiamare non appena ha qualcosa per noi. Kay, vieni con me».

Barnes si allontanò, canticchiando un noto tema musicale del cattivo di un film di fantascienza.

«Molto divertente», disse Kay, e lo fulminò con lo sguardo mentre si allontanava.

«Fai strada, Hunter».

Sharp aspettò finché non furono fuori dalla sala operativa e si affrettarono lungo il corridoio verso l'ufficio del loro superiore. «Non preoccuparti. Ti copro io le spalle».

«Sono contenta che qualcuno lo faccia», mormorò.

———

Larch fissò Kay con uno sguardo torvo mentre Sharp gli forniva una versione riassuntiva degli eventi del pomeriggio.

«Non sono sicuro di aver capito bene, Hunter. Cosa ci

facevi dagli Hamilton dopo che ti avevo specificamente chiesto di stare lontana da loro?»

«Stavo passando davanti alla casa, signore, e mi è venuto in mente che non avevamo chiesto a Courtney Hamilton di Peter Evans. La mia intenzione era solo di chiedere di questo, ma lei ci ha invitato ad entrare. Mi è sembrata una buona opportunità per avere più informazioni sul rapporto tra gli Hamilton e i Whittaker mentre il signor Hamilton era assente. Durante l'interrogatorio, l'agente Barnes ha chiesto di usare il bagno; la signora Hamilton gli ha indicato dove trovarlo, e poco dopo mi ha riferito di aver trovato una mazza da golf insanguinata. Lo stato della mazza da golf ha fatto pensare a entrambi che la migliore linea d'azione fosse dichiarare la scena del crimine».

Gli occhi di Larch lampeggiarono, ma con sollievo di Kay, rivolse la sua attenzione a Sharp. «Sharp? Per favore, mi dica che la situazione è sotto controllo e che i media non ne hanno avuto sentore».

«È stato mantenuto tutto molto riservato, capo». La voce di Sharp manteneva il suo solito tono pacato, nonostante la tensione nella stanza. «Nessuno dei media ci ha contattato».

«Dove sono Blake e Josh Hamilton adesso?»

«Nelle sale interrogatori uno e tre rispettivamente». Sharp lanciò un'occhiata a Kay. «Io e Hunter stavamo per iniziare gli interrogatori formali».

«Non se ne parla nemmeno», disse Larch. «Date le implicazioni politiche che questo caso potrebbe avere, condurrò io gli interrogatori con lei».

Il cuore di Kay sprofondò.

Larch tirò la sua cravatta, la allentò, e poi la gettò sulla scrivania prima di sollevarsi pesantemente dalla sedia. «Va bene. Inizieremo con il padre, chi è l'avvocato in questo caso?»

«Hanno il loro avvocato di famiglia a disposizione», disse Kay. «Giles Fordingham».

L'ispettore capo si fermò a metà strada verso la porta e girò sui tacchi. «Ha detto Fordingham?»

«Sì, signore».

«C'è qualche problema, capo?»

Larch fulminò Kay con lo sguardo, e poi Sharp. «Solo che è il cognato dell'Onorevole Richard Fremchurch, ispettori. Nessuno di voi ha fatto i compiti a casa?»

CAPITOLO 30

Kay si sistemò in una posizione semi-comoda appoggiando i piedi sulla scrivania che sosteneva gli schermi e accasciandosi sulla sedia.

Si tolse un pelucco dai pantaloni e represse l'impulso di sbadigliare. In quel momento, avrebbe solo voluto rannicchiarsi e osservare l'interrogatorio, ma sapeva per esperienza che ci si poteva aspettare un flusso costante di interruzioni, dato che la squadra investigativa di Harriet stava ancora esaminando la casa degli Hamilton alla ricerca di ulteriori prove.

Blake Hamilton non aveva fornito alcuna spiegazione sulla mazza da golf insanguinata quando la sua auto era stata fermata dagli agenti in uniforme a meno di un chilometro dalla casa.

Invece, gli agenti in uniforme avevano riferito che era sembrato mansueto, e certamente sorpreso che lui e suo figlio fossero ora considerati i principali sospettati nell'omicidio di Sophie Whittaker.

Avrebbe voluto condurre gli interrogatori

personalmente, soprattutto dopo che una seconda pattuglia in uniforme aveva portato Josh Hamilton nel blocco di custodia, con il viso teso.

Invece, dopo che Larch aveva insistito per prendere il suo posto, Sharp aveva chiamato Kay mentre i due detective anziani lasciavano la sala operativa.

«Hunter, vai nella sala di osservazione. Gradirei le tue impressioni su ciò che gli Hamilton hanno da dire».

Aveva afferrato il suo taccuino e il telefono e si era affrettata a seguirli, ringraziando silenziosamente Sharp mentre si girava e le faceva l'occhiolino prima di aprire la porta della stanza che ospitava Blake Hamilton e il suo avvocato.

Nonostante i tentativi di Hamilton di insistere per essere presente durante l'interrogatorio di suo figlio, Larch aveva affermato con fermezza che, poiché Josh aveva più di diciotto anni, la polizia non era obbligata a permetterglielo, soprattutto perché ciascuno veniva interrogato come potenziale sospettato.

Kay sbuffò mentre osservava Blake contorcersi nel vedersi messo a posto dall'ispettore capo, ma il suo cuore sprofondò quando si rese conto che questo avrebbe dato a Larch un'altra ragione per renderle la vita difficile, date le ambizioni politiche dell'uomo.

«Signor Hamilton, può iniziare spiegando cosa ci fa una mazza da golf insanguinata in suo possesso?»

«Non ne ho idea».

Il sospiro di Sharp fu udibile. «Può confermare che la mazza da golf le appartiene?»

«Sì».

«E perché c'è del sangue sopra?»

«Non ne ho idea. Guardi, io non ho ucciso Sophie Whittaker. E nemmeno Josh. Perché avremmo dovuto farlo?»

L'interrogatorio continuò per altri quaranta minuti, con Larch che lasciava a Sharp la guida delle domande, intervenendo occasionalmente e apparendo a disagio durante l'intero processo.

Alla fine, avevano concluso l'interrogatorio e informato Blake Hamilton che sarebbe stato trasferito nelle celle.

«Cosa?» Spinse indietro la sedia, torreggiando sui due detective. «Siete impazziti?»

Il suo avvocato gli posò una mano di avvertimento sull'avambraccio e lo spinse di nuovo a sedersi prima di fulminare Sharp con lo sguardo.

«È necessario?»

«Stiamo conducendo un'indagine per omicidio», disse Sharp. «Direi che è necessario, non crede?»

Kay espirò, abbassò i piedi dalla scrivania e si scrocchiò il collo mentre le telecamere a circuito chiuso mostravano Larch e Sharp mentre lasciavano la sala interrogatori ed entravano in quella accanto dove c'era Josh Hamilton.

Il ragazzo era rimasto accasciato sulla sedia, ignorando l'avvocato accanto a lui, ma alzò la testa quando Sharp e Larch entrarono nella stanza e si sporse in avanti.

«Io non ho ucciso Sophie», sbottò.

Sharp alzò una mano, aspettò che Larch si fosse seduto, e poi iniziò formalmente l'interrogatorio una volta che stavano registrando.

«Parlami della mazza da golf che abbiamo trovato a casa tua», disse. «L'hai usata per uccidere Sophie?»

«No! Dovete credermi, non le ho mai fatto del male. L'amavo».

«Allora perché c'è del sangue sopra?»

Josh si passò una mano tra i capelli. «Guardi, due giorni fa ho trovato un coniglio fuori dalla porta sul retro. Aveva quella malattia, la mixomatosi. Stava morendo di fame, era cieco. Volevo porre fine alle sue sofferenze, così l'ho colpito in testa con la mazza da golf». Il suo sguardo si abbassò sulle sue mani. «Non volevo ucciderlo, ma non sopportavo di vederlo soffrire così tanto».

«E ti aspetti che ci crediamo?»

«È la verità».

«Cosa hai fatto con il corpo del coniglio?»

«L'ho messo nel bidone».

«Comodo, Josh. I bidoni vengono svuotati dalle vostre parti il lunedì, vero? Così non possiamo verificare la tua versione».

«Non sto mentendo».

«Vedremo». Sharp terminò l'interrogatorio, annuì a Larch, e i due uomini lasciarono la stanza.

Kay spense i monitor del computer e si precipitò dalla sedia, spalancando la porta mentre i due ufficiali superiori passavano.

«Fai analizzare quella mazza da golf a Harriet il prima possibile», disse Sharp. «Voglio sapere entro domattina se abbiamo in custodia l'assassino di Sophie Whittaker o un adolescente che ha un talento per uccidere conigli malati».

CAPITOLO 31

Matthew alzò lo sguardo dal computer mentre Diane apriva la porta dello studio, con un paio di calici di vino rosso in mano.

«Ho pensato che ti sarebbe piaciuto bere qualcosa», disse lei, ai piedi indossava solo calze silenziose sul pavimento in parquet.

«Dove sei stata tutto il giorno?»

«Sono andata a trovare Blake e Courtney».

«Ma non sei rimasta lì, vero?»

Lei scosse la testa, poi aggrottò la fronte. «Come fai a…»

«Courtney ha chiamato qui, ti cercava. Ha detto che non riusciva a raggiungerti sul cellulare».

«Oh. Ero a fare shopping a Tunbridge Wells. La batteria si era scaricata». Posò il calice di vino sulla scrivania prima di avvicinarsi a una poltrona in pelle, accoccolandosi con i piedi sotto di sé, e bevve un sorso dal suo bicchiere.

Matthew si appoggiò allo schienale della sedia e

allungò la mano verso il suo vino. «Non ti ho sentita rientrare». Si strofinò gli occhi con la mano prima di indicare le carte sparse sulla scrivania. «Devo essermi perso nel mio mondo con tutto questo».

«Quanto tempo abbiamo?»

«Due mesi, al massimo. Mi dispiace tanto, Diane. Ho provato di tutto. Non so cos'altro fare».

Lei ruotò il calice di vino tra le mani, poi alzò lo sguardo verso di lui. «Pensavo di aver risolto tutto. Come salvare la casa».

Lui sbuffò e sollevò un foglio. «Hai visto queste cifre?» Gettò il documento da una parte. «A meno che tu non sia in grado di compiere miracoli».

Lei sospirò. «Quasi».

«Davvero? Cos'è esattamente che avevi "risolto"?»

«Josh e Sophie», disse lei, scrollando le spalle. «Il voto di castità e il loro fidanzamento».

«Diane? Di cosa stai parlando? Cosa c'entra questo con la casa?»

Si morse il labbro, gli occhi che guizzavano di lato, evitando il suo sguardo. «Ho fatto un accordo con Blake Hamilton: se avessi convinto Sophie a sposare Josh, ci avrebbe pagato una dote. Più che sufficiente per coprire tutto quello». Agitò la mano verso i conti. «Josh si sarebbe sposato con l'aristocrazia inglese, il che andava bene a Blake e ai suoi interessi commerciali, e io non avrei perso la casa».

Il calice di vino di Matthew colpì la superficie della scrivania con un tonfo, la sua mano stringeva lo stelo, le nocche bianche. «Hai fatto cosa?»

«Era per un buon motivo, Matthew».

«Non usare quel tono lamentoso con me. Non funzionerà». Spinse indietro la sedia e iniziò a camminare avanti e indietro per la stanza. «Cosa ti ha offerto esattamente Blake Hamilton?»

«Di saldare tutti i tuoi debiti d'affari con la prima metà del pagamento, che avremmo ricevuto un mese dopo la festa di fidanzamento, e poi uno stipendio annuale una volta che Sophie e Josh si fossero sposati». Si asciugò gli occhi. «C'era persino un bonus una volta che avessero prodotto un nipote».

«Prodotto? Ti sei ascoltata, Diane? Stai parlando di nostra figlia come se fosse una dannata merce da comprare e vendere, per l'amor del cielo!»

Lei portò una mano tremante alla gola. «Non intendevo…»

«Sì, invece». Smise di camminare e cercò di reprimere la furia che gli ribolliva nel corpo. La rabbia gli si strinse nel petto, il cuore batteva dolorosamente. «Chi altri era a conoscenza di questo accordo?»

«Io… non lo so. Solo Blake e io eravamo…»

«Ne sei sicura?»

I suoi occhi si strinsero. «A pensarci bene, no». Tamburellò le unghie contro il calice di vino, prima di alzare bruscamente il mento verso di lui. «Peter Evans deve averlo scoperto, ecco perché l'ha uccisa!»

Matthew strinse la mascella e represse l'impulso di afferrarla per le spalle e scuoterla.

«Non hai idea, vero?»

La confusione si diffuse sui suoi lineamenti. «Di cosa?»

Lui scosse la testa. «La polizia sta indagando sugli Hamilton. Cosa sta succedendo davvero, Diane?»

La sua bocca si aprì e si chiuse, gli occhi spalancati, e poi trovò la voce. «Stanno indagando sugli Hamilton?»

«È per questo che Courtney cercava di chiamarti prima. Per dirti che Blake e Josh sono stati portati in questura per un interrogatorio questo pomeriggio».

«Per cosa?»

Alzò lo sguardo finché non incontrò il suo, e cercò di ricordare perché l'avesse trovata così attraente tutti quegli anni prima. Sapeva che era astuta e calcolatrice, qualità che una volta lo avevano affascinato mentre l'azienda cresceva grazie al suo contributo, ma che erano state corrotte dalla sua ossessione di mantenere un titolo che aveva poco a che fare con il potere che lei fingeva di avere, e una casa che le stava crollando addosso.

«Courtney ha detto che la polizia ha trovato la presunta arma del delitto in possesso di Blake».

Diane emise un sussulto e impallidì. «Cosa?»

Lui si voltò verso il computer, allungò la mano per spegnerlo e poi raccolse la documentazione che copriva la sua scrivania. Avvicinò il cestino dei rifiuti, prima di iniziare a strapparne le pagine.

«Penso che dovresti chiamare il tuo avvocato domani, Diane».

«Per cosa?»

«Chiederò il divorzio».

«Matthew, no, ti prego!»

«È abbastanza evidente ai miei occhi che mi hai usato e hai usato le mie attività commerciali semplicemente per sostenere questo edificio fatiscente», disse lui, con la voce che si spezzava. «E quando mi hai prosciugato, hai iniziato con tua figlia».

«Non è andata così».

«Hai cercato di vendere tua figlia per mantenere la tua dannata casa».

«Ti prego, Matthew, non intendevo in quel senso. Troverò una soluzione, te lo prometto».

«Lascia perdere. Sapevo che eri senza cuore, Diane, ma questo è stato ignobile, persino per una come te».

«Stavo cercando di salvare la mia casa!»

«Sparisci».

CAPITOLO 32

Kay era seduta al bancone, mentre faceva roteare lo stelo del calice di vino in una pozza di condensa, con il mento appoggiato sulla mano.

La porta sul retro era aperta, una calda brezza estiva portava il profumo di erba appena tagliata dal giardino del vicino. Adam apparve con le mani piene di piccoli pomodori che aveva raccolto dalle piante che stavano coltivando in fondo al giardino.

Diede un'occhiata alla sua espressione, gettò i pomodori sullo scolapiatti e si pulì le mani sui pantaloncini, prima di prendere una birra fredda dal frigorifero e sedersi di fronte a lei.

«Hai una faccia da funerale. Cos'è successo al lavoro?»

«Non ho avuto modo di dirtelo. Sanno del mio aborto spontaneo. Non so come, anche se ho i miei sospetti, ma sembra che il mio segreto sia stato svelato.»

Adam si dondolò sullo sgabello, con un'espressione affranta. «Chi altro lo sapeva?»

Kay bevve un sorso di vino prima di rispondere.

«L'unica persona che lo sapeva era Carys. Quando siamo state derubate, ha visto i vestiti da neonato. Mi ha promesso che non l'avrebbe detto a nessuno.»

«E pensi sia stata lei?»

«Chi altri potrebbe essere stato?»

«Pensavo avessi detto che Carys non fosse il tipo di persona che spettegola.»

«Pensavo non lo fosse.»

«Allora forse non è stata lei. Hai provato a parlarne con lei?»

«Non proprio. È stato terribile. Tutti nella sala operativa mi fissavano quando sono arrivata al lavoro, e poi Sharp mi ha chiamato nel suo ufficio. Mi ha chiesto se dovessi essere lì, come se fosse appena successo. Sembrava piuttosto sorpreso che fosse accaduto mesi fa. Credo fosse infastidito con me per non averglielo detto al momento, ma gli ho fatto notare che stava ancora affrontando le conseguenze dell'indagine degli Standard Professionali sulla mia condotta, non era esattamente il momento giusto per tirare fuori l'argomento.»

Adam grugnì in risposta e bevve un sorso di birra prima di posare la bottiglia sul bancone. «Se Carys non ha la reputazione di pettegola, sarei sorpreso che abbia iniziato ora.»

Kay non disse nulla, ma era propensa a essere d'accordo con lui. La giovane detective era troppo ambiziosa per lasciare che i pettegolezzi e le chiacchiere d'ufficio rovinassero la sua reputazione, ed era diventata una cara amica di Kay e Adam negli ultimi mesi. Avevano fatto un paio di grigliate in giardino dall'inizio dell'estate, e il resto della squadra era spesso stato presente. Carys non aveva mai sollevato la questione dell'aborto spontaneo di Kay in quelle occasioni; quindi, non aveva senso che iniziasse ora.

«Se non è stata Carys, non riesco a immaginare chi potrebbe essere stato.»

«Forse dovresti parlare con Carys, chiarire le cose con lei e vedere se ha qualche idea su come sia iniziato tutto questo.»

«Sì.»

Lui si sporse in avanti e le avvolse le dita intorno all'avambraccio. «Starai bene? Non so da te, ma da noi quando iniziano i pettegolezzi, di solito si fermano dopo un paio di giorni quando la gente trova qualcos'altro di cui parlare.»

«Penso di sì. È più lo shock che altro.»

Il suo telefono cellulare iniziò a vibrare sul bancone e Adam ritirò la mano dopo averle dato una rapida stretta al braccio.

«Meglio che rispondi. Io preparerò l'insalata.»

Lei sorrise e allungò la mano verso il telefono, con un nome familiare visualizzato sullo schermo.

«Ehi. Che succede?»

«Ho trovato delle informazioni interessanti su Blake Hamilton» disse Barnes. «Secondo le informazioni iniziali che abbiamo ricevuto dalla sua banca, ha effettuato un consistente prelievo in contanti nelle ultime quattro settimane.»

«Perché Blake Hamilton dovrebbe avere a che fare con i contanti? La sua attività non ne ha bisogno. Si tratta di fusioni e acquisizioni, e ho avuto l'impressione che guadagnasse i suoi soldi ottenendo azioni nelle aziende.»

«Esatto, e domani mattina ne parlerò con Sharp per dirigere la sua attenzione su questo. Varrebbe la pena chiedere a Hamilton al riguardo, perché è così fuori dal comune. Tutte le altre transazioni sugli estratti conto sembrano abbastanza normali.»

«Mi viene da pensare che qualcuno nel suo settore non potesse prelevare grandi somme di denaro senza dover dichiarare a cosa servissero. Di quanto stiamo parlando?»

«Seimila sterline.»

Kay emise un fischio sommesso. «C'è modo di sapere dove sono finiti?»

«Non dagli estratti conto.»

«Va bene. Beh, come dici tu, parlane con Sharp domattina in modo che possa interrogare Hamilton a riguardo. Indipendentemente dal fatto che abbia o meno un legame con l'omicidio di Sophie, dovremmo comunque indagare.»

«Lo farò. Ci vediamo domani mattina.»

Kay terminò la chiamata e fece scivolare il telefono sul bancone.

«Tutto bene?»

Kay sospirò e svuotò il bicchiere. «La trama si infittisce» disse. «E niente in questo caso è semplice.»

CAPITOLO 33

Quando Kay arrivò al lavoro la mattina seguente, il traffico si era bloccato lungo College Road e, rendendosi conto che sarebbe arrivata in ritardo al briefing, abbandonò ogni speranza di raggiungere la stazione di polizia in tempo e invece parcheggiò vicino al Palazzo del Vescovo prima di percorrere il resto del tragitto a piedi.

I gas di scarico ristagnavano nell'aria mentre automobilisti impazienti suonavano i clacson e cercavano di cambiare corsia nel tentativo di manovrare intorno alla circonvallazione.

Mentre attraversava la strada, i mattoni scuri della stazione di polizia entrarono nel suo campo visivo e la sua mascella cadde quando vide la causa dei ritardi.

Due furgoni televisivi erano parcheggiati di fronte alla stazione di polizia, le telecamere delle troupe puntate sui gradini d'ingresso dell'edificio mentre contemporaneamente riprendevano i resoconti eccitati dei giornalisti in piedi davanti a loro. Accanto, un gruppo di giornalisti stava con gli smartphone pronti a scattare fotografie e registrare l'andirivieni del personale in uniforme.

Confusa, cercò di ricordare se avesse visto un avviso o un'email che dicesse che il Commissario Capo doveva rilasciare una dichiarazione ai media, poiché era raro vedere un raduno così numeroso di giornalisti alla stazione di polizia. Normalmente, li si poteva trovare a gironzolare intorno al quartier generale della polizia in cerca di una storia, ma non qui.

Tenne la testa bassa e si affrettò verso il lato dell'edificio, passando il suo distintivo contro il pannello di sicurezza e attraversando rapidamente il cancello di sicurezza mentre si apriva, piuttosto che cercare di farsi largo tra i giornalisti sui gradini d'ingresso.

Passò di nuovo la tessera per entrare nell'edificio dalla porta laterale e si diresse verso una sala operativa silenziosa. I volti si girarono al suo ingresso, e il suo cuore accelerò i battiti mentre percepiva il cambiamento di tono.

Trattenne il respiro e infilò la sua borsa sotto la scrivania, chiedendosi cosa fosse successo, ma temendo di chiedere.

Non dovette aspettare a lungo.

L'ispettore capo Larch uscì dall'ufficio di Sharp. «Venga qui, Hunter. Immediatamente».

Incrociò lo sguardo con Barnes mentre passava davanti alla sua scrivania, ma lui scosse la testa.

«Ti aspetto fuori dopo», mormorò. «Dobbiamo parlare».

Mentre entrava nell'ufficio di Sharp, Larch sbatté la porta.

Sharp era appoggiato al muro, le mani in tasca, il viso grigio.

«Che succede?»

Larch indicò una delle sedie per i visitatori accanto alla scrivania. «Si sieda».

Larch le passò davanti, afferrò un giornale dalla scrivania di Sharp e glielo mise sotto il naso.

Il suo cuore sprofondò mentre leggeva il titolo.

Eminente imprenditore locale collegato a omicidio dell'alta società.

«Vuole spiegarsi, Hunter?»

«Non c'è nulla da spiegare, signore. Questo non viene da me».

Lui la guardò con disprezzo. «Legga il quarto paragrafo».

Lei deglutì, i suoi occhi scorrevano sulle parole.

Il Sergente Detective Kay Hunter ha confermato che la polizia stava indagando su un consistente prelievo di denaro effettuato da Blake Hamilton nelle settimane precedenti la morte di Sophie Whittaker.

«Non ho mai parlato con la stampa», disse, cercando di impedire alla sua voce di tremare. «Abbiamo politiche e procedure che stabiliscono molto chiaramente come informare i media durante l'indagine per omicidio. E lei, signore, ha chiarito quanto sia importante che questo caso rimanga fuori dalla stampa, date le parti coinvolte».

«Allora come spiega questo, Hunter?»

«Non posso. Ovviamente c'è una fuga di notizie qui, ma non sono io. Qualcuno sta cercando di incastrarmi».

Larch gettò il giornale di nuovo sulla scrivania e si girò sui tacchi per affrontarla ancora una volta.

«Ho un incontro con il Commissario Capo tra cinque minuti. Sarei molto sorpreso se non si ritrovasse ad affrontare un'altra indagine degli Standard Professionali per questo».

Si mosse verso la porta e la spalancò, sbattendola nella sua scia, il pannello di vetro smerigliato al centro tremò per la forza.

Sharp finalmente si staccò dal muro e attraversò la stanza verso la scrivania prima di sprofondare sulla sedia accanto a Kay.

«Io non sono la fonte della fuga di notizie».

«Le credo, ma qualcuno lo è stato e sono determinati a far sembrare che sia stata lei. Ha qualche idea di chi potrebbe essere?»

Kay represse il panico, i suoi pensieri tornarono alle parole criptiche di Barnes prima che entrasse nell'ufficio.

Era lui la fonte della fuga di notizie?

O qualcuno stava cercando di distruggere la squadra, costringendola a mettere in dubbio di chi potesse fidarsi?

E perché?

«No, non ne ho», disse alla fine. «Non posso credere che qualcuno là fuori in quella sala operativa farebbe questo a noi, a me».

«Farò alcune telefonate. Parlerò con la giornalista che ha scritto questo articolo e vedrò se riesco a scoprire con chi ha parlato. Se non è stata lei, e qualcuno ha contattato il giornale spacciandosi per un ufficiale di polizia, voglio che venga indagato».

CAPITOLO 34

Il telefono cellulare di Kay vibrò mentre chiudeva la porta dell'ufficio di Sharp.

Diede un'occhiata e vide che era il numero di Barnes; quindi, aprì il messaggio di testo che le aveva inviato.

Siamo nel bar più avanti. Vieni appena puoi. Caffè ordinato.

Kay afferrò la sua borsa e si affrettò fuori dalla sala operativa prima che uno del personale amministrativo potesse trattenerla. Uscì dall'edificio dalla porta sul retro e lo aggirò lateralmente prima di attraversare la strada approfittando di una pausa nel traffico, e si diresse su per Gabriel's Hill.

Le ci vollero cinque minuti per raggiungere il bar frequentato dalla squadra, e mentre spingeva la porta per entrare, notò Barnes seduto con Gavin e Carys a un tavolo in fondo. Gavin si voltò quando lei chiuse la porta dietro di sé e indicò una tazza di caffè davanti al posto vuoto accanto a lui.

«Grazie», disse Kay mentre posava la borsa a terra e si sedeva. «Che succede?»

«Stavamo per chiederti la stessa cosa». Barnes fece un cenno con il mento verso la porta. «Sappiamo tutti che non sei tu la responsabile degli avvoltoi là fuori stamattina, e di certo non sono stato io».

Kay riuscì a fare un piccolo sorriso. Si voltò verso Carys. «Devo scusarmi con te. Mi rendo conto che non sei stata tu a diffondere le voci sul mio aborto spontaneo. Avrei dovuto saperlo».

Un'espressione di sollievo attraversò i lineamenti di Carys prima che aggrottasse le sopracciglia. «Chi diavolo sta diffondendo queste voci su di te, allora? Chi ha dato la notizia degli Hamilton ai media?»

«Non lo so. Ma chiunque sia, sembra determinato a rendermi la vita difficile, non è vero?» Bevve un sorso del suo caffè mentre la squadra assimilava le sue parole.

«Scommetto che è Larch», disse Gavin. «Da quando sono entrato in questa squadra, ce l'ha con te. Certo, ho sentito parlare dell'indagine degli Standard Professionali che ti ha coinvolto, ma sei stata scagionata da ogni accusa. Non ti ho mai vista comportarti in modo non professionale». Scosse la testa. «Davvero non capisco quale sia il suo problema».

«Immagino che la domanda sia: cosa facciamo al riguardo?» disse Carys.

«Restiamo uniti», disse Barnes. «Per qualche motivo, qualcuno non vuole che questa squadra lavori insieme. Qualcuno ha idea del perché?»

Kay bevve un altro sorso di caffè per non dover rispondere.

Non poteva fare a meno di ricordare la sua conversazione con Adam qualche sera prima, quando gli aveva detto che intendeva riprendere le sue indagini personali su Demiri. Era possibile che in qualche modo avesse scatenato gli eventi che avevano colpito la squadra da allora?

E se così fosse, come facevano i suoi nemici a saperlo? Come riuscivano a far arrivare quelle informazioni alla sala operativa e ai media?

«Non ne ho idea», disse infine.

———

Kay alzò lo sguardo dalla sua scrivania quando la porta della sala operativa si aprì e Harriet Baker entrò a grandi passi.

«Cosa ci fai qui? Pensavo avresti mandato il tuo rapporto via email».

In risposta, Harriet sollevò una valigetta nella mano destra, e poi indicò l'ufficio di Sharp. «Volevo consegnarlo personalmente. Potresti voler ascoltare».

Kay spinse indietro la sedia e la seguì attraverso la stanza.

Sharp stava già aprendo la porta del suo ufficio quando si avvicinarono. «Che succede?»

«Ho i risultati delle analisi del campione di sangue sulla mazza da golf», disse Harriet. «Non corrisponde a quello di Sophie».

Sharp le fece entrare entrambe nel suo ufficio e chiuse la porta. Indicò le due sedie di fronte alla sua scrivania e attese mentre Harriet posava la sua valigetta sulla scrivania, la apriva e ne estraeva una cartella.

Tirò fuori tre serie di documenti e ne passò uno ciascuno a Sharp e Kay. «Potete leggere l'intero rapporto con calma. Andate a pagina tre e ve lo spiegherò». Attese che si mettessero al passo. «Abbiamo prelevato campioni dalla testa della mazza da golf e fatto un confronto con un campione di sangue prelevato dal corpo di Sophie. I risultati sono arrivati e confermano che non c'è corrispondenza del DNA».

«Quindi, di chi è il sangue?» disse Kay.

«È di natura mammifero. Suggerirei un piccolo animale, forse un ratto o un coniglio».

«Dannazione», disse Sharp. «Josh diceva la verità. Siamo tornati al punto di partenza».

«Non proprio», disse Harriet. Prese un rapporto diverso e puntò il dito su un paragrafo verso la fine. «Quei bracieri che i primi soccorritori hanno avuto il buon senso di spegnere? Abbiamo trovato i resti di un mattarello infilato sul lato di uno di essi. Deve essere stato messo lì pochi istanti prima che Eva Shepparton si imbattesse nel corpo di Sophie perché era solo parzialmente distrutto».

«L'arma del delitto?»

«Sì. Non c'era molto con cui lavorare, ma abbiamo trovato tracce del sangue di Sophie sull'estremità che non era nelle fiamme, causate dagli schizzi dell'impatto sul suo viso».

Kay arricciò il naso mentre sfogliava il rapporto. «Impronte digitali?»

«No, mi dispiace. Abbiamo trovato del materiale

bruciato nello stesso braciere, è risultato positivo alla lana».

«Vestiti? Quindi, l'assassino si è macchiato di sangue ma ha cercato di disfarsi delle prove».

«È quello che penso».

Sharp si strinse il ponte del naso e chiuse gli occhi. «Una cosa alla volta. Hunter, prepara i documenti per rilasciare Blake e Josh Hamilton dalla custodia. Andrò io a comunicare a Larch che li stiamo lasciando andare viste le nuove prove riguardanti la mazza da golf. Continueremo le nostre indagini su ciò che Harriet e la sua squadra hanno trovato nel braciere».

«C'è un'altra cosa, Devon», disse Harriet. «Abbiamo trovato un'impronta parziale di scarpa sotto uno dei cespugli di rododendro. È troppo piccola per collocare Peter Evans sulla scena, e non è di Eva Shepparton».

«Potrebbe essere di uno degli ospiti o dei genitori che sono accorsi lì prima che arrivasse la polizia».

«A Larch non piacerà», disse Kay. «Peter era il suo principale sospettato».

«Ma abbiamo ancora il sangue di Sophie e i suoi vestiti nel suo appartamento», disse Sharp, «quindi non escludiamolo ancora».

«C'è dell'altro», disse Harriet. «Abbiamo fatto ulteriori test e simulazioni usando le tracce di sangue trovate sul mattarello, e siamo certi che chiunque sia il vostro sospettato, è mancino. È il modo in cui l'arma è stata usata per colpire Sophie».

Sharp aggrottò le sopracciglia. «Sia Blake che Josh Hamilton sono destri. L'ho notato quando hanno firmato con l'agente di custodia ieri».

«L'assassino potrebbe aver mascherato la sua identità usando l'altra mano?» disse Kay.

Harriet scosse la testa. «Ci ho pensato anch'io, ma non ne sono convinta. Lucas conferma nel suo rapporto post mortem che è bastato un solo colpo al viso per uccidere Sophie. L'assassino deve aver agito in fretta. Non credo che avrebbe avuto il tempo di pensare di cambiare mano per mascherare la sua identità».

Sharp si grattò il mento. «Ho fatto esaminare a Barnes e Carys le dichiarazioni dei testimoni della festa questa mattina. Nessuno ricorda di aver visto qualcuno girare con un'arma di alcun tipo».

«E se l'assassino avesse nascosto il mattarello nei cespugli di rododendri in precedenza? E poi avesse attirato Sophie laggiù in qualche modo, per ucciderla?» disse Kay.

«Avrebbe senso». Harriet si scostò i capelli dagli occhi e sbatté le palpebre. «Non abbiamo trovato fibre di vestiti sui cespugli intorno all'area dove è stata trovata Sophie. Aveva piovuto la notte prima, quindi questo potrebbe aver reso i rami più flessibili».

«Non ho notato graffi nemmeno sulle braccia di Blake o Josh Hamilton», disse Sharp. Scrisse nel suo taccuino, poi gettò la penna da un lato. «Sarà meglio che vada a dare la notizia a Larch».

CAPITOLO 35

Kay si mordicchiava l'unghia di un dito mentre fissava il monitor del computer.

Nella sala interrogatori, Sharp aveva posato un blocco note e una penna sul tavolo davanti a sé.

Di fronte, Blake Hamilton sedeva con il suo avvocato, un'espressione di puro disprezzo sul volto.

Aveva protestato, come Sharp aveva riferito il giorno prima, alla notizia che sarebbe stato trattenuto nelle celle per la notte e aveva cercato di usare la minaccia delle conoscenze personali del suo avvocato per convincere la polizia a metterlo in una stanza d'albergo con suo figlio piuttosto.

La proposta era stata accolta con scherno, e ora l'americano sembrava imbronciato dopo una notte sulla branda della cella.

Larch non aspettò che Sharp si sedesse prima di comunicare a Hamilton che stava per essere rilasciato.

Blake sbatté le palpebre. «Come, scusi?»

«È libero di andare, in attesa di ulteriori indagini»,

disse Sharp. «Tuttavia, le chiederemo di farsi accompagnare a casa da agenti di polizia e di consegnare loro sia il suo passaporto che quello di Josh.»

«Cosa? Vuole dirmi che ho passato una notte in cella per niente?» Fulminò Larch con lo sguardo. «Allora?»

«Abbiamo ricevuto nuove informazioni questa mattina che hanno alterato il corso delle nostre indagini», disse l'ispettore capo. Rivolse la sua attenzione a Giles Fordingham. «Confido nella sua comprensione»

«Ehi, non guardi lui. Non è lui che ha passato la notte qui», disse Blake. «E perché diavolo avete bisogno dei nostri...» La realizzazione gli attraversò il volto. «Oh, per l'amor del cielo. Pensate davvero che scapperemo? Gestisco un'attività di successo e, come vi ho ripetuto più volte, non sono colpevole. E nemmeno mio figlio.» Si girò sulla sedia per affrontare Fordingham. «Questo è ridicolo.»

Fordingham scosse leggermente la testa, poi si schiarì la gola. «Ispettore capo, è sicuro che sia necessario? Il mio cliente è un pilastro della sua chiesa locale, non ha mai avuto problemi con la legge prima d'ora e, come dice, gestisce un'attività di successo che richiede che viaggi regolarmente nel continente.»

Kay trattenne il respiro.

«Mi dispiace, signor Fordingham», disse Larch. «Signor Hamilton, avremo bisogno dei vostri passaporti fino a quando questa indagine non sarà conclusa.»

«Bene, quanto tempo ci vorrà?»

«Temo di non poter rispondere a questa domanda.»

Blake alzò le braccia e sbuffò. «Fantastico. Come diavolo dovrei gestire la mia attività se non posso incontrare i clienti internazionali?»

«Esistono cose come le strutture per videoconferenze nella maggior parte degli uffici», disse Sharp. «O Skype.»

Nella sala di osservazione, Kay si aspirò il caffè nel naso e, tossendo, allungò la mano verso una scatola di fazzoletti sulla scrivania, con gli occhi lacrimanti.

«Abbiamo finito qui?»

«Abbiamo finito.»

Blake allontanò la sedia dal tavolo e attese che Sharp gli aprisse la porta. «Non avete sentito l'ultima, detective.»

Larch strinse la mano a Giles Fordingham, entrambi lasciando cadere le mani ai fianchi il più velocemente possibile, e poi seguirono Blake fuori dalla stanza.

Kay si sporse in avanti e spense il monitor.

Fuori nel corridoio, la voce di Blake Hamilton echeggiava sulle pareti mentre si lamentava ad alta voce con il suo avvocato del modo in cui lui e suo figlio erano stati trattati.

Alla fine, le voci si affievolirono e lei sbirciò fuori dalla porta.

Sharp era appoggiato al muro opposto, con le mani in tasca.

«Non avrai intenzione di sapere come è finita questa storia spero» disse lei.

«Non mi preoccuperei. Non credo che Blake Hamilton rischierà la reputazione della sua azienda per aver telefonato all'Onorevole Richard Fremchurch e avergli detto che ha passato la notte in custodia dalla polizia. E il suo avvocato ha l'obbligo della riservatezza del cliente; quindi, anche se è il cognato dei contatti stimati di Larch, non dirà nulla.»

Kay rilassò le spalle e uscì nel corridoio, chiuse la

porta dietro di sé e lo seguì mentre iniziava a camminare verso la sala operativa. «Qual è il prossimo passo?»

«Harriet e Lucas hanno confermato che tutti i loro test sono conclusi; ora stanno aspettando i risultati.» Si fermò alla porta. «Chiamerò Lucas e gli chiederò di consegnare il corpo di Sophie alla sua famiglia.»

«Vuoi che organizzi un incontro con loro lì?»

«Sì, probabilmente è meglio che tu vada una volta che Debbie avrà sistemato tutto qui.»

«Va bene.»

«Penso che tu voglia andare a casa a cambiarti prima, però.»

«Scusa?»

Lui alzò un sopracciglio verso di lei e le toccò un punto sul petto. «Hai del caffè sulla camicetta.»

«Hai detto a Hamilton di usare Skype.»

CAPITOLO 36

Kay si appoggiò al muro della sala d'attesa e deglutì, combattendo contro l'impulso di fuggire.

Era arrivata solo cinque minuti prima, guidando lungo un percorso tortuoso che le garantiva di non essere in ritardo, e nemmeno troppo in anticipo.

Debbie West aveva ricevuto una chiamata da un impresario di pompe funebri locale di Maidstone quella mattina dopo il briefing. L'uomo l'aveva informata che i Whittaker erano stati avvisati che il medico legale aveva completato i suoi rapporti sulla morte di Sophie, e i suoi genitori desideravano organizzare il rilascio della loro unica figlia dall'obitorio per la sepoltura.

Ora, Kay desiderava aver delegato il compito a qualcuno come Gavin.

Sapeva fin troppo bene quanto sarebbe stato difficile per i Whittaker dire addio alla propria figlia.

Dopo aver parcheggiato l'auto il più lontano possibile dagli edifici ospedalieri, Kay si prese il suo tempo per raggiungere le porte d'ingresso. Aveva optato per le scale invece dell'ascensore per salire al secondo piano dove si trovava l'obitorio.

Qualsiasi cosa per ritardare il momento in cui avrebbe dovuto attraversare le porte ed entrare nel piccolo ufficio dove lavoravano gli assistenti del medico legale.

Si presentò, rifiutò l'offerta di una sedia e fece girare lo sguardo nella stanza mentre le due donne rispondevano alle telefonate e gestivano la miriade di scartoffie coinvolte nella gestione amministrativa dell'ufficio del medico legale di Sua Maestà per la contea del Kent.

Oltre ad avere un carico di casi dalla polizia del Kent, il medico legale era anche tenuto a fornire i suoi servizi all'ospedale ogni volta che la causa del decesso era sconosciuta, o quando una morte avveniva improvvisamente senza un motivo apparente.

Per esperienza, Kay sapeva che la sala dell'obitorio era angusta e con spazio limitato, specialmente nei mesi invernali. Sperava per il bene del medico legale e dei suoi assistenti che stessero vivendo un periodo più tranquillo. C'erano state occasioni in cui aveva assistito ad autopsie sul posto quando persino i frigoriferi temporanei erano stati riempiti all'inverosimile.

Alzò lo sguardo sentendo delle voci provenienti dal corridoio esterno.

La porta di vetro alla sua sinistra si aprì e Matthew Whittaker si fece da parte per far passare prima sua moglie.

Il viso della donna era privo di colore, e mentre Kay si sistemava la giacca e attraversava l'area della reception verso di lei, notò che i lineamenti di Matthew erano altrettanto pallidi.

«Grazie per essere venuta, detective», disse lui mentre le stringeva la mano. «Lo apprezziamo».

Si voltarono quando la porta si aprì di nuovo, e apparve un uomo in un completo grigio scuro, la sua testa calva brillava sotto i faretti incassati sul soffitto.

«Lady Griffith, signor Whittaker», disse, stringendo la mano a entrambi, «mi dispiace se vi ho fatto aspettare».

«Niente affatto, Henry, siamo appena arrivati», disse Diane. Fece un cenno verso Kay. «Detective Hunter, questo è Henry Alderley, della Alderley and Sons».

Kay strinse la mano all'impresario di pompe funebri e resistette alla tentazione di lasciare andare un sospiro di sollievo. Fino al suo arrivo, non le era nemmeno passato per la mente che potesse essere lo stesso impresario a cui lei e Adam si erano rivolti per una consulenza quasi un anno fa.

Tuttavia, l'uomo più anziano di fronte a lei era un completo sconosciuto, e lasciò che le voci le scorressero addosso mentre lui spiegava ai Whittaker le fasi necessarie per il rilascio del corpo di Sophie.

Sussultò quando l'impresario di pompe funebri si rivolse a lei.

«Tutti i documenti sono qui», disse. «Abbiamo l'autorizzazione per la rimozione della defunta, e l'ordine di sepoltura del medico legale è stato firmato». Prese un documento dalla mano tesa di una delle impiegate amministrative e lo sollevò.

Kay annuì. Sapeva che Debbie aveva cercato di persuadere i Whittaker a lasciare che l'impresario di pompe funebri incontrasse Kay all'ospedale, assicurando loro che non era necessario che fossero presenti.

Tuttavia, Diane Whittaker era stata irremovibile sul fatto che sarebbe stata lì per prendere sua figlia, cosa che Kay poteva comprendere. Si voltò verso la donna, che si teneva al braccio del marito, con gli occhi spalancati.

«Credo che ci siano alcuni documenti da firmare, e poi il signor Alderley si prenderà cura di Sophie da quel momento in poi», disse.

Matthew Whittaker fece un passo avanti. «Cosa devo firmare?» disse, con la voce tremante.

«È stato tutto sistemato», disse Alderley, con le mani giunte davanti a sé. «Ho firmato tutta la documentazione per rilasciare il corpo di Sophie alle mie cure. Non c'è nulla che dobbiate fare».

«Voglio vederla».

Il cuore di Kay sprofondò. Le parole di Diane Whittaker erano ciò che temeva di sentire.

«Lady Griffith, capisco che vorrebbe vedere Sophie un'ultima volta», disse Alderley prima che Kay potesse parlare. «Tuttavia, se posso suggerire rispettosamente, sarebbe probabilmente meglio se non lo facesse». Il suo viso si addolcì. «La prego di capire, l'aiuterà a elaborare il lutto se ricorderà come era sempre stata, non come è ora».

Diane gemette.

«Ha ragione», disse Matthew. «Voglio ricordare la mia bellissima ragazza com'era quel pomeriggio. Non potrei sopportarlo. Non voglio ricordarmi di ciò che quel mostro le ha fatto».

Diane mormorò il suo accordo, e Kay tirò un sospiro di sollievo. I suoi occhi incontrarono quelli di Alderley, e lui le fece un leggero cenno.

«Farà i preparativi necessari?» chiese.

«Certamente», disse. «Se vuole accompagnare i Whittaker fuori, mi occuperò io di tutto da qui in poi».

Mentre Kay accompagnava i genitori di Sophie lungo il corridoio lontano dall'obitorio, Diane si tamponava gli occhi con un fazzoletto, la mano di Matthew stretta intorno alla sua.

Lasciarono l'edificio in silenzio, senza parlare fino a quando non raggiunsero il parcheggio.

«Detective, il suo superiore ci ha telefonato questa mattina».

«L'ispettore Sharp?»

«No», disse Matthew. «L'ispettore capo Larch. Ha detto che voleva che invitassimo alcuni dei suoi agenti al funerale di Sophie».

«Oh?»

«Sì, ha detto che riteneva potesse essere prudente, nel caso in cui qualcuno lì volesse parlare con voi, nel caso in cui qualcuno si fosse ricordato qualcosa».

Diane sospirò rumorosamente e agitò la mano. «Certo, gli abbiamo detto che non era necessario. Sarà già abbastanza difficile così con i media locali presenti, ma quando l'ha sentito è stato molto insistente, ha detto che almeno lei sarebbe stata in grado di impedire loro di avvicinarsi a noi».

«I media locali?»

«In qualche modo, sono venuti a conoscenza degli accordi per il funerale», disse Matthew. Il suo viso arrossì per la rabbia. «Non so come, ma l'hanno fatto».

«Beh, suppongo che quando una famiglia è presente nella zona da secoli, sia un po' uno shock per i locali da assimilare», disse Diane. «Immagino che, visto che non possono andare tutti al funerale di Sophie, almeno potranno vederlo in televisione».

Kay si morse il labbro. Non si fidava a parlare, nonostante le parole che si erano immediatamente formate nella sua testa. Senza dubbio Diane Whittaker aveva avvisato i media, avrebbe fatto qualsiasi cosa pur di attirare l'attenzione su di sé.

«È meglio che andiamo», disse Matthew.

Kay osservò la coppia attraversare il parcheggio allontanandosi da lei, e poi attese che l'auto uscisse dal terreno dell'ospedale prima di dirigersi verso il proprio veicolo.

L'ultima cosa che voleva fare era partecipare a un altro funerale, ma sembrava che Larch avesse dei piani per lei e la squadra.

Piani che non aveva ritenuto opportuno condividere con lei quella mattina.

Sospirò e girò la chiave nel quadro di accensione.

Sarebbe stata una lunga settimana.

CAPITOLO 37

Quando Kay tornò nella sala operativa, un'atmosfera cupa aleggiava nell'aria e la porta dell'ufficio di Sharp era chiusa.

«Che succede?» chiese a Barnes mentre digitava la password per accedere al suo computer.

«È passato Jude Martin della Procura della Corona», rispose lui. «Hanno raccomandato di ritirare tutte le accuse contro Peter Evans. Larch è andato su tutte le furie.»

«Me lo immagino.»

Kay poteva ben immaginare l'ira dell'ispettore capo per la piega che aveva preso l'indagine. Tuttavia, provava poca simpatia per le sue motivazioni: l'unica preoccupazione di Larch erano i suoi obiettivi di performance e la sua posizione politica all'interno della comunità. Tendeva a non mostrare nessuna della dedizione che aveva la squadra investigativa, nonostante la frustrazione per i colpi di scena che aveva subito.

«E ora?» chiese.

«Sharp ci ha messo a ricontrollare i conti dell'azienda di Matthew Whittaker, per vedere se emerge qualcosa.» Barnes sospirò. «Anche se il motivo per cui un tizio dovrebbe uccidere sua figlia solo perché la sua attività sta andando a rotoli è un mistero per tutti. Stiamo girando in tondo, Kay.»

«Mmm. Hai ragione. Sai, considerando che aveva fatto un voto di castità, Sophie non sembrava un'adolescente così casta, vero?»

«Pensi che stesse prendendo in giro qualcun altro?»

«Oltre a Peter Evans e Josh Hamilton?» Scrollò le spalle. «Chi lo sa? Gavin e Carys hanno passato due giorni a scuola a intervistare i suoi compagni, non sapevano nemmeno di Peter; quindi, immagino che, se c'era qualcun altro, non lo stava dicendo a nessuno.»

«Cosa c'era di diverso con Eva Shepparton, allora?» disse Barnes. «Perché dirlo a lei?»

«Disperazione? Eva ha detto a Carys che Sophie aveva scoperto di essere incinta solo il giorno prima della festa, forse Sophie se l'è lasciato sfuggire, ma in realtà non voleva farlo.»

«E il suo assassino l'ha sentita e ha agito d'impulso?»

Kay si strofinò un occhio. «Dovremo ricontrollare tutte le dichiarazioni degli ospiti della festa, vero?»

«Vado a prendere il caffè.»

«Grazie.» Kay alzò lo sguardo mentre Gavin si avvicinava alla sua scrivania. «Che c'è?»

Il detective in prova mostrò una stampa dal database HOLMES2. «Stavo esaminando l'elenco degli oggetti che gli investigatori della scena del crimine hanno compilato durante la perquisizione della casa dei Whittaker. C'era una piccola chiave trovata nel comodino della camera da letto di Sophie.»

Kay aggrottò la fronte e prese i fogli dalle sue mani. «Qualche idea di a cosa serva?»

«No. Credo che tutti siano stati così occupati con altri aspetti del caso che non è stata ancora esaminata a fondo.»

«D'accordo, invia descrizioni e foto a tutte le banche locali, controlla con la scuola se corrisponde al suo armadietto lì, e chiama anche agli uffici postali locali. Potrebbe essere per una casella postale o qualcosa del genere.»

«Lo spero. Ci servirebbe davvero una svolta.»

***

«Duncan? Cosa ci fai qui?»

Courtney Hamilton si teneva alla porta d'ingresso, strizzando gli occhi nella luce intensa del sole.

«Blake è qui?»

Cercò di sbirciare oltre la porta, ma lei rimase ferma sulla soglia. «Cosa vuoi?»

«Devo parlare con Blake. È urgente.»

«È appena tornato a casa», disse lei. «Non può aspettare?»

«No.»

«Chi è?»

Lei si guardò alle spalle, e poi la porta si aprì completamente. «Duncan.»

Blake era in piedi al fondo delle scale, con i capelli arruffati e la camicia fuori dai pantaloni.

«Avevamo detto di incontrarci di nuovo la settimana

prossima, o no?» L'americano aggrottò la fronte e si passò una mano tra i capelli, cercando di appiattire un ciuffo che sporgeva da dietro l'orecchio, e poi si arrese. «Me ne occupo io, tesoro, vai a fare qualcosa in cucina.»

«Sei sicuro? Io…»

«Vai.»

Duncan aspettò che lei fosse scomparsa dalla vista, poi si rivolse di nuovo a Blake. «Dove diavolo sei stato?»

«La polizia ha preso me e Josh per un interrogatorio.»

«Interrogatorio? Perché?»

«Hanno trovato qualcosa. Qui. Pensavano fosse l'arma del delitto.»

«Tu, tu hai…»

«Certo che no.» Blake si fissò un'unghia. «Ci è voluto solo un po' per convincerli di questo.» I suoi occhi incontrarono quelli di Duncan mentre abbassava la mano. «Cosa ci fai qui, comunque?»

«Devo parlarti.»

«Di cosa?»

Come risposta, Duncan estrasse la busta bianca dalla tasca della camicia e la mostrò all'altro uomo.

Blake la ignorò, rifiutandosi di prenderla, così Duncan aprì la busta ed estrasse l'unica pagina che conteneva, agitandola davanti agli occhi dell'altro uomo.

«Non è finita. L'hai uccisa, e non è finita!»

«Non l'ho uccisa io», sibilò Blake. Si guardò alle spalle, poi spinse Duncan nella stanza che usava come ufficio nella parte anteriore della casa.

La luce del sole inondava lo spazio, le tende verticali creavano una silhouette a strisce sulla parete opposta, che ospitava una grande collezione di certificati e premi, intervallati da fotografie di Blake sorridente verso la macchina fotografica mentre stringeva la mano a vari dignitari, politici e qualche celebrità di serie B.

Duncan ignorò tutto ciò. «Chi altro sapeva delle lettere, Blake?»

L'americano scosse la testa. «Nessuno. Solo tu ed io, e chiunque sia questa persona.»

«Hai detto che era Sophie Whittaker.»

«No, ho detto che pensavo che potesse essere Sophie Whittaker.» Le sue sopracciglia si inarcarono. «Gesù Cristo, non l'hai uccisa tu, vero?»

Duncan gli lanciò un'espressione addolorata. «Blake, per favore, non nominare il suo nome invano. Certo che non sono stato io! Come puoi anche solo chiedermelo?»

«Beh, di sicuro hai un movente.»

Duncan deglutì. Hamilton non sapeva nemmeno la metà, e lui di certo non gli avrebbe fornito chiarimenti. «Non è vero.»

«Oh, andiamo, Duncan, penseresti la stessa cosa se fossi al mio posto.»

«Sai, se avessi cambiato idea e avessi voluto i tuoi soldi indietro, avresti potuto chiedere. Non dovevi fare questo.»

«Non sono io.» Blake scrollò le spalle. «Avevo già rinunciato a quei soldi, comunque. So che non è andata come avevamo pianificato, ma non c'è niente che possiamo fare al riguardo ora. Acqua passata.»

«Vorrei che non fosse mai successo.»

«È un po' tardi per questo.»

«Potrebbe danneggiare la mia carriera se questa cosa venisse fuori!»

«Non può riguardare noi. Altrimenti, perché questa volta non sono stato preso di mira?»

Duncan si strinse il ponte del naso e cercò di concentrarsi, reprimendo il senso di panico che minacciava di sopraffare il buon senso. «Forse chiunque sia non sa di te.»

Blake si avvicinò alla scrivania all'estremità opposta della stanza e fece scorrere le dita sulla superficie lucida. «Allora, come hanno scoperto di te?»

Duncan si lasciò cadere in una delle poltrone di fronte alla scrivania e osservò l'unica sezione di tronco d'albero che Blake aveva ordinato appositamente da una segheria canadese, con i nodi e gli occhi spalancati della superficie naturale lasciati intatti e lucidati fino a ottenere una brillantezza intensa.

Distolse lo sguardo. «Non lo so.»

«Beh, ti suggerisco di riflettere attentamente su cosa potrebbe essere,» disse Hamilton. «Io non ne ho la minima idea.»

Duncan rimise il foglio nella busta e se la infilò in tasca. «Non è finita. Lei è morta, e non è finita. Deve aver lavorato con qualcun altro, Blake!»

«O forse non è mai stata Sophie Whittaker a ricattarci fin dall'inizio.»

Duncan si chinò in avanti, con la testa tra le mani.

«Cosa ho fatto?»

CAPITOLO 38

Kay si morse la pelle intorno all'unghia del pollice e cercò di concentrarsi su ciò che veniva detto al telegiornale.

Invece, i suoi pensieri si rivolsero ai recenti eventi al lavoro e al fatto che non sapesse più di chi potersi fidare. Si sentiva delusa, soprattutto perché la piccola squadra aveva legato così bene negli ultimi mesi.

Non riusciva a capire come la notizia del suo aborto spontaneo fosse venuta alla luce se non fosse stato per i pettegolezzi di Carys. Non voleva credere che Carys fosse la fonte della fuga di notizie, ma come altro qualcuno avrebbe potuto scoprirlo?

E poi c'era la faccenda dell'articolo di giornale. Sapeva benissimo che Barnes non avrebbe mai parlato con la stampa, dopo un incidente che aveva coinvolto sua figlia l'anno precedente, evitava i media quando possibile, spesso delegando le telefonate da e per il giornale locale a Gavin o a uno del personale amministrativo piuttosto che parlare lui stesso.

Era quasi come se qualcuno la stesse spiando.

Si sporse in avanti, prese il telecomando dal tavolino e mise in muto la voce del giornalista.

Un pensiero le attraversò la mente, un momento fugace che cercò di afferrare, con la fronte corrugata.

Al piano di sopra, i passi di Adam si spostarono dal bagno alla loro camera da letto mentre usava il bagno e poi si cambiava indossando i vecchi jeans e la felpa che usava per le visite alle fattorie.

Dopo quello che sembrò un'eternità, tornò al piano di sotto, si sedette su uno dei gradini inferiori per infilarsi gli stivali da lavoro e chiamò attraverso la porta aperta.

«Non aspettarmi sveglia. Higgins è noto per la sua loquacità e probabilmente insisterà perché mi fermi per una tazza di tè prima di andarmene; quindi, Dio solo sa a che ora tornerò».

Kay si alzò dal divano mentre lui si raddrizzava e lo raggiunse nell'ingresso. «Pensi che andrà tutto bene?»

«Credo di sì. Questa cavalla ha avuto un puledro diciotto mesi fa, quindi ormai è abituata. Probabilmente mi vuole lì più che altro per precauzione». Sorrise. «Non mi dispiace. Conosce i suoi cavalli meglio di me. Preferisco di gran lunga che sia paranoico e che poi risulti che non ha bisogno di me».

Si diresse verso l'armadio sotto le scale e tirò fuori la sua borsa d'emergenza contenente tutto ciò di cui poteva aver bisogno per una visita alle stalle, e controllò le tasche. «Ok, penso di avere tutto».

«Lascerò accesa la luce del portico per te. Non posso farti inciampare nel buio e svegliarmi».

«Molto divertente. Domani entri presto?»

«Sì. Inizio alle sette e mezza. Ti va un cinese da asporto domani sera?»

La baciò. «Sembra perfetto. Comportati bene».

«Lo farò».

Attese mentre lui usciva dalla porta d'ingresso, la chiuse dietro di lui, e poi si diresse verso il soggiorno. Rimase in piedi accanto al tavolino finché non sentì la sua quattro ruote motrici avviarsi e uscire lentamente dal vialetto sulla strada prima di sparire nella notte.

Controllò l'orologio.

Le dieci e mezza.

Avrebbe dovuto dormire un po' prima di partire per partecipare al briefing la mattina, ma calcolò che le sarebbero bastate almeno cinque o sei ore. Adam non sarebbe tornato prima dell'una o delle due del mattino.

Abbassò il braccio.

Questo le lasciava uno spazio di due ore per fare ciò che doveva fare.

Alzò il volume della televisione e poi, con il cuore che martellava, si diresse verso la cucina e si accovacciò accanto al cassetto vicino al lavello dove Adam teneva una piccola selezione di attrezzi per le emergenze.

In soggiorno, il notiziario finì e iniziò la musica di sottofondo di un talk show notturno.

Frugò nel cassetto finché non trovò un cacciavite e una piccola torcia. Girò l'estremità finché un puntino di luce non brillò sul piano di lavoro, poi, stringendo entrambi gli oggetti in una mano, si affrettò attraverso il corridoio e su per le scale.

Si fermò sul pianerottolo, e poi alzò lo sguardo verso la botola coperta che conduceva alla soffitta. Si asciugò il dorso della mano sulla fronte prima di allungare il braccio e aprire la botola.

Tirò l'estremità della scala finché non iniziò a scivolare verso di lei. Dopo essersi assicurata che fosse ben fissata, salì a metà e poi tastò i bordi del foro quadrato finché non trovò la presa elettrica che Adam aveva fissato lì. Premette il pulsante e le luci che avevano installato per tutta la lunghezza della soffitta si accesero tremolanti.

Si aggrappò ai lati della scala e salì fino in cima, si arrampicò oltre il bordo della botola e si trovò sulle assi nude che rivestivano lo spazio della soffitta.

Percorse la soffitta finché non si trovò sopra la loro camera da letto.

Alla sua destra, gli impianti di illuminazione giacevano nell'isolante, un brutto impianto elettrico rimasto dopo alcune piccole ristrutturazioni che lei e Adam avevano intrapreso qualche anno prima quando lui aveva ereditato la casa.

Erano stati così occupati negli anni successivi che non avevano mai trovato il tempo di finire di rivestire il resto dello spazio del pavimento.

Kay si accovacciò e puntò la torcia un po' a sinistra dell'impianto elettrico, e aggrottò la fronte.

All'epoca, e sapendo che avevano molto lavoro da fare, avevano comprato del cavo extra al negozio di ferramenta. In effetti, ne avevano comprato così tanto che almeno metà della bobina giaceva ancora intatta nel capannone del giardino. All'epoca era stata una battuta ricorrente che l'entusiasmo di Kay per i cavi di colore rosso non conoscesse limiti. Adam stava ancora usando gli avanzi per legare le piante di pomodoro nel giardino sul retro.

Ora, tuttavia, alla luce della torcia si poteva vedere un tratto di cavo blu.

Kay trattenne il respiro e si avvicinò, facendo attenzione a non appoggiarsi sull'isolante per paura di cadere giù dal soffitto.

Un oggetto nero era posizionato sopra l'impianto di illuminazione, con l'estremità del cavo blu che scompariva nel retro, sotto il quale lampeggiava una luce a LED verde.

Kay si appoggiò sui talloni e deglutì.

Si alzò con le gambe tremanti e si fece strada tra alcune vecchie scatole da imballaggio fino a raggiungere l'area sopra la stanza che usava come ufficio domestico.

Ancora una volta, un cavo blu era stato aggiunto ai familiari cavi rossi.

Kay si alzò dal pavimento e si affrettò a tornare alla botola, scese la scala e si accasciò sul tappeto, con il cuore che batteva all'impazzata e un impulso di vomitare che le torceva lo stomaco.

Aveva lavorato in un ruolo di supporto in numerosi appostamenti di osservazione e sapeva esattamente cosa aveva scoperto. Era per questo che il pensiero le era venuto in mente per la prima volta.

I suoi pensieri vorticavano mentre cercava di ricordare le conversazioni che lei e i suoi colleghi avevano avuto in casa sua, l'intimità che aveva condiviso con Adam e le immagini che le telecamere avevano senza dubbio registrato.

La bile le salì in gola e, tremante, barcollò fino al bagno e vomitò.

Dopo aver tirato lo sciacquone, si avvicinò al lavandino e aprì il rubinetto, raccogliendo acqua fredda con le mani per portarla alle labbra, prima di voltarsi e sedersi sul bordo della vasca con la testa tra le mani.

Nella sua casa erano state installate telecamere spia in miniatura e dispositivi di ascolto.

Ma da chi?

E perché?

CAPITOLO 39

Kay sobbalzò sul sedile quando sentì bussare al finestrino dell'auto, poi lo abbassò.

«Vieni o no?»

«Sì, scusa... stavo sognando ad occhi aperti.»

«Arriveranno tra un minuto.»

Alzò il finestrino, strappò le chiavi dal quadro di accensione e raggiunse Barnes accanto al veicolo. Le mani le tremavano mentre infilava le chiavi nella borsa; quindi, si girò leggermente per non farglielo notare.

L'occasione riportava alla mente troppi ricordi dolorosi che non avevano ancora avuto il tempo di attenuarsi: una breve cerimonia, e poi una piccola bara che scompariva dietro una tenda mentre solo lei, Adam e il ministro aconfessionale assistevano.

«Sergente?»

Sbatté le palpebre e cercò di concentrarsi.

«Stai bene?»

«Sto bene. Andiamo.»

La polizia raramente interferiva con il dolore di una

famiglia al punto di partecipare a un funerale, ma con un assassino ancora impunito e l'urgente necessità di rendere giustizia, Larch aveva insistito affinché Sharp mandasse una squadra sempre più ridotta. Era passata quasi una settimana da quando il corpo di Sophie era stato restituito a sua madre e suo padre, e in quel periodo l'indagine si era quasi fermata. Il personale amministrativo era stato riassegnato ad altre questioni più urgenti, e il resto della squadra aveva trascorso le giornate rivedendo le dichiarazioni dei testimoni, setacciando la storia di Sophie, combattendo al contempo contro un crescente senso di disperazione.

Sharp aveva chiarito a porte chiuse che Larch vedeva il funerale come un modo per assicurare al pubblico che la polizia non avrebbe abbandonato il caso. Sharp stesso aveva altre idee. «Osservate attentamente la congregazione», aveva detto durante il briefing mattutino una volta che l'ispettore capo aveva lasciato la stanza. «Tutti sono ancora sospettati. Qualcuno a quel funerale deve sapere qualcosa.»

Kay seguì Barnes attraverso la strada e uno stretto cancello coperto, cercando di ignorare le lapidi ricoperte di muschio che costellavano l'erba alta ai lati del sentiero.

Un tempo, le piaceva esplorare i cimiteri, cercando le date più antiche, le storie più interessanti, nonostante la sua mancanza di fede.

Tutto ciò apparteneva al passato, e non riusciva a immaginare di tornare in un posto simile per scelta.

Si voltò al suono di altri veicoli che si avvicinavano alla chiesa e vide il profilo allungato e lucido di un carro funebre nero, seguito da un'auto di cortesia di colore scuro.

Matthew Whittaker scese dal sedile posteriore pochi istanti dopo che si era fermata e tenne aperta la portiera. Diane emerse, il viso pallido, gli occhi nascosti dietro occhiali da sole nonostante il cielo coperto.

Nessuno dei due notò Kay e Barnes sotto la chioma ombreggiata degli alberi.

«Andiamo.»

«No, aspetta.»

Kay gli mise una mano sul braccio e aggrottò le sopracciglia quando Matthew sbatté la portiera dell'auto e la voce di Diane si diffuse nella brezza.

Kay non riusciva a sentire cosa veniva detto, ma il tono della donna era intriso di acredine mentre stava sul marciapiede e rimproverava suo marito.

L'impresario di pompe funebri e i suoi assistenti mantennero una distanza rispettosa, finché Matthew non alzò le mani verso Diane, riuscì a placarla e poi fece un cenno a loro.

Condusse Diane attraverso il parcheggio verso la porta della chiesa, e Kay osservò con interesse mentre Diane si liberava del braccio del marito dalle spalle e attraversava la porta aperta davanti a lui.

«Va bene, andiamo.»

«Di cosa si trattava?»

«Non ne ho idea. Ascolta, cercherò di prendere un posto in fondo. Vedi se riesci a trovare un posto a metà.»

«Vuoi scappare dopo?»

Le sue labbra si assottigliarono. «Per quanto mi piacerebbe, no. Voglio essere in grado di osservare tutti da lì, senza renderlo ovvio girandomi continuamente sul sedile.»

«D'accordo.»

Si affrettarono lungo il sentiero, e Kay attese un momento entrando nell'edificio fresco per permettere alla sua vista di adattarsi alla penombra, poi si diresse verso il banco centrale nell'ultima fila. Era vuoto, tranne che per lei, e lo erano anche i quattro banchi successivi. La maggior parte della congregazione si era raggruppata verso l'altare della chiesa, e lei scrutò l'assemblea di persone.

Alcune ragazze che sembravano avere la stessa età di Sophie occupavano due banchi sul lato sinistro e sembravano essere state autorizzate a uscire da scuola in anticipo per partecipare, come evidenziato dalle loro uniformi scolastiche. Eva Shepparton era tra loro, e i suoi occhi si spalancarono quando vide Barnes e Piper.

Barnes continuò a camminare fino a raggiungere un banco mezzo pieno sul lato destro, che lo posizionava a due terzi della strada dalla sezione centrale più affollata e in grado di sentire ciò che veniva detto tra le persone riunite lì.

Non riusciva a vedere Gavin o Carys e presumeva che fossero sparsi da qualche parte nell'edificio, anch'essi a osservare la congregazione.

Si sistemò al suo posto e guardò oltre le teste davanti a lei verso la prima fila, dove Matthew e Diane sedevano con le teste chine. Di fronte a loro, sul lato destro, c'erano gli Hamilton. Blake sembrava perso nei suoi pensieri, fissando la vetrata dietro l'altare. L'attenzione di Courtney era rivolta a suo figlio, e i due sembravano parlare sottovoce.

Una porta si aprì dietro Kay, e lei si voltò mentre Duncan Saddleworth usciva dalla sagrestia e attraversava la porta principale della chiesa mentre il direttore del funerale guidava i suoi colleghi che portavano la bara di Sophie.

I due uomini si consultarono per un momento, furono impartite le ultime istruzioni, e poi Duncan guidò la breve processione lungo la navata verso l'altare.

Singhiozzi e soffici gemiti seguirono Sophie, e Kay si conficcò le unghie nei palmi, determinata a farsi forza contro le emozioni delle prossime ore.

Sapeva che sarebbe stata emotivamente e fisicamente esausta alla fine della giornata, e si estraniò dai toni soavi del pastore mentre iniziava a guidare la congregazione attraverso la cerimonia.

Si alzò quando le persone nei banchi davanti a lei si alzarono, mimò il canto delle parole degli inni che riconosceva vagamente dalla scuola e controllò l'orologio durante l'elogio funebre.

La sua testa scattò in alto quando Duncan presentò Matthew Whittaker.

Il padre di Sophie camminò verso il pulpito come se desiderasse che il tempo potesse rallentare, e Kay iniziò a fare respiri profondi.

Comprendeva pienamente il dolore che provava; era evidente nel modo in cui le sue spalle erano curve, in come le sue mani stringevano gli appunti prima di posarli sulla struttura di legno che lo circondava, e in come fece un respiro profondo prima di chinarsi verso il piccolo microfono.

Kay sbatté le palpebre e cercò di reprimere l'impulso di unirsi al pianto che iniziò dalla prima fila e si diffuse tra la congregazione mentre le persone riunite perdevano la loro compostezza di fronte alle parole di un padre dal cuore spezzato.

Tirò su col naso, poi si voltò al suono della porta della chiesa che veniva aperta lentamente.

«Cavolo», mormorò sottovoce.

Sulla soglia, con gli occhi spalancati, c'era Peter Evans.

Le lacrime gli rigavano il viso e indossava un completo economico che pendeva dal suo corpo magro, accentuando gli zigomi incavati.

Kay si lanciò fuori dal banco e attraversò la navata.

Ci vollero alcuni secondi perché lui la notasse, ma lei non gli diede la possibilità di parlare. Invece, gli afferrò il braccio e lo spinse con forza.

«Fuori. Adesso».

CAPITOLO 40

«Non sapevo che fumassi».

Evans fece una smorfia. «Ho smesso. A Sophie non piaceva». Diede un colpetto all'estremità della sigaretta ma non fece un altro tiro. «Perché non avete ancora scoperto chi l'ha uccisa?»

«Stiamo facendo del nostro meglio, Peter. È un caso complicato».

Lui sbuffò. «Troppi sospettati tra cui scegliere?»

Kay lo guardò con occhi socchiusi. «Spiegati meglio.»

«Oh, andiamo, li ha ingannati tutti, no? Gli Hamilton e la sua stessa famiglia. Nessuno di loro aveva idea di me». Portò la sigaretta alle labbra e inspirò profondamente prima di soffiare un anello di fumo di lato. «Quindi, devi chiederti, chi di loro era più arrabbiato per questo, e chi altro voleva ucciderla?»

Kay incrociò le braccia sul petto. «E immagino che tu abbia una teoria su chi di loro sia l'assassino».

«Non importa se ho una teoria, detective. La domanda

è: ce l'hai tu?» Lasciò cadere il mozzicone a terra e lo schiacciò sotto il piede.

«Potrei multarti per questo».

«Sì, ma non lo farai. Circostanze attenuanti».

«Cosa?»

In risposta, lui indicò con il mento la chiesa alle sue spalle.

Le porte doppie erano state aperte completamente, e il suono della musica dell'organo filtrava attraverso l'apertura, poco prima che Duncan apparisse, la sua attenzione catturata dal direttore del funerale che iniziava a guidare la processione di ritorno verso il carro funebre.

Kay si voltò di nuovo verso Peter. «Va bene, vai. Non presentarti alla sepoltura però, okay?»

Il suo labbro inferiore tremò.

«Peter, per favore. Visiterai la sua tomba domani, quando sarà più tranquillo».

«Va bene».

Si girò e si allontanò in fretta attraverso il cimitero, zigzagando tra le antiche pietre, e poi uscì attraverso il portico.

Kay si assicurò che continuasse a camminare lungo il viale dove presumeva avesse parcheggiato il suo furgone, e poi tornò verso la chiesa e si fermò a una distanza rispettosa mentre la congregazione sfilava.

Barnes la raggiunse.

«Dove sei andata?»

«È arrivato Peter Evans».

«Quando?»

«A metà dell'ultimo inno. Sono riuscita a farlo uscire prima che qualcuno lo vedesse».

Barnes sbuffò. «Sì, non sarebbe andata bene. Cosa aveva da dire?»

«Ha suggerito che potrebbero esserci diverse persone responsabili della morte di Sophie».

«Non è di grande aiuto». Barnes le diede una leggera gomitata e indicò. «Dobbiamo muoverci. Tutti gli altri stanno andando via».

Si affrettarono a tornare alla macchina, e Kay lasciò che Barnes prendesse le chiavi da lei.

Persa nei suoi pensieri, allacciò la cintura di sicurezza mentre lui manovrava il veicolo fuori nel viale e iniziava a seguire il corteo funebre verso il cimitero a sud della città.

Le parole di Peter rimbombavano nella sua mente.

Sia Blake che Josh Hamilton erano stati scagionati da ogni accusa, per il momento. A meno che non emergessero nuove prove, era improbabile che potessero essere mosse accuse contro uno di loro.

Kay si strofinò l'occhio destro mentre considerava le altre opzioni.

Courtney Hamilton aveva chiarito che non era d'accordo con il matrimonio di Josh e Sophie, ma fino a che punto sarebbe stata disposta ad arrivare per impedire che un fidanzamento andasse avanti? Era abbastanza disperata da uccidere?

Quanto a Matthew e Diane Whittaker, la coppia sembrava sconvolta, infatti, Kay non si sarebbe sorpresa se a Diane fosse stato prescritto qualche tipo di tranquillante. La donna sembrava certamente distante quando Kay le aveva parlato dalla notte dell'omicidio di Sophie.

«Siamo arrivati».

La voce di Barnes la allontanò dai suoi pensieri, e si

ripropose di rivedere le dichiarazioni dei testimoni degli Hamilton e dei Whittaker la mattina seguente e ricominciare da capo.

Forse Peter aveva ragione.

Forse si erano persi qualcosa.

CAPITOLO 41

Mentre il gruppo si disperdeva tornando alle proprie scrivanie dopo il briefing pomeridiano, Carys fece cenno a Kay e poi chiamò Sharp mentre si dirigeva verso il suo ufficio.

«Capo? Potrei parlarle un attimo?»

Sharp guardò oltre la sua testa, poi fece un cenno verso il suo ufficio. «Qui fuori è un caos. Siediti e dimmi cosa succede.»

Chiuse la porta dietro di loro, attutendo il brusio proveniente dalla sala operativa.

Carys attese che tutti si fossero seduti. «Ho ricevuto una chiamata tramite il numero di emergenza. Un uomo ha telefonato dicendo che non poteva parlare a lungo perché era al lavoro, ma ha detto di aver frequentato l'università a Oxford e di aver riconosciuto Duncan Saddleworth nel servizio del telegiornale di mezzogiorno sulla funzione in chiesa.»

«Cosa aveva da dire su di lui?»

«Era molto cauto. Ha detto che non voleva parlare al

telefono. Gli ho offerto di andare a casa sua a Tonbridge domattina. Tutto quello che mi ha detto è che aveva delle informazioni su Duncan Saddleworth che potrebbero essere utili.»

Sharp sospirò e si passò una mano sui capelli cortissimi. «Sei sicura che non stia sprecando il tuo tempo?»

Carys scosse la testa. «Sembrava sincero. Un po' spaventato, a dire il vero.»

«Va bene. Porta Hunter con te e vedi cosa ha da dire, come si chiama?»

«Felix Ashgrove. Vive a Tonbridge.»

«D'accordo. Dio sa che in questo momento abbiamo bisogno di tutto l'aiuto possibile. Speriamo che il signor Ashgrove possa far luce su cosa diavolo sta succedendo qui intorno.»

«Capo.»

Mentre Kay si dirigeva verso la porta, lasciò che Carys uscisse per prima, poi si girò verso Sharp.

«Capo? Potrei parlarle in privato?»

La sua fronte si corrugò. «Certo.»

«Non qui.» Forzò un sottile sorriso. «Ci vediamo fuori tra dieci minuti?»

«Cosa succede, Hunter?»

«Lo scoprirà.»

—

Kay alzò lo sguardo quando Sharp apparve alla porta sul retro della stazione di polizia e, vedendola appoggiata accanto alla sua auto, si avvicinò per raggiungerla.

«Di cosa si tratta?»

Kay fece un respiro tremante.

Durante il tragitto in auto verso il lavoro quella mattina, aveva provato e riprovato la conversazione nella sua mente, scegliendo attentamente le parole e cercando di non lasciare che la rabbia offuscasse i suoi pensieri. Ora, di fronte alla prospettiva di condividere le sue scoperte, la paura le scorreva nelle vene.

Stava facendo una scommessa, e non ci sarebbe stato modo di tornare indietro.

Mise la mano in tasca ed estrasse il suo telefono cellulare, aprì l'album fotografico e lo mostrò a Sharp.

Lui sbatté le palpebre prima di prendere il telefono e coprì lo schermo con la mano, proteggendolo dalla luce intensa del sole. Aggrottò le sopracciglia. «Sembra un dispositivo di ascolto con una minuscola telecamera attaccata.»

«Lo è.»

«Dov'è?»

«Nel soffitto sopra il mio soggiorno.»

La sua testa scattò in alto, i suoi occhi si bloccarono nei suoi. «Cosa?»

«Ce n'è un altro nella mia cucina, uno nella mia camera da letto e uno nel mio ufficio.»

«Chi li ha messi lì?»

«Non lo so.»

«Hai idea del perché siano lì?»

«No.»

«Adam lo sa?»

Lei scosse la testa.

«Li hai lasciati lì?»

«Avevo troppa paura di spostarli, capo. Non so chi li abbia messi lì, e non so cosa mi farebbero o, peggio, cosa farebbero a Adam se li rimuovessi.»

Le restituì il telefono ed espirò mentre si appoggiava all'auto accanto a lei, lo sguardo vagava sulla linea irregolare degli alberi oltre la loro posizione.

Lei mise il telefono in tasca. «Ho bisogno del suo aiuto. Non so cosa fare.»

«Sai da quanto tempo siano lì?»

«Dal furto. Penso che sia stato questo, una copertura che hanno usato per piazzare i microfoni.»

«Sei sicura?»

«C'erano alcune cose come il televisore che erano state distrutte e che dovevano essere sostituite. Avevo dei gioielli che sono spariti, ma niente di grande valore. La maggior parte mi era stata lasciata da mia nonna, non valevano molto. Chiunque l'abbia fatto si è assicurato di fare solo danni sufficienti per farlo sembrare un vero furto.» Si girò per guardare Sharp, anche se i suoi occhi rimanevano fissi sull'orizzonte. «Questo spiega perché pensavo che fosse stata Carys a dire a tutti del mio aborto spontaneo. Quando è rimasta indietro per ripulire dopo il furto, ne abbiamo parlato brevemente, tengo i vestiti del bambino e le altre cose nel nostro ufficio di casa. Avrebbe dovuto essere la cameretta...»

Si asciugò gli occhi e cadde nel silenzio.

«Cos'altro?»

«Stavo chiacchierando con Barnes al telefono dopo essere stati dagli Hamilton. Mi ha dato un aggiornamento su alcune informazioni che avevamo su Hamilton, così gli ho chiesto di andare presto la mattina e inserire le sue note nel database prima del briefing mattutino.»

«Non sospetti di Barnes?»

Lei scosse la testa. «Assolutamente no. Per cominciare, non è nel suo stile, e se non gli piacesse qualcosa che ho fatto, me lo direbbe in faccia.»

«Vero. Cosa ti ha fatto sospettare che qualcuno ti stesse spiando?»

«Quella storia dei media che hanno scoperto che stavamo indagando sulle finanze di Blake Hamilton. Barnes ed io lavoriamo insieme da tanto tempo. Non spettegolerebbe mai, figuriamoci parlare con Larch. Se Barnes avesse mai avuto un problema con me o con chiunque altro, ne avrebbe parlato con lei. Non riuscivo a capirlo, soprattutto perché Barnes è stato incolpato quanto me per quello che è successo. Lo stesso vale per Carys. Non ha mai spettegolato su nulla in tutto il tempo che è stata con noi. Doveva esserci un'altra ragione.»

«Ma i dispositivi di ascolto? È un bel viaggio mentale.»

Lei scrollò le spalle. «Ero sveglia fino a tardi a guardare un film di spionaggio. Mi è venuto in mente.»

Sharp sbatté le palpebre e si girò verso di lei. «Perché fidarti di me?»

«Non sapevo di chi altro fidarmi.»

Lui sbuffò. «Ero l'ultima scelta, vero?»

«Va bene, e tu hai una formazione militare. Ho pensato che, se qualcuno potesse confermare cosa fossero queste cose, saresti stato tu.»

«È passato molto tempo.»

«E non hai mai detto a nessuno cosa facevi nell'esercito, vero?»

Le sue labbra si assottigliarono e rimase in silenzio per un momento, con la fronte corrugata. Alla fine, si raddrizzò e si voltò verso di lei. «C'è altro che vuoi dirmi?»

Lei deglutì. «Credo che Gavin sia stato picchiato a causa mia la scorsa primavera.»

Lui inarcò un sopracciglio.

Kay sospirò. «Sono rimasta fino a tardi e ho usato il suo computer per controllare qualcosa su HOLMES2 riguardo all'indagine Demiri. La stessa notte, Gavin viene picchiato e i suoi aggressori non vengono mai catturati.» Si strofinò l'occhio destro. «Non posso fare a meno di pensare che non sia stata una coincidenza. Ci sono anche informazioni mancanti nel database. Tutte relative al caso che è andato in fumo. Qualcuno ha coperto le proprie tracce e si sta assicurando che io non rovini qualunque cosa abbiano in programma.»

Lui si sistemò la giacca e si allontanò dall'auto. «Va bene. Non dirlo a nessun altro. Lascia che me ne occupi io.»

Kay lo guardò tornare verso la stazione di polizia e si morse il labbro.

Aveva fatto la scelta giusta?

———

Quella sera, Kay uscì dalla doccia nel bagno privato, afferrò l'asciugamano dal portasciugamani accanto al lavandino e si strofinò la pelle fino a farla diventare rossa.

Al di là della porta chiusa, riuscì a sentire Adam che camminava avanti e indietro nella camera da letto mentre si spogliava fino a rimanere in boxer, gettava i vestiti nel cesto della biancheria e accendeva la sua lampada sul comodino.

Quando entrò in camera, si infilò sotto il piumone e spense la sua luce dopo essersi assicurata che la sveglia fosse impostata per la mattina.

Adam si girò e le strofinò il collo, prima che lei lo sentisse spingersi contro di lei.

Lei si voltò, con un sorriso che si formava, e poi si bloccò.

I suoi occhi si fissarono sul lampadario sopra il letto.

Li stavano osservando?

Gli posò una mano sul petto. «Mi dispiace. Non posso.»

Lui aggrottò la fronte. «Va tutto bene?»

«Non mi sento bene, tutto qui. Un po' di roba al lavoro.»

Lui la strinse tra le braccia. «Non va bene. Avresti dovuto dirmelo. Mi chiedevo perché non avessi mangiato molto stasera.»

«Scusa,» mormorò lei contro il suo petto.

Poteva sentire la delusione nella sua voce, ma non stava mentendo sul fatto di non sentirsi bene. La bile minacciava di risalire, e trattenne il respiro, allontanando la sensazione.

La nausea si accumulava nella bocca dello stomaco, e resistette alla tentazione di fissare di nuovo il soffitto.

Non poteva far sapere loro che aveva scoperto il loro sporco segreto.

CAPITOLO 42

«Eccolo, sta arrivando sulla sinistra. Numero settantadue.»

Kay rallentò l'auto fino a procedere a passo d'uomo e superò la casa finché non riuscì a trovare un parcheggio.

Tornarono a piedi verso la proprietà a passo lento per avere la possibilità di orientarsi.

«Da quanto tempo Felix Ashgrove vive qui?»

«I registri mostrano che ha sempre vissuto a Oxford, ma si è trasferito in questa casa sette anni fa. Dall'atto di proprietà, sembra che prima fosse la casa di sua madre.»

Raggiunsero un'alta siepe di ligustro con un cancello di legno a metà della sua lunghezza, due numeri cromati inchiodati sul davanti.

«Numero settantadue. Bene, vediamo cosa può dirci il signor Ashgrove.»

Kay lasciò che il cancello si richiudesse dietro di loro e guidò Carys lungo il vialetto fino alla porta d'ingresso.

Si aprì prima che potesse alzare la mano per premere il campanello, e apparve un uomo di mezza età mezzo palmo più basso di lei, con un paio di occhiali da lettura spinti tra i capelli neri che si stavano diradando.

«Siete voi le detective?»

Kay sorrise. «Si vede così tanto?»

Lui arrossì, poi si schiarì la gola. «Non ricevo molte visite durante il giorno. Entrate.»

Kay entrò nell'ingresso e presentò formalmente sé stessa e Carys.

«Avete fatto molta strada», disse lui. «Metto su il bollitore, vi va?»

«Sarebbe ottimo, grazie.»

«Accomodatevi in salotto. Arrivo tra un minuto.»

Kay entrò dalla porta che lui le aveva indicato e controllò alle sue spalle.

Mentre Carys aspettava vicino alla porta, lei diede una rapida occhiata alla stanza, ma non trovò nulla di sospetto.

L'uomo sembrava vivere da solo, e l'arredamento non sembrava essere stato aggiornato da quando sua madre era morta. Tuttavia, la stanza rimaneva fresca, e notò che all'estremità opposta una porta-finestra conduceva a un giardino ben curato.

«È una vera trappola per il sole nelle giornate giuste», disse lui, entrando da una seconda porta vicino al retro della stanza con tre tazze fumanti. «Ma oggi fa un po' troppo freddo.»

«Da quanto tempo vive qui?»

«Sono cresciuto qui». Porse una tazza ciascuna a lei e Carys. «Mi sono spostato un po' da allora, ma quando mia madre è morta sette anni fa, ho pensato di trasferirmi qui piuttosto che vendere. Il mercato immobiliare non era brillante all'epoca, quindi ho pensato che non avrebbe fatto male aspettare». Bevve un sorso della sua bevanda. «Ma non siete venute qui per parlare di case, vero?»

«Ho capito dall'agente Miles che le ha parlato ieri di Duncan Saddleworth.»

«Sì, esatto. Ci sediamo?»

Indicò i due divani generosamente imbottiti vicino alla finestra anteriore, e si sedette su uno.

Kay e Carys presero l'altro, e Carys estrasse il suo taccuino e la penna dalla borsa.

«Oh. Non sapevo che fosse un interrogatorio formale.»

«Non deve esserlo per forza», disse Kay. «Ma abbiamo bisogno di avere una registrazione di ciò di cui abbiamo discusso. C'è molto da ricordare quando si conduce un'indagine come questa. Se preferisce, posso informarla dei suoi diritti, e possiamo procedere da lì.»

Lui alzò la mano. «Non preoccupatevi. Non ho nulla da nascondere.»

«D'accordo, ottimo. Quindi, per cominciare, mi dica cosa l'ha spinta a chiamarci.»

«Ho visto le notizie l'altra sera, il funerale dell'adolescente. Dev'essere stata una giornata tranquilla per le notizie nell'Oxfordshire.»

Kay annuì, ma non disse nulla. Era più probabile che Sharp e l'addetto stampa avessero richiesto alle stazioni televisive regionali entro un certo raggio da Maidstone di trasmettere il filmato nel caso avesse stimolato la memoria di qualcuno. Non funzionava sempre, ma quando accadeva, spesso offriva una svolta o un'altra pista da seguire che altrimenti non avrebbero avuto.

«Continui.»

«Beh, sono rimasto sbalordito quando ho visto Duncan

Saddleworth, in tutta onestà. Pensavo fosse ancora in America. Sono sorpreso che non stesse mantenendo un profilo basso, però.»

«Oh? Perché?»

Ashgrove si sporse in avanti e posò la sua tazza mezza vuota sul tavolino tra di loro. «Perché è vittima di un ricatto.»

Gli occhi di Kay si strinsero. «Cosa?»

«Lo so. Si potrebbe pensare che l'ultima cosa da fare sia apparire in televisione, giusto?»

«Come fa a sapere che Duncan è vittima di un ricatto?»

In risposta, si alzò, si avvicinò a uno scrittoio dall'aspetto antico vicino alla finestra e aprì il cassetto superiore. La sua mano tremava mentre estraeva una busta e la consegnava a Kay.

«Perché la stessa persona stava cercando di ricattare anche me.»

Nel silenzio che seguì, Kay girò lo sguardo per la stanza, osservando la decorazione spartana rispetto alla collezione di fotografie che occupava un angolo di una libreria fatiscente.

La penna di Carys cadde sul pavimento, e i pensieri di Kay tornarono bruscamente al compito a portata di mano.

«Scusi», disse Carys, e si affrettò a recuperare la penna a sfera.

Kay si sedette più avanti sul divano. «Se ha visto Duncan al telegiornale solo ieri, come fa a sapere che è vittima di un ricatto?»

«Abbiamo parlato. Mi ha telefonato all'improvviso quando ha ricevuto la prima lettera.»

Kay cambiò tattica. «Quante lettere ha ricevuto?»

«Otto in totale.»

«Le ha conservate?»

Attese mentre lui tornava alla scrivania, frugava nel cassetto superiore e recuperava una manciata di buste di colore simile. Lei le prese da lui, estrasse ogni lettera prima di leggerla e poi rimetterla a posto.

«Con che frequenza le ha ricevute?»

«Una al mese. Il giorno in cui arrivano varia, ma di solito è intorno alla terza settimana del mese.»

«Non ci sono timbri postali. Sono state consegnate in un imballaggio esterno?»

«No. Presumo siano state consegnate a mano.»

«Quando le ha trovate? Al mattino? Quando è tornato dal lavoro?»

«Entrambe le cose. A volte ero di sopra a prepararmi per andare al lavoro. A volte ce n'era una che mi aspettava sullo zerbino quando tornavo.»

«Tutte chiedono denaro.»

«Non ho pagato nulla.»

«Perché no?»

«Non m'importa se la gente viene a sapere del mio passato. Non l'ho mai nascosto». Sospirò e si unì a lei sul divano. «Immagino che una persona con la vocazione di Duncan potrebbe non vederla allo stesso modo. Nel suo caso potrebbe essere necessario voler fermare il ricattatore». Scrollò le spalle. «È solo un'idea».

«Quindi, mi faccia capire bene. Non ha pagato alcun denaro, ma le lettere hanno continuato ad arrivare, e non ha mai corso pericoli?»

«No. Mi sono chiesto se per caso non mi stessero usando come leva in qualche modo. Il fatto che io sia rimasto in silenzio potrebbe aver aiutato, non ostacolato, il ricattatore. Non sapevo come contattare Duncan, e anche se l'avessi saputo, perché avrei dovuto farlo? Poteva non aver ricevuto lettere come queste, quindi perché avrei dovuto attirare l'attenzione sul fatto che io le ricevessi? Volevo fingere che non stesse accadendo, finché non ho visto la notizia di quella giovane ragazza. E poi Duncan mi ha telefonato. Non so... mi dispiace, forse sto sprecando il vostro tempo...»

«Niente affatto. Preferiamo che lei ci parli piuttosto che il contrario. Cosa può dirci di Duncan Saddleworth?»

Sorrise. «Era un seduttore. Tutti quelli che lo incontravano se ne innamoravano. Le ragazze e i ragazzi. Adorava l'attenzione, non ne aveva mai abbastanza. Camminava in giro come se fosse una rockstar».

«Era geloso di lui?»

«Non proprio. Potrebbe sembrare strano, ma era sufficiente essere accettato nella sua cerchia di amici. Tutti lo adoravano».

«Cosa facevate?»

Si appoggiò allo schienale della sedia, con un'espressione nostalgica. «Erano gli anni '90 a Oxford, detective. Le band di qui stavano diventando famose a livello mondiale. Tutti erano coinvolti nella scena, la musica era incredibile. Quindi, frequentavamo i pub, guardavamo le band e probabilmente bevevamo un po' troppo».

«Droga?»

Sorrise. «Forse. Solo per divertimento».

«Eppure ha perso i contatti con lui. Quanto tempo è passato dall'ultima volta che l'ha visto?»

«Non l'ho visto dalla fine del terzo semestre. Non gli avevo mai più parlato fino a quando non mi ha telefonato per la prima lettera di ricatto».

«Perché?»

«Tutto è cambiato. Si è innamorato di qualcun altro».

«Chi altro c'era in quel periodo? Riesce a ricordare qualche nome?»

Il sorriso svanì. «Io... preferirei non dirlo. Non voglio essere denunciato per diffamazione o altro».

«Se sa qualcosa che potrebbe aiutare le nostre indagini, dovrebbe dircelo. Sto cercando di trovare l'assassino di una ragazza di sedici anni».

«Mi dispiace. Lo so».

«Per chi le ha spezzato il cuore?»

La sua testa scattò in alto, gli occhi cauti. «Come fa a saperlo?»

«Ci sono solo foto del suo periodo universitario qui. Non c'è nessun altro nella sua vita, vero?»

Il suo pomo d'Adamo sobbalzò nella gola. «Lei è molto perspicace, detective».

Si alzò e si avvicinò alla collezione di fotografie accuratamente incorniciate sugli scaffali. Tirò fuori un fazzoletto di cotone e tamponò il vetro di una di esse, prima di voltarsi verso Kay con le lacrime agli occhi.

«Ha ragione, detective. Mi ha spezzato il cuore».

«Quindi, con chi è stato Duncan Saddleworth dopo di lei?»

«Un americano. Blake Hamilton».

CAPITOLO 43

Kay lasciò che Carys parcheggiasse l'auto al loro ritorno alla stazione di polizia e si avviò verso la sala operativa.

La sua mente vorticava con le informazioni che Felix Ashgrove aveva fornito.

La probabilità che Sophie Whittaker stesse ricattando tre persone era un'accusa seria, e apriva più possibilità su chi l'avesse uccisa.

Il problema era: chi?

Si lasciò cadere sulla sedia e mosse il mouse per riattivare lo schermo del computer, poi alzò lo sguardo quando un'ombra passò davanti alla sua scrivania.

Gavin teneva in mano un sacchetto di plastica per prove, con un ampio sorriso sul viso.

«Dai, sputa il rospo», disse Kay. «Cos'hai trovato? Dev'essere qualcosa di buono, sembra che tu muoia dalla voglia di dirmelo».

Il suo sorriso si allargò. «Ti ricordi quella chiave che la squadra di Harriet ha trovato nei cassetti del comodino di Sophie?»

«Sì. Sei riuscito a rintracciarla?»

«Alla fine sì. È di una cassetta di sicurezza, di quelle che si possono affittare in banca».

Kay tese la mano per prendere il sacchetto e lo girò tra le dita.

Una chiave d'acciaio anonima giaceva in un angolo, spoglia, tranne che per il timbro del produttore e una fila di lettere e numeri impressi su un lato della testa.

«Sai di quale banca?»

Gavin sollevò un foglio di carta. «Questa. È qui a Maidstone. Ho parlato con il direttore, è intestata a Sophie Whittaker».

Kay restituì il sacchetto e controllò l'orologio. «Be', ormai saranno chiusi. Prendi la giacca, comunque, andiamo a parlare con la madre di Sophie per vedere cosa ha da dire a riguardo. Ho anche altre domande che voglio farle».

———

Grace Jamieson condusse Kay e Gavin alla biblioteca di Crossways Hall e annunciò il loro arrivo a Diane Whittaker, prima di farsi da parte e indicare loro di entrare nella stanza.

«Grazie, Grace, può andare», disse Diane.

La governante annuì rispettosamente e lasciò la stanza, lasciando la porta aperta dietro di sé.

«Sono sorpresa che abbiate ancora domande», disse Diane, voltandosi verso la libreria accanto a lei e passando le dita sui dorsi dei libri. «Pensavo che aveste esaurito tutte le vostre piste d'indagine ormai».

Kay ignorò la frecciatina. «Quando è stato annunciato per la prima volta il fidanzamento di Sophie con Josh?»

«Non appena ha compiuto sedici anni. È quello che avevamo concordato tutti», disse Diane.

«Nessun piano di continuare gli studi oltre il college?»

«Santo cielo, no. Per cosa? Josh un giorno prenderà in mano l'azienda di suo padre e Sophie sarebbe stata impegnata a occuparsi di una giovane famiglia e della gestione della casa».

«Qui, intende?»

«Naturalmente. Dove altro?»

Diane si voltò dalla libreria e Kay sbirciò oltre la sua testa verso Gavin che la fissava con espressione impassibile.

Riuscì a fare un piccolo sorriso, per far sapere al collega che probabilmente condivideva lo stesso sentimento riguardo a Diane, e un momento dopo fu colpita dal fatto che sua madre avrebbe legato bene con quella donna irritante.

«Sophie condivideva il suo amore per i libri?»

«Non molto, no. Ho cercato di incoraggiarla il più possibile, era più interessata allo shopping di vestiti e ad ascoltare quella orribile musica pop che piaceva alle ragazze della sua scuola, ma stavo iniziando a inculcarle la passione per delle arti più raffinate. Bisogna tenere d'occhio queste ragazze, sa. Si lasciano sviare troppo facilmente».

«Non ha mai pensato di mandarla in collegio?»

Le labbra di Diane si assottigliarono. «È andata in collegio, quando era più giovane. Sfortunatamente, l'azienda di mio marito non è andata bene come avrebbe potuto negli ultimi anni, e così abbiamo dovuto trovare un'alternativa. Non una situazione ideale, come può immaginare».

Kay emise un suono neutro dalla gola. «Sophie era il tipo di persona che le avrebbe tenuto dei segreti, secondo lei?»

«Cosa intende dire?»

«Tutte le adolescenti si ribellano a un certo punto. Sa se Sophie avesse dei posti dove nascondere cose che non voleva che lei vedesse? Ci sembra strano di non aver trovato un diario o altro nella sua stanza, tutto qui».

Diane aggrottò la fronte, aprì la bocca per dire qualcosa, poi la richiuse di scatto.

Kay tirò fuori il sacchetto delle prove contenente la chiave della cassetta di sicurezza. «Questa è stata trovata tra gli effetti personali di Sophie dalla nostra squadra della scientifica. È di una cassetta di sicurezza in una banca di Maidstone. Non ha pensato di menzionarci nulla riguardo a una cassetta di sicurezza in tutto questo tempo?»

«Non ci ho pensato prima, con tutto quello che stava succedendo. Ho organizzato per lei una cassetta di sicurezza nella nostra banca a Maidstone, così poteva tenere lì alcuni dei gioielli lasciati da sua nonna».

«Lei ha una chiave?»

«No. Sophie aveva l'unica. Io ho perso la mia anni fa, ma non me ne sono preoccupata dato che Sophie aveva l'altra. Quando non sono riuscita a trovarla l'altro giorno, ho capito che i vostri uomini dovevano averla presa quando erano nella stanza di Sophie. Pensavo di recuperare semplicemente i gioielli di mia madre una volta che i vostri uomini avessero restituito la chiave».

«Abbiamo bisogno di vedere cosa c'è in quella cassetta, signora Whittaker, con urgenza».

«Oh, certo. Naturalmente. Devo prima controllare la mia agenda».

La donna si avvicinò a un tavolino accanto a una delle poltrone e prese un campanello d'argento. Lo fece oscillare tra le dita. Un suono delicato riempì la stanza prima che lo riposasse sulla superficie del tavolino e congiungesse le mani davanti a sé, con un sorriso benevolo sul viso.

La governante apparve sulla porta. «Ha suonato, Lady Griffith?»

«Sì. Prenda la mia borsetta dalla mia camera da letto, per favore».

Kay si voltò e si concentrò a guardare fuori dalle porte-finestre verso la terrazza oltre. Sapeva che, se avesse incrociato lo sguardo di Gavin in quel momento, sarebbe scoppiata a ridere per lo snobismo della donna.

La governante tornò poco dopo con la borsetta, e Diane si avvicinò a Kay mentre frugava tra il contenuto.

«Eccolo», disse trionfante, mostrando un'agenda in pelle. «Quando volevate andare?»

«Abbiamo parlato con il direttore. Ci incontrerà lì domani mattina alle nove.»

Le sopracciglia di Diane si aggrottarono. «Perché così presto?»

Kay resistette all'impulso di sospirare. «Perché, signora Whittaker, sto cercando di scoprire perché sua figlia è stata assassinata. Pensavo che volesse accompagnarmi, comunque, per ritirare i gioielli di sua madre defunta.»

«Oh. Va bene, allora.»

«Ottimo, ci vediamo domani. Si assicuri che anche suo marito sia presente.»

Kay riuscì a tenere a freno la sua frustrazione finché lei e Gavin non furono di nuovo in macchina.

«Vive in un'altra epoca», borbottò Gavin. «Per poco non ho alzato la mano per chiedere il permesso di parlare un paio di volte.»

Kay rise. «Non è male, suppongo. Vive nel suo piccolo mondo.»

«È pazza.»

«Ah, vedi, è qui che ti sbagli: le persone con quel tipo di ricchezza le chiamiamo "eccentriche", non "pazze".»

Gavin sbuffò e riportò l'auto verso Maidstone. «Non so se provare pena per lei o esserne infastidito.»

«È un mondo diverso, vero? Tutta la sua vita è ruotata intorno al mantenere la casa in famiglia, e ora che Sophie non c'è più, non ha nessuno…»

Kay si interruppe e alzò la mano per evitare che Gavin la interrompesse. «Aspetta. Chi potrebbe trarne vantaggio se Diane vendesse la casa?»

«Non riesco a immaginare l'ente nazionale per la tutela del patrimonio ricorrere a misure così estreme per metterci le mani sopra, capo.»

«Molto divertente. Dai, chi altro?»

Gavin si sporse in avanti e abbassò il volume della radio. «Non serve a Blake Hamilton: lui era interessato solo alla posizione sociale di Sophie. Perché dovrebbe comprare una casa che ha disperatamente bisogno di lavori quando ne ha già una di gran lunga migliore?»

«Esatto.» Kay guardò fuori dal finestrino, il profumo di

caprifoglio la raggiunse attraverso lo spiraglio che aveva aperto per far entrare aria fresca. «Dovremo ottenere qualche dettaglio dal comune riguardo alla valutazione degli immobili. Quel posto deve valere una fortuna con tutto il terreno che occupa.»

CAPITOLO 44

La mattina seguente, Kay e Gavin erano in piedi sul marciapiede davanti alla banca dei Whittaker, in attesa che le porte d'ingresso si aprissero.

Non c'era ancora traccia dei genitori di Sophie, e Kay si chiedeva cosa stesse succedendo tra i due. Al funerale era evidente che non tutto andasse bene nel loro rapporto, e nonostante sapesse la tensione a cui erano stati sottoposti dalla morte di Sophie, non poteva fare a meno di chiedersi se il deterioramento fosse iniziato molto prima.

Il suono dei chiavistelli che venivano tirati indietro sulla pesante porta di legno la distolse dai suoi pensieri, e si voltò mentre un membro del personale la spalancava e la assicurava alla parete opposta prima di sorridere loro.

«Buongiorno. Volete entrare?»

«Grazie.»

Kay ammirò i soffitti in stile art déco mentre entrava nello spazio fresco dell'edificio. Anche i pannelli originali erano stati conservati, con gli sportelli dei cassieri disposti su un lato, quattro in totale.

Una porta sicura in fondo alla stanza mostrava un cartello "Solo personale", che avvertiva di gravi conseguenze se qualsiasi membro del pubblico avesse tentato di passare.

Controllò l'orologio.

«Le nove in punto.»

«Quanto pensi che Lady Griffith ci farà aspettare?»

«Dio solo lo sa.»

Il membro del personale che li aveva fatti entrare dalla porta principale tornò, con uno sguardo interrogativo sul volto.

«Posso aiutarvi in qualche modo?»

Kay tirò fuori il suo distintivo. «Stiamo aspettando che qualcuno si unisca a noi.»

«Oh.» Imbarazzata, la dipendente fece per allontanarsi, poi si fermò sui suoi passi. «Vorreste un tè o un caffè mentre aspettate?»

«Sarebbe fantastico, grazie.»

Mezz'ora dopo, consumati i due caffè, Kay stava iniziando a chiedersi dove diavolo fossero finiti i Whittaker, quando Gavin mormorò sottovoce.

«Era ora, cavolo.»

Diane e Matthew Whittaker camminavano verso di loro, Diane un po' avanti a suo marito come se volesse raggiungere per prima i detective.

«Detective Hunter, mi dispiace averla fatta aspettare», disse. «È qui da molto?»

Gli occhi di Kay si posarono sulle tazze di caffè vuote prima di alzare un sopracciglio. «Possiamo procedere?»

Attirò l'attenzione del membro del personale che aveva fornito le bevande calde e le chiese di chiamare il direttore.

«Va tutto bene?»

«Sì. Per favore, gli dica che Lady Griffith ha bisogno di parlargli.»

Kay si girò sui tacchi e affrontò la madre di Sophie. «Presumo che saremo portati in una stanza privata per aprire la cassetta di sicurezza?»

«S-sì. Di solito è così che funziona.» Forzò un sorriso. «Non si possono far vedere le proprie cose private al personale, dopotutto.»

La porta sicura in fondo alla stanza si aprì, e un uomo basso con i capelli neri accuratamente acconciati si affrettò verso di loro, la sua espressione un misto di gioia e terrore.

Si torse le mani mentre si avvicinava.

«Lady Griffith, signor Whittaker. Terribile notizia quella di Sophie. Terribile.»

«Grazie, signor Parsons.» Diane presentò Kay e Gavin. «Vorremmo aprire la cassetta di sicurezza di Sophie, per favore.»

«Certamente. Ha la chiave?»

«Ce l'ho io», disse Kay.

«Come contro firmataria della cassetta di sicurezza, Lady Griffith, devo chiederle se è d'accordo che i detective e suo marito l'accompagnino?»

Diane aprì la bocca per parlare, ma Kay alzò la mano.

«Lo è.»

Diane chiuse di scatto la bocca, la fulminò con lo sguardo, e poi sembrò riprendersi. «Certo, va bene.»

«Bene, se volete seguirmi.»

Li condusse attraverso la porta sicura, che si apriva su un corridoio con moquette con tre uffici che si diramavano da esso, prima di strisciare la sua carta di accesso e tenere aperta una seconda porta sicura mentre passavano.

Indicò un tavolo e sei sedie. «Se volete aspettare qui, andrò a prendere la cassetta per voi.»

Un silenzio imbarazzante riempì la stanza quando scomparve, e Kay lo lasciò fare. Non aveva alcun desiderio di fare conversazione inutile, e a volte era meglio semplicemente osservare le altre persone piuttosto che cercare di farle parlare.

Matthew Whittaker sembrava confuso, come se non sapesse perché sua moglie lo avesse convocato alla loro banca, mentre Diane indossava un'espressione di sfida sul viso e girava la fede nuziale al dito.

Il sollievo le inondò il viso quando il direttore della banca riapparve, una lunga scatola di metallo nero tra le mani.

Chiuse la porta con il gomito e poi posò la scatola sul tavolo, e rimase lì, apparentemente incerto se rivolgersi a Kay o a Diane.

Kay gli risparmiò il fastidio.

«Le faremo sapere quando avremo finito, signor Parsons.»

Chinò leggermente la testa, e Kay si rese conto che era più un gesto di rispetto verso Diane che lei.

Aspettò che fosse scomparso dalla stanza, prima di raggiungere la tasca della giacca ed estrarre tre paia di guanti, tenendone un paio verso Diane e passando l'altro a Matthew.

Lui infilò le dita nei guanti, il viso pallido. «Non sapevo che avesse qualcosa da nascondere.»

Kay si fermò, la chiave in mano. «Non sapeva di questa cassetta di sicurezza?»

Scosse la testa e guardò sua moglie. «Non me l'hanno detto.»

Diane agitò la mano. «Non avevi bisogno di saperlo. Volevo semplicemente assicurarmi che Sophie avesse un posto dove tenere i suoi cimeli di famiglia.» Rivolse un sorriso sottile a Kay. «Non abbiamo quelle brutte cose chiamate "casseforti" in casa. Rovinerebbero l'arredamento, tanto per cominciare.»

«Si metta i guanti, per favore, Lady Griffith.»

Perplessa, la donna fissò i guanti che teneva in mano. «P-perché?»

«Dobbiamo preservare il contenuto di questo come prova. Il nostro investigatore forense non sarà contento se contaminiamo tutto con le nostre impronte digitali.»

Gavin tirò fuori il suo taccuino e un pacco di sacchetti di plastica dalla sua giacca e li posò sul tavolo, pronto a registrare tutto ed etichettarlo di conseguenza.

Kay girò la chiave nella serratura e sollevò il coperchio della scatola.

CAPITOLO 45

Diane Whittaker sussultò.

Banconote da cinquanta, venti e dieci sterline erano state legate insieme con elastici e disposte in file ordinate che coprivano l'intera lunghezza della scatola.

«Quanto c'è?» mormorò Gavin, con gli occhi spalancati.

Kay prese un mazzetto e lo sfogliò, poi abbassò lo sguardo sulle banconote rimanenti. «Migliaia.»

«Che ci fa tutto questo qui?» disse Diane. «Che sta succedendo?»

Kay tenne per sé i suoi sospetti per il momento, e invece sollevò ogni mazzetto prima di farli scivolare sul tavolo verso Gavin. «Registrali per taglio.»

«Sì, sergente.»

Mentre Kay estraeva ogni mazzetto di banconote, cominciò a capire per cosa Sophie Whittaker stesse realmente usando la scatola segreta.

«Non le è mai venuto in mente di ordinare una nuova

chiave di ricambio per controllare il contenuto?» chiese a Diane.

«Mai! Queste sono cose private di mia figlia.»

«Se non avessi menzionato che Sophie potesse aver avuto un posto dove nascondere dei segreti, ce l'avrebbe fatto notare?»

«Detective, so che ha un lavoro da fare, ma trovo le sue domande offensive.»

«Rispondi e basta, Diane,» disse Matthew.

Kay incrociò il suo sguardo e gli inviò un silenzioso "grazie".

Non aveva idea se il matrimonio stesse già fallendo prima della morte di Sophie, o se si fosse manifestato nelle ultime settimane. Tuttavia, era evidente che non tutto andava bene in casa di Lady Griffith.

«Ma certo che l'avrei fatto!» Gli occhi di Diane si mossero come saette da suo marito a Kay. «Sì, ve l'avrei detto.»

Kay rivolse di nuovo l'attenzione alla scatola. Sotto le banconote, trovò i gioielli a cui Diane aveva accennato. Ogni pezzo aveva la sua scatola di velluto, e quando le aprì, le luci del soffitto si riflessero su zaffiri, rubini e altre pietre preziose.

Kay li rimosse uno ad uno e li passò a Gavin. «Registra anche questi.»

«Ma…»

«Riceverà una ricevuta per tutto, Lady Griffith, non si preoccupi. Riconosce tutti questi oggetti?»

«Erano di mia madre defunta.» Diane agitò la mano con disprezzo e si voltò.

Kay si schiarì la gola e indicò le scatole aperte prima di

ripetere la domanda. «Riconosce *tutti* questi oggetti? Ce n'è qualcuno qui che non apparteneva a sua madre?»

Diane strinse la mascella, poi abbassò lo sguardo e passò in rassegna i gioielli. Un piccolo sussulto le sfuggì dalle labbra, e indicò un pezzo con mano tremante.

«Questo non l'ho mai visto prima.»

Kay prese una scatola di colore azzurro chiaro e ne estrasse il semplice anello di diamanti che era stato annidato nella fodera. Rispetto agli altri pezzi, sembrava più nuovo e meno usurato.

«Ne è sicura?»

«Assolutamente.» Il labbro superiore di Diane si arricciò. «Mia madre non avrebbe mai indossato un diamante di così bassa qualità.»

«Prendine nota, Gavin.»

«Sì, sergente.»

Un pezzo di stoffa decorata era stato posto sotto le scatole dei gioielli e mentre Kay le passava a Gavin, si rese conto che era un canovaccio. Sollevando l'ultima scatola di gioielli, tirò il tessuto e sbirciò sotto.

«Bingo,» mormorò.

Gettò il canovaccio sul tavolo ed estrasse un blocco di carta da lettere, una colla stick e un quaderno, mostrandoli a Diane.

«Ha mai visto questi prima?»

«No. Che sta succedendo?»

Kay tenne il quaderno contro luce, ma non vide segni di indentazioni sulle pagine. Fece rotolare il tubetto di colla verso Gavin.

«Mettilo in una busta per le prove e fai una richiesta ad

Harriet per confrontare le impronte digitali con quelle trovate sulle lettere di ricatto.»

«Lo farò.»

«Lettere di ricatto?» Con voce tremante, Diane guardò prima Matthew e poi Kay, con gli occhi spalancati. «Che sta succedendo?»

«Avevamo il sospetto che Sophie stesse ricattando delle persone. Ognuna riceveva regolarmente lettere che chiedevano denaro in cambio del silenzio del ricattatore. Le lettere erano composte da parole ritagliate da giornali o articoli stampati che venivano poi incollate su carta da lettere. Proprio come questa. Questo quaderno contiene un registro di ogni lettera inviata, la somma di denaro ricevuta e le sue vittime.»

«Chi sono?»

«Non sono autorizzata a dirlo. Come può capire, le persone prese di mira preferirebbero mantenere la cosa privata.» Kay chiuse il quaderno e lo passò a Gavin.

Diane si coprì la bocca con una mano tremante. «Come ha potuto?»

«Se ne vedono di ogni tipo, Lady Griffith.»

«Qualcun… qualcun altro sa che era lei?»

«Parlerò con le sue vittime non appena avremo finito qui per confermare che i nostri sospetti erano corretti.»

Non disse che avrebbe anche parlato con Sharp per reinterrogare Blake Hamilton e Duncan Saddleworth, dato che ora entrambi avevano un chiaro movente per uccidere Sophie.

Diane camminava avanti e indietro per la stanza, torcendosi le mani. «Oh mio Dio. Dobbiamo mantenere il segreto, detective. Non possiamo permettere che qualcuno lo scopra. La reputazione della mia famiglia-»

«Lady Griffith, sono nel bel mezzo di un'indagine per scoprire chi ha ucciso sua figlia. Parleremo con tutti quelli che abbiamo interrogato finora per scoprire se sapevano del suo piccolo schema.»

«Non può. Non potrò mai più mostrarmi in pubblico!»

«È più importante questo che trovare l'assassino di sua figlia?»

La donna piombò nel silenzio, la bocca lavorava mentre i suoi occhi saettavano verso il quaderno nella mano di Gavin. «Me lo dia.»

«Questo non accadrà, Lady Griffith.» Kay indicò il contenuto della scatola. «Tutto questo sarà registrato come prova.»

Allungò la mano e premette un pulsante incastonato nella superficie del tavolo, un leggero suono di campanello risuonò nel corridoio esterno.

Un attimo dopo, apparve il direttore della banca, con un'espressione speranzosa sul volto.

Kay indicò la cassetta vuota. «Ci porteremo via il contenuto, signor Parsons. Date le circostanze, le suggerirei di organizzare la chiusura del conto per Lady Griffith, così non dovrà più pagare per questo servizio».

«Aspetterò in macchina», disse Matthew, uscendo dalla stanza furioso.

Il direttore della banca, agitato, si affrettò a seguirlo, promettendo di portare i moduli necessari per la firma di Diane al suo ritorno, e Kay si occupò di aiutare Gavin a catalogare e imbustare i gioielli, il taccuino e il contante.

Al suo ritorno, il direttore della banca posò i moduli

sul tavolo e porse a Diane una penna stilografica, indicandole dove firmare.

Borbottando sottovoce, lei gliela strappò di mano e scarabocchiò la sua firma in fondo alla pagina, con la mano che si piegava su se stessa in una posizione scomoda mentre firmava un modulo dopo l'altro.

«Di solito è mio marito che si occupa di queste cose».

«Mi dispiace, ma poiché ha aperto il conto con sua figlia, abbiamo bisogno della sua firma per chiuderlo», disse Parsons. «Le porgo le mie scuse».

Completate le formalità, li guidò lungo il corridoio e fuori nella sala principale della banca, dove i cassieri erano ora occupati con un flusso costante di clienti che entravano dalle porte.

«Se è tutto, detective?»

Kay annuì. «Grazie, Lady Griffith. La terremo informata».

«Non ne dubito». Diane fulminò Gavin con lo sguardo e lo indicò con il dito. «Si assicuri che tutti quei gioielli vengano restituiti intatti. So esattamente cosa mia madre ha regalato a mia figlia».

Si voltò sui tacchi e uscì dalla banca senza guardarsi indietro.

«Che charm», disse Gavin sarcasticamente.

CAPITOLO 46

Kay era in piedi di lato su un gradino di mattoni grezzi mentre Barnes suonava il campanello e scrutava attraverso il vetro smerigliato della porta d'ingresso.

«Dovrebbero esserci» disse. «Ho telefonato a sua madre per farle sapere che volevi parlare con Eva.»

Dopo aver esaminato la dichiarazione che Eva Shepparton aveva rilasciato a Barnes e Gavin, e i successivi eventi dalla scoperta che Sophie Whittaker era incinta quando era stata uccisa, Kay voleva parlare direttamente con l'adolescente.

Barnes aveva detto all'epoca di aver avuto l'impressione che la ragazza stesse nascondendo qualcosa, e Kay era propensa a essere d'accordo.

Sapeva che le stava sfuggendo qualcosa, qualcosa che legava tutto insieme, ma non riusciva a capire cosa, e questo la infastidiva.

Si riscosse dai suoi pensieri quando la porta d'ingresso si aprì e una donna sulla quarantina avanzata si affacciò.

«Signora Shepparton?»

Il viso della donna si addolcì un po' quando riconobbe Barnes. «Detective. Mi scusi per l'attesa. Volete entrare?»

«Grazie. Questa è la mia collega, il sergente detective Kay Hunter.»

«Salve.»

La donna strinse la mano a Kay e poi fece un gesto verso il fondo del corridoio. «Ho pensato che potremmo chiacchierare in cucina, detective Barnes. Volete accomodarvi?»

«Grazie.»

Kay seguì Barnes lungo un corridoio vivacemente decorato, con una scala sulla sinistra contro il muro dove la casa confinava con quella accanto. La porta d'ingresso si chiuse con un tonfo alle loro spalle e la madre di Eva chiamò da dietro le loro spalle.

«Ho appena messo su il bollitore. Accomodatevi e vi preparerò qualcosa di caldo da bere. detective Hunter, questa è mia figlia, Eva.»

Quando Kay entrò in cucina, i suoi occhi caddero sulla ragazzina magra seduta al bancone, con i suoi occhi marroni spalancati alla vista dei due agenti di polizia.

«Ciao, Eva. Ti ricordi di me? Detective Ian Barnes.»

«Salve.»

«Lei è il detective Kay Hunter. È il mio capo. Ti dispiacerebbe rispondere a qualche domanda per lei?» Alzò le mani in segno di scusa e guardò la signora Shepparton. «Si tratta di cose da ragazze, quindi se per voi va bene, potrei prendere la mia tazza di tè e uscire in giardino, se questo vi mette più a vostro agio.»

«Grazie, Ian» disse Kay. Sorrise a Eva. «Va tutto bene. Non ero qui quando ti ha parlato l'ultima volta, quindi vorrei solo rivedere alcune cose della tua dichiarazione originale per chiarirle, spero che possa aiutarmi a scoprire chi è il responsabile dell'omicidio di Sophie. D'accordo?»

La ragazza guardò oltre la sua spalla verso sua madre, che le fece un cenno rassicurante, e poi si voltò di nuovo verso Kay e Barnes.

«Va bene.»

«Ottimo.»

Barnes prese la tazza di tè fumante dalla madre della ragazza e si spostò verso la porta sul retro. «Ci vediamo tra un po'.»

Kay attese che la porta si chiudesse dietro di lui, poi prese lo sgabello che la signora Shepparton le aveva indicato, annuì in segno di ringraziamento e aprì il suo taccuino.

«Eva, quando i miei colleghi ti hanno parlato, hai detto loro che Sophie era incinta.»

«Lo era, è la verità.»

«Lo sappiamo. Il fatto è che dobbiamo scoprire chi altro lo sapeva. Ovviamente, Sophie te lo ha detto perché eri una sua buona amica e poteva confidarsi con te, ma sai se lo ha detto a qualcun altro?»

Eva scosse la testa. «L'aveva scoperto solo il giorno prima. Penso che fosse ancora sotto shock.»

«Riesci a ricordare le sue parole esatte quel giorno quando te lo ha detto?»

La fronte della ragazza si corrugò. «Ha detto che aveva paura, e io le ho chiesto perché. Pensavo fosse nervosa per il voto di castità, ma poi ha detto che aveva fatto un test di gravidanza il giorno prima ed era positivo. Ha detto "mi uccideranno quando lo scopriranno", e ho pensato che si riferisse a sua mamma e suo papà perché, insomma, avevano speso così tanti soldi per la cerimonia e tutto il resto. Voglio dire, so che sua madre può essere una vecchia sciocca...»

«Eva!»

Kay alzò la mano verso la madre di Eva e fece cenno all'adolescente di continuare.

«Beh» disse, e scrollò le spalle. «Lo è. Ma ho detto a Sophie che non importava, a quel punto, mi aveva già detto che stava progettando di scappare con Peter.»

«Lo sapevi?»

La ragazza annuì, e poi arrossì. «L'ho aiutata a spostare alcuni dei suoi vestiti da Crossways Hall a casa sua.»

Kay fece una pausa e prese appunti su una pagina pulita. La ragazza le aveva già detto più di quanto avesse rivelato a Barnes e Gavin.

«Sai chi era il padre, Eva?»

I suoi occhi si incrociarono con quelli di Eva mentre la ragazza si dondolava sullo sgabello, con la bocca aperta.

Kay attese.

Alla fine, le spalle dell'adolescente si afflosciarono.

«Va tutto bene, tesoro, puoi dirlo alla detective» disse la signora Shepparton. Allungò la mano e strinse quella di sua figlia nella sua. «Dì solo la verità. Vuoi aiutare Sophie, vero?»

Una grossa lacrima sfuggì dall'occhio sinistro di Eva e le scese lungo la guancia. Ritirò la mano da quella di sua madre e si asciugò il viso prima che un tremito le scuotesse il corpo e alzasse lo sguardo verso Kay.

«Ha detto che pensava che Duncan fosse il padre.»

«Il prete?»

L'esclamazione scioccata della signora Shepparton echeggiò il pensiero che rimbombava nella testa di Kay.

«Intendi Duncan Saddleworth?»

«Sì.» La voce della ragazza tremava. «Sapevo che Sophie aveva una cotta per lui, aveva detto un pomeriggio, quando lo avevamo incrociato in città, che era attraente. "Uno da tenere d'occhio", aveva detto.» Eva sbuffò. «Non pensavo minimamente che avesse intenzione di fare sesso anche con lui.»

Scosse la testa, e poi scoppiò in lacrime.

Kay attese che la madre della ragazza la tirasse in un abbraccio e la calmasse prima di riprendere in mano la penna.

«Dopo che ti ha detto chi era il padre, cos'altro ha detto Sophie?»

Eva scosse la testa. «Niente. Sua madre è apparsa sulla terrazza chiedendo dove fosse la signora Jamieson. Eravamo spaventate, posso assicurarglielo, pensavamo ci avesse sentite, ma non ha detto nulla. La governante è arrivata pochi secondi dopo, comunque, e sono entrambe sparite. A quel punto, Sophie si era chiusa in sé stessa. Non mi ha detto nient'altro.»

E non ne ha avuto la possibilità, pensò Kay.

«Eva, sei stata di grande aiuto oggi». Si alzò dallo sgabello della cucina e fece cenno a Barnes attraverso la finestra di rientrare.

Mentre la signora Shepparton li accompagnava alla porta d'ingresso, Kay abbassò la voce.

«Come sta affrontando la situazione sua figlia?»

Le labbra della donna si strinsero. «Come meglio può. Trovi chi ha fatto questo alla sua migliore amica, detective. Questo l'aiuterà. Vuole che l'assassino di Sophie venga catturato».

«Anche noi».

CAPITOLO 47

Kay si appoggiò alla portiera dell'auto e si prese un momento per respirare l'aria fresca del mattino.

L'auto di Duncan Saddleworth era parcheggiata sul lato della chiesa, e aveva notato due delle donne che si occupavano delle composizioni floreali la prima volta che era stata in chiesa, anche se loro non l'avevano vista. Erano uscite dalle porte, chiacchierando indaffarate mentre portavano delle scope, prima di scomparire dietro l'angolo dell'edificio.

Lei aveva parcheggiato lontano dal luogo di culto, lungo il vialetto e in una posizione da cui poteva vedere le porte principali dell'edificio così come una porta più piccola che presumeva conducesse dalla sagrestia dove aveva parlato con Saddleworth all'inizio dell'indagine.

«Come vuoi procedere, sergente?»

Carys chiuse a chiave il veicolo e si avvicinò per raggiungerla, allungando il collo verso il campanile che proiettava un'ombra sul piazzale antistante la chiesa.

«Gli chiederemo di venire in centrale. Non è ancora

stato interrogato formalmente, e preferirei non dover ripetere le cose.»

«Mi sembra una buona idea. Con la nostra auto o la sua?»

Kay guardò l'utilitaria blu a fianco della chiesa. «Può raggiungerci lì. Non ho l'impressione che scapperà. Sappiamo dove vive e dove lavora.»

«Pensi che l'abbia uccisa lui?»

«Non credo, no. Però *voglio* andare fino in fondo a qualunque cosa Sophie stesse tramando.»

«Pensa che il suo ricatto ai tre sia stato il motivo per cui è stata uccisa?»

«Non ne sono sicura.» Si staccò dall'auto. «C'è un solo modo per scoprirlo.»

Si diresse a grandi passi verso la chiesa mentre le porte si aprirono di nuovo, e comparve Duncan Saddleworth, con un'espressione affannata sul viso.

Le sue spalle si afflosciarono quando notò le due detective avvicinarsi.

«Sergente detective Hunter.»

«Buongiorno, signor Saddleworth.»

Lui sollevò la valigetta che aveva in mano e fece un cenno verso la sua auto. «Stavo per andare a casa a sbrigare le mie scartoffie lì. Avevate bisogno di qualcosa?»

«In effetti, vorremmo che venisse alla stazione di polizia.»

«Cosa? Perché?»

«Abbiamo ottenuto altre prove in relazione all'omicidio di Sophie Whittaker.» Kay abbassò la voce alla vista delle due donne che riapparivano, con gli occhi spalancati alla presenza della polizia. «Vorremmo parlarle con una certa urgenza. Lontano da occhi e da orecchie indiscrete.»

Duncan guardò oltre la sua spalla le due addette alle pulizie, che si affrettarono a rientrare in chiesa con espressioni colpevoli sui volti.

Sospirò. «Non è una cattiva idea, detective.»

———

Duncan prese la tazza fumante di caffè dalle mani di Carys, e poi la posò sul tavolo tra loro mentre Kay premeva il pulsante "registra" e recitava l'avvertimento formale per l'inizio dell'interrogatorio.

Aveva appeso la giacca allo schienale della sedia, maledicendo silenziosamente l'aria condizionata capricciosa che evidentemente stava iniziando a funzionare male con l'arrivo dell'estate, e aprì la cartella davanti a sé.

«Quando ha iniziato a ricevere le lettere dal ricattatore, signor Saddleworth?»

Lui si tirò indietro sulla sedia, sbalordito. «Come fa a saperlo?»

«Per favore, risponda alla domanda.»

Si passò una mano sulla bocca, poi si sporse in avanti e strinse la tazza di caffè tra le mani, lo sguardo abbassato.

«È iniziato circa due mesi fa, forse un po' di più.»

«Era a conoscenza del fatto che altri venissero ricattati?»

Annuì.

«Ho bisogno di sapere chi.»

«Blake Hamilton.»

«Qualcun altro?»

Scosse la testa.

«Signor Saddleworth...»

«Mi chiami Duncan.»

«Grazie. Duncan, siamo stati informati del suo ricatto da un certo Felix Ashgrove, residente a Tonbridge.»

Gli sfuggì un gemito. «Felix?»

«Può confermare di conoscerlo?»

«Sì.»

«Che relazione aveva con il signor Ashgrove?»

Il suo pomo d'Adamo sobbalzò, prima che arrossisse. «Noi... abbiamo avuto una breve relazione mentre studiavo a Oxford.»

«Quando l'ha visto l'ultima volta?»

«Alla fine degli anni Novanta.»

«Ma ha parlato con lui di recente?»

Saddleworth abbassò lo sguardo. «Sì. Ve l'ha detto lui?»

«Ha visto il suo volto nel servizio del telegiornale sul funerale di Sophie, e ci ha telefonato. Blake Hamilton è il motivo per cui è andato in Connecticut dopo aver finito il periodo di volontariato?»

«Sì.»

«Sapeva che era sposato all'epoca?»

«Sì.» Alzò la testa, il viso afflitto. «È successo solo una volta dopo che abbiamo lasciato Oxford. Lui era già partito mesi prima che io partissi per il Sudamerica. La sua partenza fu in parte il motivo per cui decisi che dovevo andare avanti con la mia vita. Poi sentii una voce che diceva che si trovava a Bridgeport, così ci andai. È successo solo una volta, detective, deve credermi. Fu quando arrivai per la prima volta negli USA. Dopo di allora, non accadde mai più e non ne parlammo mai. Nessuno di noi poteva permettersi il danno alla propria reputazione.»

«Sa chi la stava ricattando?»

«Pensavo di saperlo.»

«Chi?»

«Sophie Whittaker.»

«Perché?»

Alzò le spalle. «Posso solo immaginare che abbia trovato una vecchia foto che tenevo dei nostri giorni a Oxford nel cassetto della mia scrivania in sagrestia. Mostra noi tre insieme a una festa, io stavo baciando Blake. La tengo sempre chiusa a chiave, ha visto come sono le addette alle pulizie. Un giorno, verso l'epoca in cui iniziò a chiedere del voto di castità, dovetti rispondere a una telefonata e la lasciai da sola in sagrestia. Quando tornai, aveva un'espressione sorniona. Sapevo che qualcosa non andava, ma fu solo dopo che se ne fu andata che mi resi conto di aver lasciato la chiave nella serratura. Non mancava nulla, ma dopo aver ricevuto la prima lettera, capii cosa aveva fatto.»

«Ha ucciso lei Sophie Whittaker?»

I suoi occhi si spalancarono. «No!»

«Abbiamo esaminato le dichiarazioni raccolte la sera del suo omicidio, Duncan. Lei non si trovava da nessuna parte dopo la cerimonia.»

«Questo perché mi sono scusato e me ne sono andato. Dovevo alzarmi presto per la funzione del giorno dopo.»

Kay annuì a Carys, che fece scivolare il taccuino che avevano trovato nella cassetta di sicurezza.

«Abbiamo scoperto l'esistenza di una cassetta di

sicurezza intestata a Sophie. Le annotazioni in questo taccuino suggeriscono che Sophie ricattasse tutti voi regolarmente, eppure lei è stato l'unico a pagare».

«Come?»

«Posso solo presumere che l'idea di essere ricattato non disturbasse Blake Hamilton. Felix Ashgrove certamente non si preoccupava della sua reputazione. Perché lei ha pagato?»

«Avevo paura». Si passò una mano tremante sul viso. «C'è stata... c'è stata un piccolo comportamento inappropriato circa un anno fa e, se fosse successo qualcos'altro, sarei stato cacciato dalla mia chiesa». I suoi occhi divennero imploranti. «Non ho nessun altro posto dove andare, detective».

«Che tipo di "piccolo comportamento inappropriato", signor Saddleworth?»

Arrossì. «Ho avuto una relazione con una giovane della mia congregazione. Una donna».

«Era minorenne?»

«No!»

«Ci sono state altri comportamenti del genere?»

«Solo uno», mormorò.

«Chi?»

Alzò lo sguardo, gli occhi pieni di miseria. «Sophie Whittaker».

«Quando?»

«Non era mia intenzione».

«Quando?»

«Circa quattro mesi fa. È rimasta fino a tardi un sabato sera, apparentemente per chiedermi del suo voto di castità. Mi ha sedotto, detective».

«È successo di nuovo?»

«No, solo quella volta. Io... ho capito che probabilmente mi stava usando. Per una così giovane, aveva certamente una reputazione».

Kay represse la sua rabbia e invece scrisse una nota all'interno della cartella. Se Duncan Saddleworth era andato a letto con Sophie Whittaker quattro mesi fa, allora sicuramente non era il padre del suo bambino, nonostante ciò che Sophie pensava.

La mente di Kay tornò a ciò che Carys aveva menzionato di sfuggita settimane prima: le ragazze che facevano un voto di castità spesso erano ignoranti riguardo al sesso protetto o a qualsiasi altra questione di pianificazione familiare. Semplicemente non se ne parlava all'interno di quelle comunità ecclesiastiche chiuse.

«Come ha fatto a permettersi i pagamenti del ricatto? Non immagino che la chiesa paghi uno stipendio così alto».

Saddleworth tamburellò con le dita sulla scrivania per un momento, poi si accasciò sulla sedia. «Tanto vale che lo sappiate. Blake Hamilton mi ha pagato per assicurarsi che la cerimonia del voto di castità di Sophie e il fidanzamento con Josh andassero avanti. Era preoccupato che lei potesse cambiare idea».

«Quanto?»

«Abbastanza da non dovermi preoccupare di soddisfare le richieste del ricattatore».

«Quanti soldi ha pagato in risposta alle lettere?»

«Fino alla notte in cui Sophie è morta, 9.600 sterline».

Kay incrociò lo sguardo di Carys. La somma

corrispondeva a quella che avevano trovato nella cassetta di sicurezza.

«Ho pagato altre 1.500 sterline nove giorni fa».

Kay aggrottò le sopracciglia. «Nove giorni fa?»

«Sì». Il suo labbro superiore si increspò. «Vede, detective, *pensavo* fosse Sophie Whittaker a ricattarmi perché aveva scoperto di Blake Hamilton e Felix Ashgrove. Pensavo fosse perché mi aveva sedotto. Evidentemente, mi sbagliavo. Vengo ancora ricattato».

«Ha la lettera?»

In risposta, raggiunse la tasca della giacca e ne estrasse una busta stropicciata prima di farla scivolare sul tavolo.

Carys incrociò lo sguardo di Kay e si infilò un paio di guanti prima di prendere la busta ed estrarne il foglio all'interno.

Ancora una volta, la nota era stata costruita con parole ritagliate da articoli di giornale stampati, chiedendo denaro in cambio del silenzio sulle relazioni di Duncan.

«È questa la lettera arrivata dopo la morte di Sophie?»

Annuì, gli occhi pieni di miseria. «Sì».

«Dovremo trattenere questa, signor Saddleworth». Kay si allungò verso la macchina di registrazione, il dito sospeso sopra il pulsante "stop".

«Interrogatorio terminato».

CAPITOLO 48

«Hai intenzione di chiedergli di venire in centrale?»

Barnes scrutò attraverso il parabrezza mentre la casa di Blake Hamilton entrava nel campo visivo e azionò la leva dell'indicatore di direzione sulla colonna dello sterzo.

«No. Non credo ci sia bisogno. Tanto per cominciare, non andrebbe giù a Larch.»

Kay si agitò sul sedile fino a raggiungere il taccuino nella sua borsa e sfogliò ancora una volta le pagine. «Quello che voglio scoprire è se Hamilton ha ricevuto lettere dopo la morte di Sophie, come Duncan Saddleworth.» Si fermò sull'ultima pagina del taccuino per includere la scrittura di Sophie. «Chiunque sia, non conosceva le abitudini di Sophie di tenere registri. Era meticolosa.»

«Quindi, qualcuno ha scoperto del ricatto e quando Sophie è morta, ha deciso che sarebbe stato un buon modo per fare soldi.»

«Sì. Quando avremo finito qui, puoi andare a parlare di

nuovo con Peter Evans? Ho la sensazione che non ci abbia ancora raccontato tutta la storia. Vacci piano, probabilmente sta cercando di proteggere la reputazione di Sophie. Penso che l'amasse davvero.»

«Lo farò. A cosa stai pensando?»

Kay tamburellò con il pollice sul lato del taccuino. «Uno di loro non ci sta dicendo tutto.» Sospirò. «È come se avessero tutti dei segreti, e noi stessimo solo scalfendo la superficie. Voglio dire, perché Duncan Saddleworth dovrebbe essere l'unico a pagarla? Aver avuto una relazione gay quando era all'università non sembra una ragione abbastanza forte. Deve esserci qualcos'altro in ballo.»

Barnes brontolò in risposta, poi frenò davanti alla casa e scese dall'auto, allungandosi sul sedile posteriore per prendere la giacca prima di infilarsela sulle spalle.

Kay ripose il taccuino nella borsa e lo raggiunse mentre lui si avviava sulla ghiaia verso la porta d'ingresso.

Il volto di Blake Hamilton si contorse in un ghigno quando aprì la porta e trovò i due detective sulla soglia.

«Tutto questo sta diventando noioso, detective Hunter.»

«Non la tratterremo a lungo, signor Hamilton. Ci sono stati alcuni sviluppi nella nostra indagine di cui vorremmo parlarle.» Sorrise. «Possiamo farlo qui o alla stazione di polizia. La scelta è sua.»

Fece un passo indietro e tenne la porta aperta. «Entrate.»

«Grazie.»

«Mia moglie non c'è. Ha portato Josh fuori per la

giornata. A fare shopping, o qualcosa del genere.» Li condusse nell'ampio soggiorno, ma si fermò prima di offrire loro un posto a sedere.

«Non le ruberò molto tempo, signor Hamilton.» Kay estrasse il taccuino di Sophie dalla borsa. «Vorrei chiederle delle lettere di ricatto che ha ricevuto negli ultimi due mesi.»

Blake fece un passo indietro, il viso arrossato. «Come diavolo lo sa?»

«Ha idea di chi la stesse ricattando?»

«Avevo i miei sospetti.»

«Era a conoscenza di qualcun altro che veniva ricattato allo stesso tempo?»

«Presumo che l'unico motivo per cui siete qui è perché Duncan Saddleworth vi ha detto che anch'io venivo ricattato.»

«Esatto. C'era anche un terzo uomo che veniva ricattato. Conosceva Felix Ashgrove?»

«Cristo, molto tempo fa. Era un tipo con cui stava Duncan a Oxford. Non ho sentito menzionare il suo nome per anni.» Indicò il taccuino nella busta di plastica in mano a Kay. «Cos'è quello?»

«Ieri siamo stati informati di una cassetta di sicurezza precedentemente trascurata. Questo taccuino era all'interno, insieme a molti soldi. E carta da lettere che Duncan Saddleworth conferma corrispondere a quella delle lettere che aveva ricevuto fino a poco tempo fa. Questo taccuino contiene un registro delle lettere inviate a lei, Felix e Duncan.»

«Non mi ha detto chi era, detective. Il ricattatore?»

«Sophie Whittaker.»

Sbuffò, un suono esplosivo che terminò in una risata amara. «Wow, e io che pensavo che sua madre fosse una stronza manipolatrice.»

«Il problema è, signor Hamilton che, sebbene le registrazioni in questo taccuino finiscano il giorno prima dell'uccisione di Sophie, le lettere al signor Saddleworth non si sono fermate. Era a conoscenza di questo?»

Chinò la testa. «Duncan mi ha accennato di aver ricevuto un'altra lettera. Sembrava convinto che con la morte di Sophie le lettere si sarebbero fermate.» Alzò lo sguardo verso di lei. «Non ho idea di chi stia ricattando Duncan ora.»

«Lei non ha ricevuto altre lettere?»

«No.»

«Cosa ha fatto con quelle che ha ricevuto prima della morte di Sophie?»

«Le ho distrutte. Non avevo intenzione di pagare, ma non volevo nemmeno che mia moglie lo scoprisse.»

«Perché ha pagato Saddleworth per assicurarsi che il voto di castità andasse avanti?»

Hamilton ebbe la decenza di arrossire, anche se si riprese rapidamente. «Lo consideravo un investimento aziendale», disse. «Sapevo che Duncan aveva bisogno di soldi. L'accordo andava bene a entrambi.»

Gli occhi di Kay si strinsero. «E se Sophie avesse deciso di non voler andare avanti?»

«Beh, non l'ha fatto, vero? Ha fatto il voto.» Le sue labbra si assottigliarono. «Apprezzerei, detective, se questa conversazione rimanesse tra noi. Courtney non sa di me e Duncan. Preferirei che restasse così.»

«Se questa conversazione non ha alcuna rilevanza per

l'omicidio di Sophie Whittaker, allora lo prenderò in considerazione. Non faccio promesse, però.»

«Grazie, detective. Le sono debitore.»

CAPITOLO 49

Mentre Kay lasciava la stazione di polizia e si dirigeva verso il fiume, tirò fuori il suo cellulare e scorse l'elenco dei contatti prima di premere il pulsante di chiamata.

Peter Evans rispose prima del terzo squillo, con voce stanca.

«Detective Hunter.»

Kay non perse tempo in convenevoli. «Hai dato un anello a Sophie Whittaker?»

«Sì. Ma lei si è rifiutata di indossarlo. Ha detto che doveva tenerlo segreto.»

«Puoi descrivermelo?»

«Era una fascia d'oro con un singolo diamante. Mi ci sono volute quattro settimane di risparmio per comprarlo. Ho persino fatto degli straordinari. So che probabilmente lei era abituata a gioielli più costosi, ma era tutto ciò che potevo permettermi. Volevo che lo avesse subito, e avremmo dovuto sposarci in Francia.»

«L'abbiamo trovato in una cassetta di sicurezza che Sophie aveva in una banca qui a Maidstone.»

Lui sospirò, il suo sollievo fu evidente. «Mi chiedevo dove fosse finito. Pensavo che forse sua madre l'avesse trovato.»

«Sua madre non ne sapeva nulla,» disse Kay. «È rimasta piuttosto sorpresa nel vederlo. Farò in modo che ti venga restituito il prima possibile.»

«Grazie.»

Kay terminò la chiamata, poi accelerò il passo e si fece strada oltre i muri di pietra del Palazzo Vescovile e giù verso il sentiero che correva lungo il fiume. Si fermò un momento a osservare una coppia di anatre che attraversavano l'acqua, quattro linee diagonali che le seguivano nella scia, prima di voltare a destra e tornare in direzione della città.

Una donna con un bambino piccolo al seguito apparve davanti a lei, e Kay si fece da parte per lasciarli passare sul sentiero stretto.

La donna sorrise e mormorò un ringraziamento, prima che la sua attenzione fosse catturata da una risata felice di sua figlia che aveva avvistato gli uccelli acquatici dall'altra parte del fiume.

Kay ripensò a Matthew e Diane Whittaker, costretti a recuperare la figlia dall'obitorio e organizzare un funerale, e si rese conto che, nonostante la sua perdita personale, non poteva immaginare cosa dovesse essere stato per i genitori della sedicenne dover sopportare una tale tragedia.

Fu strappata dalle sue riflessioni dal suono del suo cellulare che squillava. Tirandolo fuori dalla tasca, aggrottò le sopracciglia quando vide il numero di Sharp visualizzato sullo schermo.

«Capo?»

«Ho bisogno che torni in centrale. Dove sei?»

«Giù al fiume a prendere una boccata d'aria fresca. Cosa c'è che non va?»

«Matthew Whittaker si è appena presentato qui esigendo di parlare con noi. Dice che pensa che sua moglie abbia ucciso la loro figlia.»

«Arrivo subito.»

Kay rimise il telefono in tasca e partì di corsa.

Raggiunta la stazione di polizia, passò il distintivo e irruppe attraverso le porte, salì le scale due gradini alla volta e irruppe nella sala operativa.

La conversazione di Sharp con Carys si spense nell'aria quando la vide avvicinarsi.

«Cosa sta succedendo?» disse, cercando di riprendere fiato.

«Lo abbiamo messo nella sala interrogatori uno,» disse mentre lei si toglieva la giacca e la appendeva allo schienale della sua sedia. «Farai l'interrogatorio con me. Non siamo riusciti a rintracciare Larch al momento; quindi, Carys gli ha lasciato un messaggio.»

«Come vuoi procedere?»

«Lo lasceremo parlare, vediamo cosa ha da dire.»

Kay annuì e lo seguì fuori dalla stanza. «Ho la sensazione che il matrimonio sia in crisi, capo.»

«Ok, quindi stai dicendo che potrebbe essere solo una vendetta?»

«È qualcosa che dobbiamo tenere a mente, sì.»

«Va bene, ottima osservazione.»

Guidò la strada giù per le scale fino alla stanza degli interrogatori e passò il suo distintivo sul pannello di sicurezza. «Non ha nominato un suo avvocato, quindi ho fatto venire uno degli avvocati d'ufficio. Voglio che tutto venga fatto correttamente, Kay. Se sta dicendo la verità, non voglio che Larch ci stia con il fiato sul collo per non aver seguito la procedura.»

«Capito.»

Mise la mano sulla porta della stanza degli interrogatori e alzò un sopracciglio. «Pronta?»

«Pronta.»

CAPITOLO 50

Matthew Whittaker sedeva con le braccia incrociate sul petto e gli occhi abbassati mentre Kay e Sharp entravano nella stanza degli interrogatori.

Kay rimase in silenzio mentre prendeva posto accanto a Sharp, e attese finché lui non ebbe premuto il pulsante di registrazione e formalmente ammonito Whittaker.

Sharp fece un cenno brusco all'avvocato e poi congiunse le mani sul tavolo e si sporse in avanti.

«Dunque, signor Whittaker, quando è arrivato alla reception quaranta minuti fa, ha detto al nostro sergente di turno che desiderava rilasciare una dichiarazione, è corretto?»

«È esatto. Penso che mia moglie abbia ucciso nostra figlia.»

«È un'accusa molto grave, signor Whittaker.»

L'uomo sbatté le palpebre.

Kay sparse sul tavolo davanti a sé i bilanci annuali che Carys aveva compilato per l'azienda di Matthew

Whittaker, girandoli in modo che le righe di numeri fossero rivolte verso il padre di Sophie.

«Lei ha avuto alcuni alti e bassi negli affari, signor Whittaker.» Puntò il dito su un documento di diversi anni prima. «È stato quasi mandato in bancarotta dalla bolla delle dot-com, eppure è sempre riuscito a risollevarsi.»

«Sono bravo in quello che faccio.»

«Non ne dubito. La domanda è: è abbastanza bravo?» Toccò i rapporti più recenti. «Mi sembra che lei stia facendo poco più che stare a galla ultimamente. Come sta influenzando questo il suo rapporto con Diane?»

«Cosa? Cosa c'entra questo?»

«Risponda alla domanda, signor Whittaker», disse Sharp.

Matthew sospirò. «Va bene, immagino che Diane probabilmente ve lo dirà. Il nostro matrimonio è finito.» Si passò una mano sulla testa. «Non era brillante prima di perdere Sophie, ma da allora è peggiorato.»

«Può succedere alle famiglie delle vittime», disse Sharp. «State cercando aiuto?»

L'uomo scosse la testa. «Onestamente, a meno che non si tratti di aiuto finanziario, Diane non sarebbe interessata.» Si appoggiò allo schienale della sedia. «No, credo che sia giunta alla conclusione di essere riuscita a prosciugarmi di tutto ciò che valgo per lei, la mia azienda sta lottando, ha ragione su questo, detective, e sta cercando aiuto altrove.»

«E l'eredità?» disse Kay. «Quando il Conte è morto, non ha provveduto a voi?»

«Lui?» Whittaker emise una risata amara. «Non c'era

speranza. Avreste dovuto vedere la faccia di Diane quando è stato letto il testamento, quell'uomo aveva accumulato così tanti debiti di gioco che aveva dovuto ipotecare la casa per pagarli. È stata fortunata ad avere ancora un tetto sulla testa.» Congiunse le mani sul tavolo. «A volte vorrei che *avesse* perso la casa.»

«E sua madre?»

«La madre di Diane è morta una settimana dopo del Conte. Diane ha sempre sostenuto che fosse dovuto al dispiacere, ma è più probabile che sia stato il consumo di gin a finire quella vecchia strega.»

«Sophie era a conoscenza dei vostri problemi matrimoniali?»

Gli occhi gli si riempirono di lacrime e le asciugò con rabbia. «Non è mai stato per Sophie. È sempre stato per cercare di salvare la maledetta casa di Diane. Sa che sta cadendo a pezzi? Ho speso ogni centesimo che ho guadagnato cercando di ristrutturarla, ma sta marcendo dall'interno.» Sbuffò, abbassando lo sguardo sul tavolo tra loro. «Proprio come la donna che ho sposato.»

«Signor Whittaker, il fatto che il suo matrimonio stia finendo non è il motivo per cui sta accusando sua moglie di omicidio, vero? Che prove ha?»

Whittaker scrollò le spalle, ma non disse nulla.

«Com'è il suo rapporto con gli Hamilton, signor Whittaker?»

«Rapporto?»

«Sì. Vi frequentavate al di fuori dei vostri obblighi ecclesiastici?»

«Beh, sì, ci incontravamo a diverse funzioni legate alle

attività mie e di Blake, e occasionalmente cenavamo insieme.»

«Ma andava oltre, non è vero? Blake Hamilton avrebbe dovuto aiutare a salvare la sua azienda una volta che Sophie si fosse fidanzata con suo figlio.»

Gli occhi di Whittaker caddero sul suo grembo. «L'ho scoperto solo dopo la morte di Sophie. Era qualcosa che lui e Diane avevano organizzato.»

«Come l'ha fatta sentire questo?»

«Sentire?» La sua testa scattò in alto, la sua espressione incredula. «Come diavolo pensa che mi abbia fatto sentire? Aveva venduto nostra figlia! La mia bambina. L'ho odiata per questo. La odio ancora per questo. Sa cosa abbiamo fatto questa mattina, detective?»

Kay scosse la testa, ma rimase in silenzio.

«Stavamo discutendo del nostro divorzio. Ho dichiarato bancarotta questa mattina e, a quanto pare, questo è troppo imbarazzante per Diane e le sue maledette arie da gran signora.»

Si asciugò gli occhi e sprofondò sulla sedia, la stanchezza invadeva i suoi lineamenti.

«Cosa le fa pensare che Diane abbia ucciso sua figlia?»

«Deve aver scoperto che dormiva con Peter e che era incinta.»

«Eppure, sembrava sorpresa quanto lei nello scoprire della gravidanza di Sophie», disse Sharp.

Whittaker sbuffò. «È una grande attrice, Diane. Molto convincente. L'ho già detto al suo collega qui», disse, agitando una mano in direzione di Kay, «Diane ha frequentato una scuola di recitazione a Londra. Mi creda, ho visto come sa convincere le persone.»

Sharp sospirò e si sporse verso l'apparecchiatura di registrazione. «Interrogatorio sospeso alle quindici e quindici», disse.

CAPITOLO 51

«Che diavolo sta succedendo, Sharp?»

La voce di Larch echeggiò lungo le pareti del corridoio mentre si dirigeva a grandi passi verso la squadra riunita fuori dalle sale interrogatori.

Kay si fermò, con la mano appoggiata allo stipite della porta della sala d'osservazione dove Barnes e Gavin erano seduti, avendo assistito all'interrogatorio di Matthew Whittaker per fornire un riscontro.

Carys indugiava sulla soglia, con gli occhi spalancati.

«Abbiamo ragionevoli sospetti per portare Diane Whittaker a un interrogatorio formale», disse Sharp, con voce calma mentre l'ispettore capo lo fulminava con lo sguardo. «Suo marito ha suggerito che abbia ucciso Sophie».

«Perché mai Lady Griffith dovrebbe uccidere sua figlia?» disse Larch.

«Non sappiamo se l'abbia fatto», disse Kay. «Ma di sicuro è stata una donna molto occupata, questo è certo».

«Si spieghi, Hunter», disse Larch. «E faccia in fretta».

Fulminò Kay con lo sguardo prima di rivolgere di nuovo l'attenzione ai monitor della sala interrogatori, con le mani affondate nelle tasche e la mascella serrata.

Kay fece un respiro profondo. «D'accordo, ecco come la vedo io. In qualche modo, Diane trova un accordo con Blake Hamilton: lui l'aiuterà con la manutenzione continua di Crossways Hall, se lei accetta di far sposare Sophie a Josh. In questo modo, lei mantiene la casa di famiglia e Blake ottiene per suo figlio il prestigio aristocratico che desidera tanto coltivare».

«E tutti vissero felici e contenti».

«Sì, ma Sophie rimane incinta. Va nel panico, improvvisamente si trova ad affrontare la realtà di essere in una situazione che la supera. Sta per fare un voto di castità per rimanere vergine fino al matrimonio, farà questo voto lo stesso giorno in cui si fidanzerà con Josh Hamilton, e non può parlarne con nessuno». Kay fece una pausa nel tentativo di controllare l'adrenalina troppo alta per riuscire a spiegarsi con il suo superiore. «E se non fosse stata Sophie a ricattare Duncan Saddleworth?»

«Ma sappiamo già che è stata lei, abbiamo trovato i contanti in suo possesso nella cassetta di sicurezza».

Kay si strofinò un occhio. «Sophie era la ricattatrice all'inizio», disse pazientemente, «ma dopo che è stata uccisa, Saddleworth ha ricevuto un'altra lettera, mentre Blake Hamilton e Felix Ashgrove no. Qualcun altro sapeva che Sophie lo stava ricattando e ha deciso di fare lo stesso per fare dei soldi, ma non sapeva degli altri, ecco perché loro non ne hanno ricevute».

«Le è venuto in mente che Sophie potrebbe aver organizzato la consegna delle lettere prima di morire?»

«È stata consegnata a mano. Questo significa che c'era qualcun altro coinvolto. Peter Evans nega di sapere qualcosa della cassetta di sicurezza, ed è sembrato genuinamente sorpreso quando gliel'ho detto. Mi sembra che Sophie abbia trovato un modo per fare dei soldi in previsione della loro partenza dal paese».

«Hunter, non c'erano abbastanza soldi in quella cassetta di sicurezza da giustificare l'uccisione di qualcuno, c'erano solo poche migliaia di sterline».

«Ma se l'assassino di Sophie lo avesse scoperto e avesse pensato di aver più bisogno lui dei soldi?»

«Cosa c'entra questo con i Whittaker?»

«Matthew Whittaker ha ammesso che la loro casa sta cadendo a pezzi e che la sua azienda andrà in amministrazione controllata nel giro di settimane, ha visto lo stato dei registri finanziari».

Larch sospirò e si allontanò dal monitor. «Ancora troppo tenue, Hunter».

«Aspetti, mi lasci finire. Signore».

«Continui», disse Sharp, e alzò una mano per impedire a Larch di interrompere di nuovo.

«Quando Barnes ed io abbiamo parlato per la prima volta con i Whittaker, Diane ci ha detto che avevano sentito Sophie parlare con Eva di Peter Evans, è in quel momento che Barnes ha chiesto a Diane di mostrargli dove si trovava sulla terrazza. Mi ha fatto riflettere mentre stavamo interrogando Matthew Whittaker. Se Diane sapeva di poter origliare sotto la finestra della camera da letto di Sophie, cos'altro avrà sentito?»

«Pensa che Diane abbia scoperto che Sophie era

incinta e l'abbia uccisa perché aveva rovinato i suoi piani di farla sposare?» disse Barnes.

«È quello che Matthew sostiene. Date le circostanze, non abbiamo altra scelta che interrogare Diane Whittaker».

«Accidenti, Hunter. Spero che abbia ragione su questo», disse Sharp.

«Sono d'accordo», disse Larch. «Le ramificazioni politiche se ci sbagliassimo potrebbero porre fine alle nostre carriere».

Kay incrociò lo sguardo di Sharp, ma lui scosse la testa. L'unico preoccupato che la sua carriera potesse essere rovinata dai legami di Diane Whittaker con le persone influenti locali era l'ispettore capo.

Sharp si schiarì la gola e seguì lo sguardo di Larch verso i monitor della sala interrogatori, poi sospirò. «È un azzardo. Tuttavia, sono d'accordo che dovremmo interrogarla con cautela, almeno per escluderla».

«Andrò là adesso», disse Kay e si diresse verso la porta. «Andiamo, Barnes. Visita a domicilio».

CAPITOLO 52

Kay tirò il freno a mano e si slacciò la cintura di sicurezza.

«Questa casa sembra sempre più fatiscente ogni volta che vengo qui», disse Barnes, allungando il collo per vedere la casa attraverso il finestrino del passeggero. «Non capisco perché la gente insista a vivere in case come questa se non può permettersi di mantenerle in buono stato. Voglio dire, che senso ha?»

«Immagino sia in parte per salvare le apparenze.»

«Non durerà a lungo», disse Barnes. «Hai sentito che hanno licenziato anche il giardiniere l'altra settimana?»

«Le finanze devono essere andate male per molto tempo.» Kay fissò fuori dal finestrino, con la fronte aggrottata al commento di Barnes, e un pensiero le attraversò la mente. Avrebbe significato cambiare leggermente la sua tattica, ma sapeva che Sharp l'avrebbe appoggiata, se fosse stato necessario.

La domanda era, l'avrebbe fatto anche Larch?

«Andiamo», disse Barnes. «Facciamolo. Prima la

portiamo in centrale, prima saremo vicini a scoprire che diavolo sta succedendo qui intorno.»

«Non potrei essere più d'accordo», disse Kay, e allungò la mano verso la maniglia della portiera prima di scendere.

Alzò lo sguardo sopra il tetto del veicolo mentre un'auto di pattuglia si fermava accanto a loro, e due agenti in uniforme si unirono a lei sul vialetto di ghiaia, i loro giubbotti fluorescenti troppo luminosi sotto il bagliore del sole.

«Voi due andate sul retro», disse. «Porteremo anche la governante per un interrogatorio formale, quindi assicuratevi che nessuno esca dall'ingresso di servizio, capito?»

«Sì, sergente.»

Il più anziano dei due si mise il berretto in testa e guidò il collega attraverso il vialetto e lungo il lato dell'edificio, il rumore dei loro stivali sulla ghiaia si attenuò mentre scomparivano dalla vista.

In lontananza, Kay riuscì a sentire un trattore che attraversava con fatica la strada stretta, il motore rombava mentre saliva su per la leggera pendenza alla fine del vialetto. Sopra, un falco svolazzava nella brezza e fu colpita dalla sensazione che la casa sembrasse sospesa nel vuoto, in attesa che lei facesse crollare la facciata creata dai suoi proprietari.

«Come vuoi procedere?» disse Barnes.

«In modo formale», disse lei. «Larch mi toglierà il distintivo diversamente. Non so cosa sia successo in questa casa, ma non promette niente di buono.»

Camminarono fianco a fianco verso la porta d'ingresso,

e Kay aggrottò la fronte. La porta d'ingresso era socchiusa e si potevano sentire voci alte dall'interno.

«Dopo di te.»

«Grazie.»

Spinse la porta ed entrò nel corridoio buio. Subito, notò le pareti spoglie e uno spazio vuoto dove una volta c'era una credenza in quercia che occupava un'intera parete.

«Si stanno trasferendo?» mormorò Barnes.

«O vendono per restare.»

Dei passi provenivano dall'estremità del corridoio, oltre la curva delle scale, prima di svanire e Kay capì che la governante sarebbe tornata in cucina mentre i due agenti in uniforme apparivano alla porta sul retro.

Si diresse verso la veranda formale dove aveva interrogato per la prima volta i genitori di Sophie e bussò alla porta.

Il viso di Diane apparve nello spiraglio, e indietreggiò, sorpresa di vederli lì in piedi.

«La porta d'ingresso era aperta», disse Kay. «Abbiamo provato a bussare, ma…»

«Non vi ho sentito», disse. Aprì la porta e guardò fuori. «Dov'è Grace?»

«La signora Jamieson?»

«Sì, non vi ha accolto alla porta?»

«Non credo ci abbia sentito.»

«Oh. Volete entrare?»

Diane rimase impassibile, ma tutta la sua postura emanava un'aria di sfida mentre si aggirava vicino a una delle sedie.

«Cosa volete?»

Gli occhi di Kay incontrarono quelli di Barnes, e lui annuì leggermente. Non ci sarebbe stato un modo facile per farlo, quindi tanto valeva procedere. «La metta in stato di fermo, per favore, Barnes.»

«Diane Whittaker, la arresto con l'accusa di aver causato l'omicidio di Sophie Whittaker...»

Kay studiò il viso della donna mentre Barnes parlava e notò che sembrava agitata.

Bene, pensò.

Guardò oltre la sua spalla mentre il più giovane degli agenti in uniforme appariva, con la governante dietro di lui mentre l'agente più anziano chiudeva la fila.

«L'avete messa in stato di fermo?»

«Sì, sergente.»

«Mettete la signora Jamieson nel vostro veicolo. La signora Whittaker verrà con noi.»

«Voglio parlare con mio marito», disse Diane, con la voce tremante mentre la governante veniva portata via. «Questo è assurdo. Esigo sapere cosa sta succedendo.»

«Spiegheremo tutto in centrale», disse Kay.

«Voglio chiamare il mio avvocato.»

«Anche questo, potrà farlo in centrale.» Si fece da parte e fece cenno verso le auto in attesa. «Prego, dopo di lei.»

CAPITOLO 53

«Che sta succedendo?»

Il tono tagliente di Diane Whittaker tagliò l'aria fredda della seconda stanza degli interrogatori nel momento in cui Kay e Sharp aprirono la porta.

«Un momento, per favore, signora Whittaker», disse Kay. Premette il pulsante di registrazione e ammonì formalmente la donna, includendo le accuse che le erano state mosse.

«Preferirei essere chiamata con il mio titolo appropriato», disse la donna in tono ufficioso.

«E noi preferiamo chiamarla signora Whittaker», disse Sharp.

Kay non aspettò che rispondesse. «Mi parli del suo accordo con Blake Hamilton.»

«Quella era una transazione d'affari tra il signor Hamilton e me», sbuffò Diane. Agitò la mano. «Non devo discutere di questioni private con gente come voi.»

«Signora Whittaker», disse Sharp. «Al momento, lei è

in stato di arresto. Le ricordo l'avvertimento che le è stato appena letto.»

«Qual era l'accordo che aveva con Hamilton?» ripeté Kay.

«Blake Hamilton era il nostro salvatore», disse Diane. «Stava solo cercando di aiutarci.»

«Suo marito sapeva che sua figlia stava entrando in un matrimonio combinato?»

«È tutta colpa sua se siamo in questa situazione!»

«Ci parli di questo.» Kay aprì la cartella sotto il braccio e sfogliò le pagine finché non trovò i rendiconti finanziari. «Da quello che posso vedere, quando suo padre è morto ha lasciato un considerevole numero di debiti di gioco. Perdite sostanziali che hanno portato a un'ipoteca sulla casa prima della sua malattia. Suo marito ha usato ogni centesimo di guadagno della sua attività per mantenere Crossways Hall, è corretto?»

Diane fece una smorfia. «Sì.»

«Bene. Quindi forse potrebbe spiegarmi perché ritiene che sia colpa sua?»

La donna sospirò, cercò di accavallare le gambe e poi si rese conto che il tavolo era troppo basso per farlo. Si agitò sulla sedia. «Non è mai stato niente di che, Matthew. Cerca di essere un imprenditore, ma non è proprio tagliato per questo. Non come Blake.»

«Quindi, le chiedo di nuovo. Qual era l'accordo che aveva con il signor Hamilton?»

Diane fece un verso di disapprovazione, prima di unire le mani davanti a sé come in preghiera. «Blake aveva notato che suo figlio si era preso una cotta per Sophie a uno dei nostri incontri in chiesa. Mi capitò di menzionare che era sempre stato il suo sogno far parte dell'aristocrazia inglese.»

«Il sogno di Josh?»

«No.» Diane agitò la mano come se un cattivo odore le fosse passato davanti. «Quel ragazzo non ne avrebbe idea. *Blake*. Blake amava la storia, a quanto pare, fin da quando era all'università qui. Beh, non appena l'ho sentito, ho pensato che forse avrei potuto volgere la situazione a nostro vantaggio.»

«In che modo?»

Diane si sporse in avanti, riscaldandosi nel raccontare la sua storia. «Era deliziosamente semplice. Dopo il fidanzamento, Blake avrebbe consegnato una somma di denaro che Matthew ed io avremmo potuto usare per fare alcuni dei lavori più urgenti alla casa. Una volta che Josh e Sophie si fossero sposati, non avremmo dovuto preoccuparci, avrebbero vissuto alla Hall, e Blake ci avrebbe fornito uno stipendio. Ci avrebbe persino pagato un bonus quando avessimo avuto il nostro primo nipote», sorrise raggiante.

Kay represse la rabbia, la frustrazione le ribolliva dentro.

«Quanto?»

«Beh, avevo ricevuto solo parte della dote, ovviamente.»

«Quanto?»

«Seimila sterline.»

«Perché ha deciso di ricattare Duncan Saddleworth?»

La mascella di Diane si spalancò per il brusco cambio di direzione nelle domande di Kay, ma non rispose.

Kay scrollò le spalle. «È perché ha sentito Sophie dire

a Eva che pensava fosse lui il padre del suo bambino, non è vero?»

Sharp si irrigidì accanto a lei, ma lei lo ignorò e continuò. «Ho capito che lei avrebbe mantenuto il silenzio fino a dopo la cerimonia di fidanzamento e il voto di castità prima di affrontare Sophie, ma non ha potuto trattenersi, vero? È di questo che Josh Hamilton vi ha visto discutere sulla terrazza, non è così?»

Diane sospirò. «Quella stupida ragazza. Non è riuscita a tenere le gambe chiuse a quanto pare. Naturalmente, avevo già fatto alcune discrete indagini quel giorno con un medico riguardo a un'interruzione di gravidanza.»

«È di questo che stavate discutendo?»

«Sì.»

«Tuttavia, con la sua morte, lei avrebbe perso qualsiasi somma dovuta da Blake Hamilton. Invece, ha pensato di ricattare il signor Saddleworth per compensare il deficit di denaro, non è così?»

La bocca della donna si spalancò. «Come ha...»

«Saddleworth ha ricevuto una lettera dopo la morte di Sophie. Le altre due persone che Sophie stava ricattando non hanno ricevuto alcuna corrispondenza. Era perché il ricattatore, lei, non sapeva di loro. Sapeva solo che Saddleworth veniva ricattato da Sophie perché l'aveva sentito dire a Eva dei suoi piani di fuga, non è vero?»

«Non sia ridicola.»

«Al contrario, signora Whittaker. Ha detto a suo marito di essere andata a fare shopping a Tunbridge Wells di recente, e lui ha menzionato che si era comprata dei nuovi orecchini di diamanti. Date le vostre finanze, come avrebbe potuto permetterseli altrimenti?»

Diane la fulminò con lo sguardo.

Kay girò la pagina e tenne in alto un documento in modo che Diane potesse leggerlo. «Questo è l'inventario della cassetta di sicurezza che abbiamo svuotato in banca. A Duncan Saddleworth era stato ordinato di pagare ulteriori millecinquecento sterline in contanti a una casella postale a Tunbridge Wells. Nessuna delle annotazioni di Sophie nel suo taccuino corrisponde a quella cifra, e tutti i contanti che ha ricevuto sono andati a una casella postale nel centro di Maidstone.»

«Quella puttana meritava di morire», sputò improvvisamente Diane. «Sporca piccola sgualdrina, che dormiva in giro così. Spero che marcisca all'inferno.»

L'avvocato accanto a lei si strozzò e balbettò, con gli occhi spalancati.

Kay incrociò le braccia sul petto e si appoggiò allo schienale della sedia, prima di girarsi verso Sharp.

Lui alzò un sopracciglio, ma rimase in silenzio.

Lei annuì e si rivolse di nuovo alla donna di fronte a lei.

«Diane Whittaker, chiederemo l'autorizzazione alla Procura della Corona per accusarla di ricatto nei confronti di Duncan Saddleworth...»

CAPITOLO 54

L'ispettore capo Larch camminava avanti e indietro nel corridoio fuori dalla sala interrogatori, ma si fermò quando Kay e Sharp uscirono e chiusero la porta dietro di loro.

Kay lo ignorò per un momento e consegnò una busta a Carys. «Dobbiamo parlare con la governante. Puoi portare questo dentro e mostrarlo a Diane Whittaker? Non volevo usarlo durante l'interrogatorio.»

«Lo farò.»

Kay si voltò verso Larch.

«Che diavolo?» cominciò lui. Puntò un dito verso la sala interrogatori. «Pensavo avessi detto che aveva ucciso sua figlia?»

Kay lo superò e bussò alla porta della sala interrogatori successiva, poi fece l'occhiolino. «No, non l'ho detto. È stato Matthew Whittaker.»

«Scusi, capo.» Sharp si fece largo attorno all'ispettore capo e seguì Kay nella stanza, ricomponendosi rapidamente mentre si accomodava sulla sedia accanto a lei.

Kay chiuse la porta dietro di lui mentre un forte lamento iniziava dalla stanza accanto.

Grace Jamieson era seduta accanto al giovane avvocato d'ufficio che le era stato assegnato.

«Cosa sta succedendo?» Si alzò dalla sedia, con gli occhi spalancati. L'avvocato d'ufficio allungò la mano e la posò sul suo braccio, ma lei la scostò. «Che cos'è tutto questo rumore? È Lady Griffith? Cosa le avete fatto?»

«Si sieda, per favore, signora Jamieson», disse Sharp.

Lei si lasciò cadere sulla sedia, torcendosi le mani. «Sembra molto turbata. Siete sicuri che non posso vederla?»

Kay si sporse in avanti, accese il registratore e poi ammonì formalmente la governante, i cui occhi si spalancarono mentre le venivano lette le accuse.

«Cosa sta succedendo?»

«Per favore, si arrotoli le maniche del cardigan.»

«Perché?» La Jamieson si rivolse all'avvocato. «Perché mi sta chiedendo di farlo?»

Gli occhi dell'avvocato incontrarono quelli di Kay. «La mia cliente ha ragione.»

«Ogni volta che ci siamo incontrate, ha indossato maniche lunghe, signora Jamieson. All'inizio, l'ho attribuito al fatto che la casa dei Whittaker sembra essere fredda tutto l'anno. Tuttavia, l'ultima volta che l'ho vista, nonostante fosse una mattinata calda, indossava ancora maniche lunghe. Vorrei sapere perché.»

La donna sollevò il mento. «Non vedo cosa c'entri questo con qualsiasi cosa.»

«Signora Jamieson», disse Sharp, sporgendosi in avanti sulla sedia. «Questo interrogatorio procederà più velocemente se ci aiuta con le nostre indagini. Si arrotoli le maniche.»

Lei li guardò entrambi con aria di sfida, poi avvolse le dita intorno alle maniche una dopo l'altra e le tirò su fino ai gomiti.

«Ecco.»

Gli occhi di Kay caddero sugli avambracci della donna. Si potevano vedere dei graffi leggeri sopra i polsi, con un graffio più grande sul braccio sinistro.

«Come si è fatta male?»

«Stavo facendo giardinaggio. Fino a poco tempo fa, avevamo George che ci aiutava, ma Lady Griffith ha dovuto licenziarlo.»

«Quando se n'è andato?»

«Circa una settimana fa.»

«Perché?»

«Il marito di Lady Griffith ha mandato a rotoli i suoi affari e lei rischia di perdere la casa. Il signor Whittaker ha deciso che non potevamo più permetterci un giardiniere a tempo pieno.» Prese un fazzoletto dalla scatola sul tavolo e si tamponò gli occhi. «È la fine di un'era, detective, se ne rende conto? La casa di Lady Griffith è stata di famiglia per anni. Mia madre era impiegata da sua madre.»

«Come l'ha fatta sentire il fatto che suo marito abbia perso il lavoro?»

La donna si ritrasse. «Non ho detto che fosse mio marito.»

«No, ma lo è, vero?»

«È tutta colpa del signor Whittaker.» La donna fece il broncio. «Non saremmo mai in questo pasticcio se gestisse correttamente la sua attività.»

«Lei ha il vizio di origliare, non è vero, signora Jamieson?»

La donna lasciò cadere la mano sul tavolo, il fazzoletto appallottolato nel pugno. «Cosa intende dire con questo?»

«Ha la tendenza a indugiare vicino alle porte chiuse, sperando di sentire pettegolezzi», disse Kay. «Quando i miei colleghi e io abbiamo fatto visita ai Whittaker a casa, lei era sempre nelle vicinanze, in ascolto, non è vero?»

Le guance della donna si colorarono e sollevò il mento verso Kay. «È compito di una governante sapere cosa succede in casa.»

«Quando ha scoperto dell'accordo della signora Whittaker con Blake Hamilton?»

«Era un buon accordo.»

«Risponda alla domanda.»

La donna la fulminò con lo sguardo, poi abbassò gli occhi e si tolse un invisibile pelucco dalla sottile fascia dorata del suo orologio da polso.

«Venne a casa quando il signor Whittaker era fuori per un incontro con la sua banca», disse alla fine. «Lady Griffith lo incontrò nella serra e parlarono del voto di castità allora. Sophie lo aveva già menzionato ai suoi genitori, e Lady Griffith sapeva che si era presa una cotta per Josh; quindi, propose l'accordo al signor Hamilton e lui accettò. Andava bene a entrambi.»

«Come ha scoperto che Sophie era incinta?»

La donna sogghignò. «Mi ha sempre guardata dall'alto in basso. Tutti gli anni che ho passato a riordinare le sue cose, a stirare i suoi vestiti, a cucinare per lei. Era insolente, irrispettosa. Mi ignorava la maggior parte del tempo, a meno che non volesse che facessi qualcosa per lei. Ero invisibile per lei. Lei e quella sgualdrina della sua amica stavano parlando sulla terrazza fuori dalla sala da pranzo dopo la colazione il giorno della sua festa di fidanzamento, era facile sentire quello che dicevano. Sono rimasta scioccata nel sentire che era incinta. Non credevo fosse quel tipo di ragazza.»

Kay spinse indietro la sedia in risposta a un colpo alla porta della sala interrogatori.

Carys era in piedi nel corridoio e consegnò un sacchetto di plastica di prove a Kay. Kay la ringraziò e chiuse la porta prima di tornare alla scrivania e posare il sacchetto di prove su di essa.

«Mentre aspettava che parlassimo con lei, uno dei miei colleghi ha parlato con i nostri investigatori forensi». Kay spinse il sacchetto verso la Jamieson. «Per fortuna, la notte dell'omicidio di Sophie, i primi soccorritori sulla scena hanno avuto il buon senso di soffocare le fiamme dei bracieri intorno alla terrazza. I resti sono tutto ciò che rimane di un mattarello».

La Jamieson impallidì e sollevò una mano tremante alla bocca.

«Il motivo per cui i vecchi mattarelli come questo vengono tramandati di generazione in generazione è perché sono fatti di legno duro», disse Kay. «Questo li rende difficili da distruggere».

«I-io non capisco cosa intende».

«La mattina della festa, lei aspettava i camerieri. Mentre erano occupati a lavorare in cucina, lei ha preso il mattarello dal cassetto della cucina e l'ha nascosto tra i cespugli di rododendri oltre la terrazza. È così che si è procurata i graffi sulle braccia. Ha sentito Sophie parlare con Eva Shepparton quel giorno. L'ha sentita mentre diceva a Eva che era incinta e chi pensava fosse il padre. Per quanto la riguardava, questo rovinava i suoi piani di aiutare la signora Whittaker a mantenere la casa ancestrale e metteva a rischio il suo ruolo all'interno della famiglia. Non c'è molta richiesta di governanti di questi tempi, vero?»

La Jamieson emise un piccolo rumore dal fondo della gola.

Kay la ignorò e continuò. «Più tardi quel giorno, dopo la fine dei discorsi e l'inizio della discoteca, lei ha attirato Sophie nell'oscurità oltre la terrazza e l'ha colpita così forte con il mattarello che è morta all'istante. Dev'essere stata coperta di sangue».

La Jamieson gemette.

«Si è tolta il cardigan che indossava, ha avvolto il mattarello in esso e, mentre tornava sulla terrazza, ha gettato i due oggetti nel primo braciere che ha incontrato. Il problema era che, a sua insaputa, il vento si era alzato e il braciere non bruciava così caldo come avrebbe potuto. A quel punto produceva soprattutto fumo, appestando la discoteca». Kay indicò i resti bruciati nel sacchetto di plastica per le prove. «Abbiamo un altro di quei sacchetti con i resti del suo cardigan».

«Non sia ridicola».

«Lei è stata impiegata dalla signora Whittaker per tutto il corso della sua vita adulta, non è vero, signora Jamieson?»

«Sì, e sono stata orgogliosa di servire Lady Griffith».

«Tranne che ultimamente, ha dovuto assistere mentre,

uno dopo l'altro, tutti gli altri membri del personale sono stati licenziati, l'ultimo suo marito, George Jamieson».

La donna fulminò Kay con lo sguardo. «Se quella stupida mocciosa di sua figlia non fosse rimasta incinta di quell'orribile prete, niente di tutto questo sarebbe successo», sbottò. «Ha rovinato tutto».

«No, signora Jamieson, è stata lei. Lei ha ucciso Sophie Whittaker, e ha ucciso il bambino che portava in grembo in quel momento. Un bambino il cui padre era Josh Hamilton».

Kay si appoggiò allo schienale della sedia, con i palmi sul tavolo, e osservò mentre un'espressione di assoluto orrore si diffondeva sul volto della donna.

«No… no, non è giusto. Josh non è il padre. È il prete. O quel tizio Evans. Non… non Josh».

«Abbiamo ricevuto i risultati del test di paternità un momento fa», disse Kay. «E *questo* è il motivo per cui riusciva a sentire la signora Whittaker. Uno dei nostri colleghi le ha dato la notizia mentre venivamo a parlare con lei».

Gli occhi della Jamieson si allargarono mentre la consapevolezza si faceva strada.

«Grace Jamieson, ora chiederemo l'autorizzazione alla Procura della Corona per accusarla dell'omicidio di Sophie Whittaker…» Sharp si sporse in avanti sulla sedia e lesse i diritti di Grace Jamieson prima di esporre le procedure formali che avrebbero ora avuto luogo.

Le sue ultime parole furono perse per Kay mentre spingeva indietro la sedia, scivolava attraverso la porta nel corridoio e usciva dall'edificio.

CAPITOLO 55

Kay girò la chiave nel quadro e sganciò la cintura di sicurezza mentre il motore dell'auto si spegneva.

Si sporse in avanti, appoggiando il mento sulle mani posate sul volante mentre i suoi occhi seguivano la linea delle lapidi oltre il parcheggio.

Una sensazione di vuoto le attanagliava lo stomaco, una sensazione familiare che sapeva non l'avrebbe mai abbandonata del tutto.

Si chinò, afferrò la borsetta dal vano portaoggetti e scese lentamente dall'auto, agitando il telecomando sopra la spalla finché non udì il *clunk* del meccanismo interno di chiusura.

Accelerando il passo, si addentrò tra le lapidi, respirando l'aria fresca dell'estate.

Un calabrone le ronzò vicino al viso prima di allontanarsi verso un gruppo di denti di leone nell'erba alla sua destra, mentre un colombaccio tubava tra gli alberi che costeggiavano il sito alla sua sinistra.

Sbatté le palpebre e alzò lo sguardo quando la brezza

portò verso di lei il suono di una sirena lontana, prima di estrarre il cellulare dalla borsetta e spegnerlo.

Qualcun altro poteva essere trascinato via dal proprio riposo pomeridiano.

Lo gettò di nuovo nella borsa e rallentò quando raggiunse la fila successiva di pietre tombali. Girando a destra, allontanandosi dal vialetto erboso che aveva seguito finora, percorse metà della fila, poi si fermò e posò la mano sulla fredda lapide di granito grigio, gli occhi seguivano la semplice iscrizione.

Elizabeth Hunter-Turner. Amata figlia, portata via troppo presto.

«Ciao, Elizabeth».

Lasciò cadere la borsa a terra e iniziò a strappare l'erba alta che aveva già cominciato a invadere la base della lapide nonostante Adam l'avesse sistemata solo un paio di settimane fa.

Le leggere piogge estive e le giornate luminose avevano fatto esplodere di vita tutta la campagna, e qui tra i monumenti ai defunti non era diverso.

Assorta nel suo lavoro, non sentì nessuno avvicinarsi e sussultò al suono di un uomo che si schiariva la gola.

Si girò sui talloni e si protesse gli occhi dal sole per vedere la figura che torreggiava sopra di lei.

«Ho pensato di lasciarti qualche momento da sola prima di raggiungerti».

Sharp si infilò le mani nelle tasche dei pantaloni e si voltò per osservare il cimitero. Socchiuse gli occhi nella luce pomeridiana mentre il suo sguardo vagava sul paesaggio. «È un posto tranquillo quassù».

«Sì». Kay si raddrizzò, gettò le erbacce di lato e si spazzolò le mani per liberarsi delle foglie rimanenti.

«Vieni spesso?»

«Cerchiamo di venire un paio di volte al mese. Adam arriverà tra poco, voleva prendere dei fiori freschi prima».

«Non mi tratterrò. Ho qualcosa per te che non volevo darti in centrale». Mise la mano in tasca e le consegnò la chiave di riserva della porta d'ingresso. «Ho mandato qualcuno a casa tua mentre eravate fuori entrambi. Ha dato un'occhiata all'attrezzatura che hai trovato. Chiunque abbia installato le telecamere e i microfoni, è un professionista. Soprattutto considerando il tempo limitato che aveva per farlo».

«Quindi erano più di uno?»

Annuì. «Probabilmente. Due per mettere a soqquadro la tua casa, e forse due o tre per installare tutta l'attrezzatura. Il mio contatto ha rimosso tutte le telecamere e i microfoni; quindi, ora non avrai nulla di cui preoccuparti da quel punto di vista. Non potranno più vedere né sentire nulla».

«Non sospetteranno qualcosa?»

«Il mio contatto ha fatto partire del rumore bianco per un po' e poi ha aumentato la frequenza, questo ha danneggiato l'attrezzatura. Probabilmente penseranno che topi, roditori, un guasto dell'apparecchiatura o un picco di corrente abbiano rovinato i microfoni. Succede di continuo».

«Va bene».

Le passò un set di quattro telecamere e microfoni in miniatura che erano stati sigillati in una busta di plastica per prove. «Non c'erano impronte digitali, abbiamo controllato».

Kay lasciò andare un respiro tremante e rigirò la busta tra le dita. «Grazie, capo». La mano di Kay tremava mentre teneva la busta contro la luce e ne ispezionava il contenuto. Nel ricordare a cosa fosse servita quell'attrezzatura, le parve che emanasse una qualità malevola, e ci volle tutto il suo autocontrollo per non scagliarla a terra e schiacciarla sotto il tacco. Invece, alzò lo sguardo sentendo la voce di Sharp.

«Mi dirai chi sospetti ci sia dietro a tutto questo?»

Lei sbatté le palpebre e si strofinò l'occhio destro. «Non sarebbe molto professionale da parte mia, vero? Spargere voci?» Abbassò la mano. «No, ho bisogno di più prove, o di una svolta o qualcosa del genere».

«Terrai le telecamere e i microfoni come prova, però?»

«Sì. Sono tornata alla banca dei Whittaker e ho aperto una cassetta di sicurezza tutta mia». Strinse la busta delle prove in una mano e tirò fuori una piccola chiave dalla tasca dei pantaloni. «Voglio che tu abbia la chiave di riserva. Nel caso mi succedesse qualcosa».

I suoi occhi incontrarono quelli di lei mentre prendeva la chiave dalle sue dita. «Sei sicura?»

«Non so di chi altro fidarmi, capo. E sto cercando di non coinvolgere Adam. Posso fidarmi di te?»

Soppesò la chiave nella mano. «Sì. E non aprirò quella cassetta, d'accordo?»

«Potresti dover farlo. Se mi succedesse qualcosa».

Lui sospirò. «Adam non sa che stai ancora cercando chi ti ha fatto questo, vero?»

Lei si morse il labbro. «Lo sa».

«Stai attenta, Kay. Non vorrei che succedesse qualcosa a voi due. È un bravo ragazzo». Sharp controllò l'orologio. «Immagino che arriverà da un momento all'altro. È meglio che vada».

Le diede una pacca sul braccio mentre passava, e lei lo osservò tornare alla sua auto con la testa china.

Mentre saliva in macchina e si allontanava, lei rivolse di nuovo l'attenzione alla lapide di sua figlia.

Un gemito le sfuggì dalle labbra.

Diciotto mesi fa, la sua vita era normale.

Aveva un lavoro che amava, colleghi di cui poteva fidarsi e con cui ridere, e una vita domestica sicura.

Ora, sentiva che tutto le stava sfuggendo di mano. Non poteva permettere che le facessero questo.

Non l'avrebbe permesso.

Rivolse di nuovo l'attenzione al parcheggio al suono di un altro veicolo in avvicinamento, poi si rilassò quando riconobbe il fuoristrada di Adam.

Lui frenò fino a fermarsi e scese dal posto di guida, e lei trattenne il respiro.

Lui incrociò il suo sguardo e alzò la mano prima di allungarsi verso il lato passeggero dell'auto ed estrarre un mazzo di fiori freschi. Si passò una mano tra i capelli, poi puntò il telecomando verso l'auto e iniziò a camminare sulla lieve salita verso il punto in cui lei si trovava.

Mentre si avvicinava, Kay spinse la collezione di telecamere e microfoni nella sua borsa prima di fare un giuramento che aveva tutta l'intenzione di mantenere.

Avrebbe fatto qualsiasi cosa per proteggere Adam da coloro che cercavano di farle del male.

Qualsiasi cosa.

<< FINE >>

L'AUTRICE

Prima di dedicarsi alla scrittura, Rachel Amphlett, autrice di romanzi polizieschi tra i più venduti di USA Today, ha suonato la chitarra in una band, ha lavorato come comparsa in TV, al cinema e nell'editoria come assistente editoriale.

Ora impugna una penna al posto del plettro e scrive polizieschi. Ha oltre 30 romanzi e racconti all'attivo che vedono come protagonisti spie, detective, giustizieri e assassini.

Appassionata di viaggi e investigatrice privata per caso, Rachel ha la cittadinanza australiana e britannica.